HEYNE
BÜCHER

Von Jackie Collins
sind als Heyne-Taschenbücher erschienen

Die Stute · Band 01/5492
Die Welt ist voll von liebeshungrigen Männern · Band 01/5807
Sex ist ihre Waffe · Band 01/5869
Ekstasen · Band 01/5956
Das Luder · Band 01/6041
Die Sünderinnen · Band 01/6352
Lady Boss · Band 01/6659
Die Frauen von Hollywood · Band 01/6904
Lucky Boss · Band 01/7706

JACKIE COLLINS

DIE WELT IST VOLL VON LIEBESHUNGRIGEN FRAUEN

Roman

Deutsche Erstveröffentlichung

WILHELM HEYNE VERLAG
MÜNCHEN

HEYNE ALLGEMEINE REIHE
Nr. 01/5713

Titel der amerikanischen Originalausgabe
THE WORLD IS FULL OF DIVORCED WOMEN
Deutsche Übersetzung von Dr. Burkhard Busse

14. Auflage

Printed in Germany 1995
Umschlagfoto: Artreference, Frankfurt
Umschlaggestaltung: Atelier Heinrichs & Schütz, München
Gesamtherstellung: Ebner Ulm

ISBN 3-453-01156-2

1

»Findest du Sex langweilig?« hatte Mike sie neulich gefragt.

»Langweilig?« hatte Cleo James zurückgefragt, und in dieser Frage schwang gleichzeitig ein vorwurfsvolles ›natürlich nicht‹ mit. Aber dann gestand sie sich ein, daß sie Sex mit Mike doch langweilig fand. Es waren immer die gleichen Bewegungen, die sie schon kannte, es waren immer die gleichen Berührungen, mit denen er sie streichelte, und es war immer der gleiche Ort in fast der gleichen Weise.

Der Sommer begann in New York, und es war eine Zeit, in der es Spaß machte, durch die Straßen zu gehen. Cleo stand im Ankleideraum von ›Saks‹ und blickte lange Zeit auf ihr Spiegelbild. Sie hatte ihre Kleider beiseite gelegt und probierte im Augenblick ein kurzes, beiges Sommerkleid an. Sie hatte sich dieses Kleid in der letzten Woche ausgesucht und es in dem Geschäft zurückgelassen, damit noch ein paar Kleinigkeiten geändert werden konnten. Als sie jetzt das Kleid angezogen hatte und sich im Spiegel besah, stellte sie zu ihrer Zufriedenheit fest, daß es ihr ausgezeichnet paßte.

Sie warf noch einen Blick in den Spiegel, und sie sah eine schlanke junge Frau mit langen, schwarzen Haaren, die ein nicht alltägliches Gesicht umrahmten. Große Augen blickten daraus hervor und ein gutgeschnittener Mund. Das Kleid paßte ihr, und damit war für Cleo dieses Problem erledigt. Sie dachte wieder an Mike, ihren Ehemann. Und sie dachte daran, wie er es mit dieser anderen Frau getan hatte.

Zu Beginn ihrer Beziehung war Sex mit Mike eine aufregende Sache gewesen. Aber jetzt schien er in ein fremdes und monotones Ritual erstarrt zu sein.

Mike versuchte niemals mehr, irgend etwas Neues mit ihr zu tun.

Er bemühte sich nicht, irgend etwas zu machen, was anders für sie war.

Die Hochzeit hatte ihn verändert.

Er brachte sie nicht mehr wirklich auf einen Höhepunkt, und sie war noch nie gut darin gewesen, ihm in dieser Beziehung etwas vorzuspielen.

Sie stritten sich in ihrer Ehe nicht viel. Es war, im Vergleich zu anderen Ehen, die Cleo kannte, sogar sehr wenig. Es lag ihnen viel mehr, die Dinge, die sie beide betrafen, miteinander ruhig zu besprechen und zu analysieren, was der eine oder der andere falsch gemacht hatte.

Mike war ein leitender Angestellter bei einer Schallplattenfirma. Er war jetzt sechsunddreißig, sieben Jahre älter als Cleo. In gewissem Sinn konnte man ihn sogar als attraktiv bezeichnen. Er hatte einen gepflegten Bart und faszinierende Augen.

Sie hatten vor vier Jahren geheiratet und führten eine moderne Ehe, in der Untreue nicht zugleich das Ende der Welt bedeutet.

»Gefällt sie dir?« Wie oft hatte sie ihm diese Frage gestellt, und jedesmal hatte sich ihr Magen in Erwartung der Antwort zusammengekrampft.

Und immer hatte er lachend geantwortet: »Gewiß. Ich habe sie sogar schon ein paarmal gefickt.«

Sie hatte nie weitere Fragen gestellt, aber sie fand seine Antwort nicht so spaßig, wie er vielleicht glaubte, daß sie wirken würde. Sie wußte, daß ihr ein Verhältnis nicht egal war, aber sie wollte nicht mehr davon wissen.

Aber jetzt kannte sie es. Sie hatte ihn sogar mit ihr zusammen gesehen.

Mike war ihr zweiter Mann. Ihr erster Ehemann war für sie nicht mehr als eine schwache Erinnerung, denn sie war damals erst achtzehn Jahre alt gewesen. Sie liebte Mike, aber sie liebte nicht die glühende Erregung der körperlichen Liebe, die sie gefühlt hatte, als sie zum erstenmal zusammen waren.

»Das Kleid sieht großartig aus, nicht wahr?« fragte die Verkäuferin, die hinter ihr stand .

»Sehr gut«, erwiderte Cleo. Aber es war nicht gut, daß sie Mike heute erwischt hatte. Und es war nicht gut, daß sein nackter Körper sich in offensichtlicher Erregung gewunden hatte. Es war auch nicht gut, daß die nackte blonde Frau, die mit ihm auf der Couch lag, eine ihrer besten Freundinnen gewesen war.

Cleo schlüpfte wieder aus dem beigen Sommerkleid und überreichte es der Verkäuferin, damit sie es an die Kasse bringen konnte.

Findest du Sex langweilig? Warum hatte er sie das gefragt? Sie tat nichts anderes, als was sie früher auch schon getan hatte. Aber waren ihre sexuellen Bewegungen nicht auch so vorhersagbar wie seine?

Vielleicht war es ihre Schuld, daß ihr gemeinsames sexuelles

Leben schrittweise immer langweiliger geworden war. Aber Cleo wußte, daß es nicht so war. Es war für sie Mike, der sich geändert hatte.

Sie war ihm erst einmal untreu geworden. Es war nur ein Mann, und es war nur einmal. Es war sehr schön gewesen, aber auf der anderen Seite auch gemein. Und sie hatte dann dafür gesorgt, daß es sich nicht wiederholte.

Mike und sie hatten jetzt genug Geld. Es waren keine ungeheuren Reichtümer, aber sie konnten sich die meisten materiellen Wünsche, die sie an das Leben stellten, auch befriedigen. Mike war in seinem Beruf erfolgreich, und Cleo arbeitete freiberuflich als Journalistin. Sie waren nicht auf das Geld angewiesen, was sie in ihrem Beruf verdiente, aber es tat ihr gut zu arbeiten, und sie liebte ihren Job.

Cleo zog sich wieder ihr Kleid an, zog sich den hellen Sommerhut bis an die Augenbrauen herunter, und dann ging sie an die Kasse, um ihr neues Kleid abzuholen. Sie bezahlte die Rechnung und verließ das Geschäft mit dem kleinen Paket.

Die Sonne schien in die Häuserschluchten der Fifth Avenue. Cleo schlenderte an den verschiedenen Geschäften vorbei, warf hin und wieder einen Blick in die Auslagen und dachte an die Verabredung, die sie mit Ginny hatte. Sie wollte ihre Freundin anrufen, um das Treffen zu verschieben, aber sie wußte, daß es dazu zu spät war. Das letzte, wonach ihr im Augenblick zumute war, war ein Mittagessen mit Ginny. Mit dieser Frau, deren blonde Haare sich um ihr Gesicht rankten, die die Welt aus ihren babyblauen Augen sah und die einen nicht zu stillenden sexuellen Hunger hatte.

»Ginny hat den Verstand eines Kanarienvogels«, hatte Mike oft gesagt. Und dann hatte er noch eine Reihe unfreundlicher Komplimente für die meisten von Cleos Freundinnen – eingeschlossen Susan, diese hochgewachsene Blonde, genau die, die sich heute morgen in wollüstigen Zuckungen unter Mike gewunden hatte.

Vielleicht hatte er es auch mit Ginny getan. Der Gedanke daran war nicht so abwegig, denn Ginny war für jeden Mann sehr leicht zu haben. Aber wenn sie es mit Mike getan hätte, wäre es sicher schon in der ganzen Stadt bekannt gewesen, denn Ginny konnte kein Detail ihres ausschweifenden Sexuallebens für sich behalten.

»Sie stinken widerlich«, zischte eine alte Frau Cleo an, als sie die Fifth Avenue entlangschlenderte.

Cleo drehte sich kurz zu ihr hin und sah, wie sie einen alten Sonnenschirm über ihrem Kopf kreisen ließ. Dann schenkte sie dieser verrückten Frau keine Aufmerksamkeit mehr. Sie wußte, daß New York voller Verrückter war, und man konnte nur hoffen, daß man eines Tages nicht vergewaltigt, beraubt, erschlagen oder erschossen wurde. Aber die New Yorker waren im Laufe der Zeit schon abgestumpft gegen diese Welle von Gewalt. Es waren eigentlich nur noch die Touristen, die sich unsicher durch die Straßen bewegten und sich hin und wieder besorgt umblickten.

Cleo fühlte sich schon seit langer Zeit wie eine New Yorkerin, obwohl sie erst vor vier Jahren, als sie Mike geheiratet hatte, in diese Stadt gezogen war. Tatsächlich kam sie aus London, eine Stadt, die sie bis dahin kaum verlassen hatte.

Sie stritt sich mit einem eiligen Geschäftsmann um ein Taxi und gewann. Dann ließ sie sich in die Polster des Wagens sinken und versuchte sich ein wenig zu entspannen. Sie wollte nicht in aufgeregtem Zustand zu ihrer Verabredung mit Ginny kommen, denn sie wußte genau, daß sie die ganze Geschichte dann ihrer Freundin erzählen würde.

Die Sache war so verdammt lächerlich. Warum fühlte sie sich eigentlich so elend dabei? Es war ein Zwischenfall, wie er tagtäglich in New York oder sonstwo passierte, ganz verständlich.

Aber sie haßte Mike, weil er sich eine Freundin von ihr ausgesucht hatte, und sie haßte ihn, weil er sich mit ihr hatte erwischen lassen, als sie es zusammen getrieben hatten.

Sie wünschte schon fast, Mike niemals begegnet zu sein, und sie wünschte ganz sicher, ihn niemals geheiratet zu haben. Mike war damals derjenige, der unbedingt auf einer Heirat bestanden hatte. Es hätte Cleo immer genügt, wenn sie beide nur zusammengelebt hätten. Ihre ganze Einstellung in dieser Richtung ärgerte ihn, denn er kannte nur Mädchen, deren sehnlichster Wunschtraum es war, von einem Mann einen kleinen goldenen Ring über den Finger gestreift zu bekommen.

Es war Mike schon immer unverständlich gewesen, daß Cleo sich so wenig um ihre Zukunft kümmerte. Ihre Haltung wirkte wie ein Schlag gegen seine egozentrische Einstellung. Er hatte damals darauf bestanden, daß sie heirateten. Wenn sie nicht verheiratet wären, würde vieles einfacher aussehen. Sie hatte schon eine miese Ehe hinter sich, und sie wollte nicht, daß die zweite Ehe genauso schlecht würde.

Das Restaurant war klein und laut. Ginny saß schon in einer Ecke des Raumes, nippte versonnen an ihrem Martini und tauschte bedeutsame Blicke mit einem bekannten Schauspieler, der am Nachbartisch saß.

»Ich würde es verdammt gerne mit ihm tun«, sagte Ginny, als Cleo sich an ihren Tisch setzte. Und wieder warf sie dem Schauspieler einen Blick zu.

Ginny arbeitete als Agent, sie war dreißig, mollig, geschieden und nicht unbedingt unattraktiv als Frau. »Du siehst gut aus«, sagte sie zu Cleo und musterte ihre Kleidung. »Wo hast du diese Schuhe gekauft? Das sind ganz fantastische Schuhe.«

»In der Biba-Boutique. Ich mußte dreimal dort vorbeisehen, bis sie meine Größe hatten.« Sie warf einen Blick auf den freien Stuhl. »Erwartest du noch jemanden, oder ist der Platz zufällig frei?«

»Susan wollte versuchen, vorbeizukommen.« Sie machte eine exaltierte Handbewegung. »Ich habe eine fantastische Nacht hinter mir. Gestern abend war ich mit Bob in der neuen Disco in der Stadt. Rat mal, wer plötzlich hereingekommen ist? Cy Litva. Du kannst dich noch erinnern, was dieser Schuft mir vor kurzem angetan hat. Auf jeden Fall war es so, daß mir heiß und kalt gleichzeitig wurde, als ich diesen Schurken sah. Aber äußerlich war ich ganz kalt. Ich habe ihn kurz angesehen, kaum gelächelt und ihn dann nicht weiter beachtet. Ich sah dabei ganz toll aus, ich hatte mein Saint-Laurent-Shirt an und ein paar enganliegende Hot pants, die wirklich sehr heiß waren. Und dann haben wir getanzt . . .«

Ginny erzählte noch eine Menge. Sie berichtete jede Einzelheit von ihren letzten sexuellen Begegnungen, und sie sprach darüber mit großer Begeisterung. Dabei bemerkte sie nicht, daß Cleo ihr kaum noch zuhörte.

Cleo dachte nach. Sie überlegte sich, daß Susan bestimmt keine Lust hatte, mit ihr zusammenzutreffen. Denn wenn Susan nicht bemerkt haben sollte, wie Cleo in das Zimmer eingetreten war, dann hatte Mike es bestimmt gemerkt und es ihr dann gesagt.

Und wieder fiel ihr dieser Morgen ein. Sie war in der Nähe von Mikes Büro gewesen, und sie wollte einfach zu ihm gehen, um ihn mit ihrem Besuch zu überraschen. In seinem Vorzimmer war niemand gewesen, deshalb war sie direkt in sein Zimmer gegangen.

Dann hatte sie ihn wirklich überrascht. Sie lagen beide auf der großen Couch. Susan stöhnte unter Mikes Bewegungen, und er blickte in dem Augenblick zur Tür, als Cleo in das Zimmer trat.

Einen Augenblick lang war Cleo unschlüssig im Türrahmen gestanden, und sie hatte nicht gewußt, was sie tun sollte. Die Sekunden vergingen wie Stunden. Aber in Wirklichkeit hatte es nur den Bruchteil einer Sekunde gedauert, bis sie sich umgedreht und das Büro verlassen hatte.

Soviel sie noch bemerkt hatte, war Mike auf Susan liegengeblieben und hatte seinen gleichmäßigen Rhythmus beibehalten. Das einzige, was er hätte tun können, dachte Cleo, wäre, von Susan herunterzugleiten.

»... und auf diese Weise hatten wir eine ganz fantastische Szene, und wir sind dabei immer wilder geworden, weil alles immer toller wurde, und das Ganze hat dann noch furchtbar lange gedauert, weil wir alle weitergemacht haben . . .« Plötzlich unterbrach sich Ginny und blickte zur Tür. »Sieh mal, dort kommt Susan. Jetzt können wir uns endlich etwas zu essen bestellen. Ich sterbe nämlich fast vor Hunger.«

Susan White war eine hochgewachsene Frau, deren lange, blonde Haare in Wellen um die Schultern fielen. Diese Haare und die schweren Brüste waren das hervorstechende Merkmal ihrer Figur, und sie war sich dessen auch sehr gut bewußt. Sie trug eine weiche Angorajacke, die sie nachlässig in die Hose gesteckt hatte. Von Beruf war sie Schauspielerin. Nicht sehr erfolgreich, aber sie arbeitete kontinuierlich in Off-Broadway-Stücken.

Es machte Cleo betroffen, daß Mike ihrer Freundin Susan nichts davon erzählt hatte, daß sie an diesem Morgen von Cleo erwischt worden waren. Das war typisch für ihn. Er war schwach und fürchtete sich vor einer Szene. Oder es war so, daß Susan doch eine bessere Schauspielerin war, als Cleo immer vermutet hatte, denn sie näherte sich mit einem freundlichen Lächeln dem Tisch.

»Habe ich einen fürchterlichen Morgen hinter mir«, rief sie laut aus und ließ sich in ihren Stuhl fallen. »Zwei Proben und jede davon in entgegengesetzter Richtung am anderen Ende der Stadt. Ich bin völlig erschöpft.«

»Diese Proben müssen es wirklich in sich haben«, bemerkte Cleo zynisch. »Du bist wahrscheinlich ganz geschafft von dem dauernden Kleiderausziehen.«

»Wie bitte?« fragte Susan.

»Ich will damit sagen, daß du bestimmt wieder die Rolle einer Nackten übernommen hast«, erwiderte Cleo und musterte sie kühl.

In der Tat hatte Susan einmal eine Rolle übernommen, bei der sie sich völlig ausziehen und auf der Bühne dem Publikum eine

Masturbation vorspielen mußte. Allerdings gab es von diesem Stück nur drei Vorstellungen.

»Ich bin nicht auf nackte Rollen festgelegt«, sagte Susan und blickte Cleo von der Seite an. »Außerdem muß eine Schauspielerin sich bei Proben nicht ausziehen, denn es kommt nicht darauf an, wie dein Körper gebaut ist, sondern was das Stück von dem Schauspieler verlangt.«

Cleo nickte ihr zu. »Ich habe auch bisher noch nicht gehört, daß du in deinem Beruf Karriere machen willst, indem du dich öfter ausgezogen hast, als dies vielleicht unbedingt nötig war. «

Offensichtlich begriff Ginny überhaupt nicht, worauf das Gespräch hinauslief, denn sie schaltete sich jetzt mit einer praktischen Frage ein. »Was sollen wir uns denn bestellen? Ich würde ganz gerne einen gemischten Salat essen, der hält mich munter bis zum Abend, und ich bin dann fit bei allem, was ich tue. Cy hat mir beigebracht, wie man russischen Salat zubereitet, und das macht mich immer ganz scharf, wenn ich nur daran denke. Ich stelle mir dann einen starken Kerl vor, den man mit einer würzigen Soße übergoßen hat. Ist das kein herrlicher Gedanke?«

»Deine Vorstellungen erinnern mich an ein College-Girl, das es in der vergangenen Nacht das erstemal mit einem Mann getan hat«, erwiderte Cleo kalt.

Ginny lächelte. »Für mich ist es jedesmal das erstemal.«

»Wie geht es Mike?« fragte Susan und legte einen Hauch von gespieltem Desinteresse in ihre Stimme.

Cleo blickte sie wütend aus ihren grünen Augen an, aber sie bemühte sich, äußerlich ruhig zu bleiben. »Was ist das für ein verdammt kindisches Spiel, was du hier treibst, Susan? Wenn dies deine beste schauspielerische Leistung ist, zu der du fähig bist, dann kann ich verstehen, daß man dich in solche Stücke einsetzt, wo du nur mit dir selber zu spielen brauchst.«

»Was ist denn mit dir los?« fragte Ginny verwirrt. »Was sollen diese Beschimpfungen?«

Susan zuckte mit den Schultern, und eine leichte Röte überzog ihr Gesicht. »Ich habe keine Ahnung. Ich wollte nur wissen, wie es Mike geht.«

Cleo sprang wütend vom Tisch auf und schrie: »Spuck es ruhig aus, Susan. Du kannst mit meinem Mann so oft vögeln wie du willst, aber du darfst mich nicht gleichzeitig für einen Idioten halten.« Sie wandte sich schnell an Ginny. »Tut mir leid wegen unserer Verabredung. Aber wir sprechen später darüber.«

Susan sagte: »Aber Cleo, ich . . .«

Cleo verließ das Restaurant, ging auf die Straße und rannte dann auf einmal los. Ihre Augen füllten sich mit Tränen. Sie mußte stehenbleiben, und sie verfluchte ihre Haftschalen, weil sie auf einmal nichts mehr sehen konnte.

Ich habe völlig die Fassung verloren, dachte sie bei sich. Nicht genug damit, daß ich losgebrüllt habe, sondern morgen weiß ganz New York von der Geschichte, weil Ginny Sandler ihre Klappe nicht halten kann.

Wohin sind alle meine guten Vorsätze einer emanzipierten Frau?

Leben und leben lassen.

Ficken und gefickt werden.

Nun, vielleicht war es ganz gut so. Auf jeden Fall hat es Susan aufgerüttelt.

Wie dumm war Mike, daß er Susan nicht erzählt hatte, daß sie überrascht worden waren.

Wie dumm war Mike überhaupt.

Im stillen entwarf Cleo einen Brief, den sie an Mike schreiben wollte:

Lieber Mike,

Wir haben zusammen gelebt, und wir haben uns mehrere Jahre lang geliebt, aber jetzt muß ich unsere Übereinkunft lösen. Ich fühle, daß ich uns beiden entwachsen bin – sowohl im geistigen wie auch im körperlichen Sinne –, und wir haben beide nichts mehr, was wir dem anderen anbieten können, außer einer unbestimmten Zukunft. Ich wünsche Dir viel Vergnügen mit den fetten Brüsten von Susan.

Ich verbleibe in diesem Sinne

Cleo.

PS. Ich habe nie gewußt, daß große Titten Dich aufgeilen.

PPS. Ich habe nie gewußt, daß Du Frauen bevorzugst, die es mit sich selber treiben.

PPPS. Ich glaube, ich habe Dich nie richtig gekannt.

Und wieder liefen ihr die Tränen übers Gesicht, und sie nahm ihre Kontaktschalen von den Augen und wickelte sie vorsichtig in ein Taschentuch.

Sie wollte nach Hause gehen und ihr Make-up wieder in Ordnung bringen, sie wollte ein Bad nehmen und sich wieder frisch machen. Sie wollte ihre Sachen zusammenpacken, damit sie am nächsten Tag in London sein konnte, wo sie ein Interview führen mußte. Sie hätte dies alles noch am nächsten Morgen tun können, denn die geplante Maschine flog erst gegen Mittag.

Aber sie wollte Mike heute abend verlassen. Sie nahm sich vor, in einem Hotel zu übernachten, damit sie Mike nicht mehr zu sehen brauchte. Sie konnte ihn nicht mehr sehen, er würde sie doch nur anlügen. Sie brauchte jetzt viel Zeit, um über sich nachzudenken.

Cleo rannte zu einem Taxi hin, aber der Wagen fuhr ohne sie los. Unentschlossen stand sie am Rand des Bürgersteigs. Dann wartete sie auf den nächsten Bus.

2

Das Mädchen hatte blonde Haare, die sich um ihr Gesicht kräuselten und mit orangenen Bändern zusammengehalten wurden.

Ihr Antlitz war sehr schön, fast wie gemalt.

Verführerische Sommersprossen verteilten sich dekorativ auf ihrer Haut. Die kleinen, braunen Pünktchen leuchteten in der Morgensonne.

Das Make-up um die Augen paßte zu ihrer Persönlichkeit. Dunkelblaue Augen waren von einem dunkelblauen Augenschatten umrahmt.

Ihre eigenen Augenbrauen hatte sie ausgezupft und durch einen feingezogenen Strich mit einem braunen Farbstift ersetzt.

Ihre vollen Lippen wurden betont von der dezenten Farbe zweier verschiedener Lippenstifte.

Sie war nicht ausgesprochen schlank, aber die hochhackigen Schuhe, die sie trug, ließen sie größer erscheinen, als sie in Wirklichkeit war. Häufig trug sie rote Schuhe mit grünen Streifen, grüne Strümpfe und darüber ausgewaschene Jeans, in die sie ihre Bluse zwängte. Die Bluse war durchsichtig, und man konnte durch den Stoff ihre runden Brüste erkennen, die beim Gehen auf und nieder wippten.

Sie schlenderte durch ›Harrods‹, ließ ihre rote, kleine Tasche spielerisch in einer Hand schlenkern und aß hin und wieder ein Stück Schokolade. Sie aß kleine Stückchen und schob sie genießerisch zwischen ihre angefeuchteten, roten Lippen.

Sie hieß Muffin, aber jeder Fotograf nannte sie nur Crumpet.

Sie war zwanzig und hatte ihren Ruhm als bemerkenswertes Aktmodell begründet. Bemerkenswert bedeutete, daß sie fast in jedem bekannten Magazin oder jeder Tageszeitung Reklame für die verschiedensten Dinge machte und dabei ihre nackten oder halbnackten Posen verkaufswirksam einsetzte.

Muffin gehörte zu den Topmodellen, und sie wurde wie solche bezahlt.

Sie hielt sich eine Weile an einem Stand mit Sonnenbrillen auf, probierte einige Brillen aus, entschied sich dann für ein Paar mit großen, rosaroten Gläsern und ging dann wieder weiter.

Muffin hatte Gefallen an der neuen Sonnenbrille gefunden. Sie konnte die anderen Leute beobachten, ohne daß jemand bemerkte, wie sie sie ansah. Hin und wieder schob sie den Bügel der Brille auf der Nase hoch und genoß das Gefühl, an einem freien Tag einen Bummel durch die Stadt machen zu können.

Wieder schob sie sich ein paar kleine Stücke Schokolade zwischen die Lippen, leerte dann das Paket ganz und ließ die Papierhülle zusammengeknüllt irgendwo fallen. Dann ging sie zum Eingang des Warenhauses, stellte sich einen Augenblick in die Sonne und bat nach einer Weile den Wärter an der Tür, ihr ein Taxi zu rufen.

Es war gegen Mittag, und um diese Zeit herrschte ein reger Verkehr in den Straßen. Die Menschen hasteten auf den Bürgersteigen, die Autos schoben sich auf den Straßen mühsam vorwärts, aber es gelang Muffin sehr bald, ein Taxi zu bekommen.

Sie lebte mitten in London in einem Hochhaus am Holland-Park, und sie teilte ihr Studio mit ihrem Freund Jon Clapton. Er war von Beruf Fotograf, und er hatte Muffin entdeckt, als sie siebzehn Jahre alt war. Später hatte er sie mit nach London genommen, und sie waren zusammengezogen, als Muffins Eltern, die in Wimbledon lebten, ihr O. K. zu der Verbindung gegeben hatten.

»Wir werden bald heiraten«, hatte Jon ihnen damals erzählt. »Ich muß nur noch meine Scheidung vor Gericht durchbringen.«

»Ist jemand zu Hause?« fragte Muffin, als sie die Wohnungstür geöffnet hatte. Scruff, der Hund, den sie einmal in den Straßen aufgelesen hatte, bellte zur Bestätigung, daß wenigstens er zu Hause war.

»Sollen wir ein wenig spazierengehen?« fragte Muffin und kraulte ihm das Fell. Dann blickte sie sich in der Wohnung um und suchte, ob Jon ihr auf einem Zettel eine Nachricht hinterlassen hatte. Neben dem Telefon lag auch nichts, daher nahm Muffin an, daß es bei der Verabredung mit Schumann auf der ›Terrazza‹ um neun Uhr bleiben würde. Sie haßte diese Art von Geschäftsgesprächen, aber Jon hatte ihr noch heute morgen erklärt, wie wichtig für ihn eine geschäftliche Verbindung mit dem Deutschen sei.

»Wir müssen mit ihm verhandeln«, hatte Jon ihr gesagt. »Ein Mann wie er braucht diese persönliche Verbindung, damit er sich vorstellen kann, wie wir die Fotos machen und wie das Geschäft läuft.«

»Das kann er auch auf den Fotos sehen, die du von mir gemacht hast.«

»Er will eine Persönlichkeit vor sich sehen und kein nettes, kleines Fotomodell.«

Muffin hatte ihm am Ende recht gegeben und zugesagt, daß sie zu der Verabredung kommen würde. Auch wenn ihr vieles an ihrem Beruf nicht gefiel, mußte sie sich immer wieder sagen, daß sie im Augenblick so viel Geld verdiente, wie sie es sich vor einem Jahr noch nicht hatte träumen lassen.

Jon erledigte für sie alles. Sie hatten ein gemeinsames Konto, auf das sie das ganze Geld einzahlten, was sie beide verdienten.

Jon war ein erfolgreicher Fotograf, und sie verdienten zusammen sehr viel Geld.

Die Verhandlungen mit Schumann waren wichtig für sie, weil eine Menge Geld davon abhing. Schumanns Firma wollte einen Kalender herausbringen, auf dem zwölf verschiedene Mädchen abgebildet waren. Jon hatte ihnen klargemacht, daß es sich viel besser machen würde, wenn sie Muffin in zwölf verschiedenen Posen zeigen würden. Zwölfmal eine nackte Muffin und zwölf aufreizende Stellungen.

Die Verhandlungen waren abgeschlossen. Da Schumann in London war, hatte er den Wunsch geäußert, das Modell kennenzulernen, bevor er es auf den Fotos sah.

»Vergiß den Spaziergang, Scruff«, sagte Muffin zu dem Hund. »Wir werden ihn nachholen, wenn ich Schumann von meinen Qualitäten überzeugt habe.«

Jon Clapton kam zur verabredeten Zeit bei den ›Terrazza‹ an. Er war ein schlanker, hochaufgewachsener Mann von sechsundzwanzig Jahren, trug lange, blonde Haare und sah sehr gut aus. Er hatte bald gemerkt, daß ihm sein Aussehen bei geschäftlichen Besprechungen sehr von Nutzen war, und er hatte seine Qualitäten immer gut eingesetzt.

Klaus Schumann wartete an der Bar. Wenn man ihn flüchtig ansah, konnte man ihn als einen Mann im mittleren Alter einschätzen. Er trug einen sommerlich leichten blauen Anzug von guter Qualität.

»Hallo«, begrüßte Jon den Deutschen. »Sie sind zu früh hier, und ich komme fünf Minuten zu spät. Tut mir leid. Was sollen wir trinken?«

Klaus Schumann trank einen Wodka mit Bitter Lemmon, und Jon bestellte sich einen Rum mit Cola.

»Muffin wird ein wenig später kommen«, sagte Jon in entschuldigendem Tonfall. Aber er hatte es so mit ihr abgemacht, weil er ein paar Minuten allein mit Schumann reden wollte. Jon übergab ihm eine Mappe mit Fotos von Muffin. »Sie können in der Zwischenzeit ein wenig in diesen Bildern herumblättern.«

Da war die nackte Muffin, wie sie mit übereinandergeschlagenen Beinen auf einer Schaukel saß.

Da die nackte Muffin, wie sie sich bückte und den runden Hintern in die Luft streckte.

Da die nackte Muffin am Strand, in einem Auto, im Boot, auf einer Couch.

Da die nackte Muffin, die außer einem breiten Sommerhut nichts trug.

Muffin in schwarzen Hosen, Muffin mit einer durchsichtigen Bluse, Muffin mit einer Sonnenbrille.

»Sie ist eine herrliche Frau«, sagte Klaus Schumann.

»Sie sieht immer gleich gut aus«, bestätigte Jon. »Es gibt sogar viele Frauen, die sie lieben. Vor allem hat sie nichts Rauhes an sich. Das ist das Fantastische an dieser Person.«

Schumann nickte ihm zu und besah sich die Fotos noch einmal.

»Wir haben noch einen anderen Termin für den morgigen Tag«, sagte Jon schnell, als er sah, daß Schumann einige Male die Stirn runzelte. »Wie Sie sich vorstellen können, sind auch andere Kunden von mir sehr hinter den Bildern mit ihr her.«

»Selbstverständlich. Ich weiß, daß Sie schon alle Einzelheiten unseres Geschäftes mit unserer PR-Abteilung durchgesprochen haben. Aber ich habe mir gedacht, daß ich Sie gerne beide treffen möchte, wenn ich schon in Ihrer Stadt bin. Ich war mir dabei auch sicher, daß dies in Ihrem und dem Interesse des Modells ist.«

»Ganz bestimmt.«

Klaus Schumann besah sich noch einmal die Bilder der nackten Muffin. »Eine herrliche Frau.«

Das ist sie wirklich, dachte Jon. Sie ist ein Schatz, und wenn ich sie damals nicht entdeckt hätte, wäre vielleicht sonst etwas aus ihr geworden.

Er erinnerte sich daran, wie sie sich zum erstenmal getroffen hatten. Jon hatte damals einen Auftrag von einer Firma erhalten. Er sollte Vögel in den Parks von London fotografieren. Und in einem dieser Parks hatte er dann Muffin gesehen. Sie hatte ihm eine Zeitlang bei der Arbeit zugesehen und stand dabei so hilflos herum, daß er auf sie aufmerksam wurde.

Sie hat schöne Titten, hatte er gedacht und dann ein paar Fotos von ihr gemacht. Sie hatten sich wiedergesehen, als er ihr die Bilder brachte. Dann machte er noch ein paar Fotos von ihr, wie sie im Bikini vor der Kamera posierte, und auf diese Weise hatte sich eine Zusammenarbeit zwischen ihnen ergeben. Damals hatte sie gerade die Schule verlassen und war in einem Schreibmaschinenkurs.

»Es wird nicht lange Zeit dauern«, hatte Jon damals zu ihr gesagt, »dann wird aus dir eines Tages ein Topfotomodell.«

Es klang ihm noch heute im Ohr, wie sie damals gelacht hatte, aber in diesem Lachen war gleichzeitig Erstaunen darüber, daß er sie so gut einschätzte.

Sie war damals zu ihm ins Studio gekommen, um sich die Kontaktabzüge der Bilder anzusehen. Er hatte sie angeblickt, den gutgebauten Körper unter dem dünnen Kleid gesehen und ihr erklärt, daß Aktaufnahmen von schlank gewachsenen Modellen eine Zukunft hätten.

»Meine Eltern werden von dieser Idee nicht gerade begeistert sein«, sagte sie und kicherte. Dann zog sie sich aus, und sie machten innerhalb kurzer Zeit über hundert Aufnahmen von ihr in den verschiedensten Posen. Als sie mit den Fotos fertig waren, nahm er sie in die Arme und sie taten es mitten im Studio, wo vorher die Aufnahmen entstanden waren.

Sie hatten sich wieder voneinander gelöst, und er sagte zu ihr: »Was für ein reizendes, kleines Mädchen aus Wimbledon, das so viel Erfahrungen hat.«

»Ich habe erst fünf Freunde gehabt«, erwiderte sie und lächelte. »Meinen ersten Freund hatte ich, als ich zwölf Jahre alt war.«

In den nächsten zwei Monaten verließ Jon seine Frau, und Muffin zog von Wimbledon nach London. Gleichzeitig nahm sie über fünf Kilo Körpergewicht ab.

Die nächsten sechs Monate gingen damit hin, daß Jon die Laufbahn von Muffin als Fotomodell aufbaute. Sie waren zusammen in eine Wohnung gezogen, und sie verstanden sich auch außerhalb ihres Berufes immer besser.

Sie hatten eine partnerschaftliche Beziehung. Als sie sich die Wohnung gemietet hatten, sagte er zu ihr: »Du bist noch sehr jung, Muffin, und es werden viele Dinge auf uns zukommen. Laß sie uns gemeinsam lösen.«

»Das soll aber nicht heißen, daß du alt bist«, hatte sie lächelnd erwidert.

»Vielleicht nicht«, antwortete Jon und blickte aus dem Fenster auf die Straßen von London. »Aber ich habe eine Frau und zwei Kinder gehabt, und ich weiß, was das alles bedeutet. Wir haben eine andere Situation, und das heißt für uns, wir können jederzeit abhauen, und wir machen kein Drama daraus, wenn einer von uns fremdgeht. Aber halten wir uns an die Regel: nur einmal mit derselben Person. Einverstanden?«

Muffin nickte ihm zu.

Jon drehte sich vom Fenster zu ihr hin. »Und wir erzählen es einander.«

Wieder stimmte Muffin zu. Es klang nach einem schrecklichen und fantastischen Spiel zugleich.

Und es ging gut. In den zwei Jahren, in denen Muffin mit Jon zusammenlebte, hatte sie mit drei Männern geschlafen. Sie hielt sich dabei an die Vereinbarung. Nur einmal mit jedem. Danach hatte sie Jon davon erzählt und ihm alles genau berichtet.

Gleichzeitig sagte er ihr, daß er mit drei Mädchen geschlafen habe. Tatsächlich aber hatte er nur mit einem Mädchen geschlafen, aber er wollte nicht, daß Muffin seiner zu sicher wurde.

»Da kommt unsere junge Lady«, sagte Klaus Schumann und blickte zur Eingangstür.

Jon drehte sich um und beobachtete ihren Auftritt.

Mit ruhigen und gelassenen Schritten durchquerte Muffin den Raum der Bar. Einige Gäste wandten sich nach ihr um, aber sie schien sie nicht wahrzunehmen. Sie trug das Selbstbewußtsein einer Frau zur Schau, die es geschafft hatte, sich vom kleinen pummeligen Provinzmädchen zum internationalen Topmodell hochzuarbeiten.

3

Cleo war zu Hause angekommen, hatte ihre Sachen zusammengepackt, sich gebadet, geschminkt und war dann wieder zu ihrem Büro aufgebrochen.

Eine Nachricht lag dort für sie vor, daß sie dringend Mike anrufen sollte. Und auch Ginny hatte zweimal in ihrem Büro angerufen. Aber sie rief weder Mike noch Ginny an. Sie ging die Vorbereitungen für die Reise durch und erledigte einige geschäftliche Anrufe.

Gegen fünf Uhr rief Russell Hayes an und bat Cleo, möglichst bald in sein Büro zu kommen. Russell war der Chefredakteur des Magazins ›Image‹, und er hatte Cleo den Auftrag gegeben, für sein Blatt nach Europa zu fliegen. Er war ein schlanker, nervöser Mann, der einen Gesprächspartner schon dadurch aus der Fassung bringen konnte, weil er unablässig an seinen Fingernägeln kaute.

Cleo machte sich auf den Weg in sein Büro. »Was gibt es Neues?« fragte sie ihn, als sie ihm in einem weichen Ledersessel gegenübersaß.

»Ich wollte nur wissen, ob du noch irgendwelche Probleme hast.«

Cleo schüttelte den Kopf. »Alles läuft reibungslos. Ich habe meine Sachen zusammengepackt und bin zur Abreise bereit. Meinen Koffer habe ich schon bei mir, und wenn es möglich ist, möchte ich heute abend oder heute nacht eine Maschine nehmen.«

Russell spielte mit einem Kugelschreiber auf dem Schreibtisch herum. »Bring mir nicht alle meine Pläne durcheinander, Cleo. Es ist alles dafür vorbereitet, daß du morgen einen guten Flug hast, in London pünktlich am Flughafen abgeholt und in dein Hotel gebracht wirst. Außerdem bin ich abergläubisch. Man soll niemals einen Flug ändern, den man gebucht hat. Und der letzte und beste Grund, um gegen deine vorzeitige Abreise zu sein, ist der, daß du mir versprochen hast, zu der Party von Richard West zu gehen.«

Cleo hatte diese Einladung über den Ereignissen des letzten Tages vergessen. Das Magazin ›Image‹ hatte von dem Schriftsteller Richard West die Rechte für einen Vordruck erworben. Von daher gesehen war es wichtig für Russell und sie, zu der Party zu gehen.

Russell lächelte flüchtig. »Das Buch von West wird ein Renner auf dem Literaturmarkt, ›Die Bedeutung des Sex‹ ist außerdem ein guter Titel. Ich jedenfalls glaube an den Erfolg des Buches.«

»Ich weiß«, erwiderte Cleo und nickte ihm zu.

Sie mochte Russell sehr gerne. Sie hatten beide über Jahre eine gute geschäftliche Beziehung, obwohl er einmal versucht hatte, mehr daraus zu machen. Aber Cleo hatte über diesen Punkt hinweggesehen, und auf diese Weise waren sie Freunde geblieben.

»Kommt Mike auch zu der Party?« fragte Russell, denn er war auch mit Mike befreundet.

»Warum?«

Russell runzelte die Stirn. »Was meinst du mit deinem Warum?«

Cleo schüttelte den Kopf. »Mike wird nicht zu der Party kommen.«

»Stimmt irgend etwas in eurer Beziehung nicht?« fragte Russell.

»Wenn du so fragst«, erwiderte sie zögernd. »Es stimmt nicht mehr zwischen uns. Ich kann es auch anders ausdrücken: Die Sache stinkt gewaltig.«

»Ich habe schon drei Ehen hinter mir, und ich kenne die Anzeichen, wenn eine Beziehung in die Brüche geht.« Er ging um den Tisch und legte seinen Arm um ihre Schulter.

»Mir kommt es wie ein Scheitern vor«, sagte Cleo mit leiser Stimme.

»Erzähl mir darüber.«

Sie schüttelte den Kopf. »Wenn ich jetzt über unsere Ehe rede, würde ich sofort anfangen zu heulen. Wie auch immer, die Sache ist beendet. Ich habe unsere gemeinsame Wohnung verlassen und muß mir eine neue Bleibe suchen.« Sie schlug sich mit der flachen Hand gegen die Stirn. »Das bringt mich auf den Gedanken, daß ich mir für heute nacht ein Hotel besorgen muß.«

»Du kannst bei mir übernachten, wenn du möchtest«, sagte Russell nach einer Pause.

»Wir sind Freunde, das ist doch klar. Und ich will mir diese Freundschaft erhalten. Deshalb übernachte ich lieber im Hotel.«

»Ich werde meiner Sekretärin sagen, daß sie dir ein Zimmer bestellen soll. Du brauchst dich dann nicht mehr darum zu kümmern.«

Das Telefon auf seinem Schreibtisch klingelte, und ihm wurde gesagt, daß Richard West gleich in sein Büro kommen werde.

»Schicken Sie ihn rauf«, sagte Russell und legte auf. Dann wandte er sich an Cleo. »Du kannst West dann gleich kennenlernen, und wir fahren am besten mit meinem Wagen zusammen zu der Party.«

»Einverstanden. Kann ich für einen Moment deinen Waschraum benutzen?«

»Bedien dich bitte.«

Cleo ging in den kleinen Raum, der dem Büro von Russell angeschlossen war, und sie blickte eine Zeitlang in den Spiegel und studierte ihr Gesicht. Ihr Make-up war noch genauso perfekt aufgetragen wie vor wenigen Stunden, aber Cleo betonte die Partie um ihre Augen etwas stärker und puderte mehr Rouge auf die Haut.

»Sie haben die schönste Haut, die ich jemals bei einer Frau gesehen habe«, hatte Mike zu ihr gesagt, als sie sich kennenlernten.

Cleo kämmte ihre langen, schwarzen Haare, und es fiel ihr ein, wie Mike sie das erstemal ausgezogen hatte. Die ersten Male war es sehr aufregend gewesen, aber irgendwann schlich sich die Gewohnheit in ihre Handlungen ein, und die innere Spannung ließ mehr und mehr nach.

Wie lange konnte eine Beziehung, wie sie sie hatten, andauern? Wie viele Jahre konnte man sich vormachen, man habe den besten Partner auf der Welt? Es war schön gewesen, daran gab es keinen Zweifel, aber es gab auch andere Dinge, von denen Mike nichts wissen wollte.

Ich hatte immer Kinder haben wollen, dachte Cleo und lächelte sich im Spiegel zu. Sie liebte Kinder, solange sie sich erinnern konnte, und sie hatte immer vorgehabt, eine Menge Kinder zu bekommen. Sie hatte es zuerst sehr einfühlsam von Mike gehalten, als er vorschlug, sie sollten mit den Kindern noch eine Weile warten. Sie gehörte sowieso nicht zu der Sorte Frauen, die sich darauf freuten, einige Monate wie ein Ballon aufgeblasen in der Gegend herumzulaufen. Als er ihr dann sagte, es wäre besser, mit dem Kind zu warten, stimmte sie sofort zu, weil sie an einen Zeitraum von ein bis zwei Jahren dachte. Und erst im Laufe der Zeit dämmerte es ihr, daß Mike niemals Kinder geliebt hatte.

Sie hatte das Thema an einem Sonntag zur Sprache gebracht, nachdem sie sich im Bett geliebt hatten. Und Mike hatte ihr geantwortet: »Vielleicht hast du recht, Liebling, wenn du ein Kind haben möchtest. Aber ich muß dir gestehen, daß der Gedanke an diese kleinen Monster mich nicht berauscht. Sie stehen einem immer nur im Weg herum und beeinträchtigen unser Leben. Wer kann so etwas schon gebrauchen? Außerdem werde ich von schwangeren Frauen überhaupt nicht scharf im Bett, weil sie mich körperlich nicht reizen.« War dies der Augenblick gewesen, von dem ab die Dinge zwischen ihr und Mike immer negativer wurden?

Cleo ging in Russells Büro zurück, und er stellte ihr Richard West vor.

»Sie sehen überhaupt nicht so aus wie das Bild in Ihrem Buch«, sagte sie zu ihm.

Er nickte zustimmend. »Ich weiß. Aber wenn das Foto in dem Buch mir ähnlich sähe, würden wir das Buch niemals verkaufen können.«

Cleo lächelte. Für sie war dieser Mann akzeptabel, weil er nicht zu den arroganten und neurotischen Autoren gehörte. Sie haßte neurotische Männer.

Es war ein Mann von mittlerer Größe, hatte ein wenig Übergewicht und trug seine dicken, blonden Haare sehr kurz geschnitten. Der Anzug, den er trug, war grauenhaft anzusehen, und das dazu passende Hemd und die Krawatte halfen wenig, um diesen Eindruck zu korrigieren. Trotz alledem war er ein attraktiver Mann, und was ihn dabei sympathisch machte, war der Umstand, daß er davon offensichtlich nichts wußte.

Sie wollte ihm sagen, daß er Lippen wie Mick Jagger habe. Dikke, sinnliche Lippen im Gesicht eines Mannes, der sich im besten Alter eines Experten in Sachen Sex befand.

»Ich glaube, wir sollten jetzt gehen«, sagte Russell zu den beiden.

Sie kamen bei der Party an und wurden von einem ganzen Zimmer voll wartender Leute begrüßt.

Russell rannte sofort herum und sprach mit einigen Leuten, die für das Magazin arbeiteten.

Richard runzelte die Stirn und flüsterte Cleo zu: »Ich hasse diese Art von Geselligkeit. Sie macht mich gereizt und nervös.«

Cleo lächelte ihn an. »Sie müssen jetzt aber nett zu jedermann sein, denn Sie wissen nicht, ob er wichtig für Sie ist. Werfen Sie doch ein paar pikante Zitate aus Ihrem Buch in den Raum.«

»Pikante Zitate?«

»Überlegen Sie selber: Wie oft kann oder macht ein Mann es innerhalb von vierundzwanzig Stunden. Solche Dinge. Anregungen für den zukünftigen Leser.«

»Aber in professionellere Begriffe gefaßt, als ich sie verwendet habe?«

Cleo lachte. »Nach Möglichkeit.«

Wenig später erschien Ginny und ging direkt auf Cleo zu, die mit einem Buchkritiker sprach.

»Darf ich Sie beide stören?« fragte sie, als sie neben Cleo stand.

Der Buchkritiker nickte. »Wir haben alles Wichtige besprochen. Ich muß noch zu Doktor West gehen, um mit ihm ein paar Dinge zu bereden.«

»Vielen Dank«, erwiderte Ginny und warf ihren Kopf herum, daß ihre blonden Locken über das Gesicht wirbelten. Sie blickte sich im Raum um und fragte: »Wer ist denn heute Interessantes hier?«

»Ich weiß nicht.«

Ginny lachte kurz auf. »Niemand, mit dem ich schon geschlafen habe oder schlafen möchte oder in dieser Nacht schlafen werde?«

»Bist du hierhergekommen, um mich das zu fragen?«

»Nein«, erwiderte Ginny. »Aber du hättest mich anrufen können, nachdem du der armen Susan eine solche Szene in dem Lokal gemacht hast. Das sieht dir doch überhaupt nicht ähnlich, dich so aufzuführen, und Susan schwor mir hinterher, daß sie mit Mike überhaupt nichts gehabt hat und auch nicht haben will.«

»Arme Ginny«, sagte Cleo bitter. »Du hast überhaupt nicht gemerkt, daß Susan dich mit ein paar schönen Worten eingeseift hat. Aber ich kann dir auch schwören, daß die beiden zusammen geschlafen haben, denn ich habe sie dabei überrascht.«

»Du hast sie wirklich gesehen?« fragte Ginny ungläubig. »Du hast mit eigenen Augen gesehen, wie sie gefickt haben?« Sie schüttelte verwirrt den Kopf. »Susan hat mir nur erzählt, daß sie mit Mike zusammen einen Kaffee getrunken hat, aber mehr nicht zwischen ihnen gewesen ist. Dann hat sie noch beim Leben ihrer Mutter geschworen, daß das alles war. Arme Cleo, ich . . .«

»Du brauchst überhaupt nichts mehr zu sagen, Ginny. Das Thema ist für mich erledigt. Ich habe beide nackt auf der Couch in Mikes Büro gesehen. Und Mike ist nicht der Mann, der sich auszieht, wenn er nur eine Tasse Kaffee mit Susan trinken will.«

Für einen Augenblick schwieg Ginny. Dann sagte sie empört: »Diese heuchlerische Hure. Schwört beim Leben ihrer Mutter, daß sie nichts mit Mike gehabt hat. Darüber komme ich nicht hinweg. Du mußt dich schrecklich fühlen, und ich hätte mir denken können, daß du eine solche Szene nicht wegen einer Kleinigkeit machst. Es tut mir wirklich leid für dich. Entschuldige . . .«

»Genug, Ginny«, unterbrach sie Cleo. »Ich möchte nicht mehr darüber reden. Das Ganze ist passiert. Erledigt und vorbei. Jetzt macht es mir auch nichts mehr aus. Ich habe meine Sachen zusammengepackt und werde morgen früh nach London fliegen.«

»Was sagt denn Mike zu der ganzen Geschichte?« fragte Ginny zögernd. »Er kann doch nicht ein längeres Verhältnis mit Susan anfangen. Große Frauen waren noch nie sein Fall. Eine Frau wie Susan mag zwar große Titten haben, aber sie hat gleichzeitig den IQ eines fünfjährigen Mädchens. Ich denke wirklich . . .«

»Können wir jetzt endlich von etwas anderem sprechen?« fragte Cleo. »Ich wäre dir außerdem sehr verbunden, wenn du die Geschichte mit Mike und Susan nicht sofort in der ganzen Stadt verbreiten würdest.« Sie blickte in eine andere Richtung. »Komm mit. Ich möchte dich gerne mit Richard West bekannt machen.«

»Sehr gerne. Ich war schon immer scharf darauf, mit einem Experten in Sachen Sex zu sprechen.«

Sie gingen durch den Raum.

»Richard, ich möchte Ihnen gerne eine Freundin von mir vorstellen. Ginny Sandler. Sie ist Agentin.« Während Cleo sprach, lächelte sie, aber sie fühlte sich gleichzeitig müde und abgespannt, denn sie dachte daran, daß Mike um diese Uhrzeit nach Hause kam und erkennen würde, daß sie für immer ausgezogen war.

»Hallo, Ginny«, sagte Richard West und gab ihr lächelnd die Hand.

Ginny lächelte zurück. »Ich denke, daß wir vielleicht einen Vertrag über eine baldige Verfilmung machen können. Ich habe mir schon ein paar Gedanken darüber gemacht und möchte mit Ihnen darüber reden.«

Cleo entfernte sich von den beiden.

Ginny schien es nicht bemerkt zu haben, denn sie sprach immer noch auf Richard West ein. »Sie sind bei keinem Agenten unter Vertrag?«

»Nein.«

Wieder lächelte Ginny. »Dann werde ich Sie unter meine Fittiche nehmen, und wir beide können in kurzer Zeit sehr reich werden.« Sie legte eine Hand auf seinen Arm und fügte hinzu: »Ich möchte vorher aber gerne mit Ihnen noch das Kapitel über die vergrößerte Klitoris bereden. Es gibt darin ein oder zwei Dinge, die mir nicht klar sind.«

Cleo fühlte sich mit einem Schlag müde. Sie hatte genug von dieser Party, genug von den Menschen hier und genug von den seichten Gesprächen, die geführt wurden. Sie wollte nicht mehr lächeln, nicht mehr zu jemandem freundlich sein, der ihr in Wirklichkeit gleichgültig war, und sie konnte nicht mehr nett zu den Menschen sein, von denen sie wußte, daß sie in dem Augenblick über sie herzogen, wenn sie sich nur wenige Schritte entfernt hatte.

Sie blickte sich nach Russell um. Er stand mitten in einer Gruppe von Menschen, und Cleo erkannte unter ihnen auch seine letzte Freundin, eine rothaarige Schönheit, die Florinda hieß.

Cleo ging auf Russell zu, stellte sich neben ihn und flüsterte ihm zu: »Ich bin ziemlich müde. Wie heißt das Hotel, in dem du mich untergebracht hast?«

Einen Moment blickte Russell sie verständnislos an. Dann schlug er sich mit der flachen Hand gegen die Stirn. »Meine Güte, das habe ich glatt vergessen.«

»Vielen Dank.«

»Sei mir nicht böse, Cleo. Ich habe dir doch gesagt, daß ich jede Menge freier Zimmer habe. Und du kannst beruhigt in einem dieser Zimmer . . .«

»Russell . . .«

»Du kannst mir nach so langer Zeit, die wir beide uns kennen, glauben, daß du mir vertrauen kannst. Ich werde sofort meinen Diener anrufen und ihm sagen, daß er alles für dich herrichten soll, während du zu ihm unterwegs bist. Ich werde nicht sehr spät nach Hause kommen, und wenn du nicht unbedingt scharf darauf bist, das Bett mit mir und Florinda zu teilen, wirst du völlig in Ruhe gelassen.«

»Wenn du sicher bist, daß . . .«

»Ich bin sicher.« Russell lächelte sie flüchtig an. »Deine Sachen sind noch in meinem Wagen. Ich werde gleich mit dir nach draußen gehen und dem Chauffeur Bescheid sagen, daß er dich fahren soll. Er kann mich dann später hier abholen.«

»Wenn Mike hier aufkreuzt . . .«

»Ich sage ihm nichts.«

Cleo fühlte sich erleichtert, und sie gab ihm impulsiv einen Kuß auf die linke Wange. »Es ist gut, wenn man einen Freund wie dich hat.«

Russell lachte nervös auf. »Ich habe dir immer gesagt, wenn Mike und du auseinandergehen, daß ich dir dann zur Verfügung stehe.«

Cleo nickte ihm zu. Er konnte sich ihr noch so lange Zeit zur Verfügung halten. Er war einfach nicht der Typ von Mann, mit dem sie ins Bett ging.

Russell lebte in einem großzügig angelegten Penthouse, von dem man einen unbeschreiblichen Blick über die ganze Stadt hatte. Cleo war schon bei verschiedenen gesellschaftlichen Anlässen dort gewesen, aber als sie sich jetzt allein darin befand, kam es ihr vor, als spiele sie in einem Film mit und müsse gleich erwachen.

Der Diener hatte ihr die Tür geöffnet und sie dann in ein orangefarbenes Zimmer geführt, dem gleich ein Bad angeschlossen war. Der Diener hatte ihr alles gezeigt, was nötig war, damit sie es sich bequem machen konnte, aber Cleo fühlte sich an diesem Abend viel zu müde, um es sich bequem machen zu wollen.

Das ist ein Alptraum von einem Gästezimmer, dachte Cleo, als sie sich näher umgesehen hatte. Sie stand vor einem Bücherregal, das direkt neben dem Bett stand, und musterte die einzelnen Titel. ›Erotische Kunst‹, ›Die Geschichte der Erotik‹, ›Sexuelles Verständnis‹. Unwillkürlich mußte sie lachen. Oh, Russell, was für eine Enttäuschung wirst du immer mehr für mich. In diesem Raum fehlt nur noch der Stapel von ›Playboy‹-Heften.

Cleo setzte sich auf das Bett, und ihr Blick blieb an einem kleinen Glastisch neben der Toilettentür haften. Fein säuberlich geschichtet lagen dort die ›Playboy‹-Hefte der letzten Jahre.

Sie lehnte sich zurück, drückte einen Knopf der Stereoanlage und lauschte der leisen Musik, die aus den Lautsprechern drang.

Cleo überlegte sich, was Mike wohl im Augenblick tat. Er war bestimmt schon zu Hause. Würde er überhaupt bemerken, daß sie ihn verlassen hatte? Wenn er sich das Badezimmer ansah, mußte er es sofort merken. Kein weibliches Durcheinander mehr. Wenn er in die Schränke blickte, mußte er es auch merken.

Vielleicht hätte sie ihm eine Nachricht hinterlassen sollen. Auf keinen Fall. Sollte er doch zur Hölle gehen. Sollte er sich überlegen, warum sie gegangen war. Wenn er sich auf die Suche nach ihr machen würde, war sie bestimmt schon in London.

Cleo stand vom Bett auf, ging ins Bad, duschte kurz und legte sich wieder ins Bett. Sie schloß die Augen und wollte schlafen. Aber ihre Gedanken kreisten um Mike, Ginny, Susan, Russell, Richard West, um den Flug nach London, um sich selber.

Plötzlich tauchte wieder das Bild vor ihren Augen auf, wie Mike mit Susan auf der Couch lag und sie geliebt hatte. Wenn er wenigstens damit aufgehört hätte, als sie ins Zimmer getreten war. Wenn er wenigstens von Susan heruntergerollt wäre. Nichts dergleichen. Er hatte Cleo einfach angesehen, sein Blick war durch sie hindurchgegangen, und dann hatte sein Körper wieder begonnen, sich rhythmisch auf Susan zu bewegen.

Was für ein Schwein er war. Er wollte noch nicht einmal seine Fickerei unterbrechen. Fick jetzt – sprich später darüber.

Sie hatte sich nicht auf dieses Spielchen eingelassen. Sie war nicht in der Lage, über diese Sache zu sprechen. Mike haßte diese Einstellung von ihr. Er war ein Schönredner und Diskutierer. Wenn er jetzt mit der ganzen Geschichte allein gelassen wurde, würde er nicht damit zurechtkommen, weil er niemanden hatte, vor dem er sich verteidigen oder rechtfertigen konnte.

Gut. Soll er innerlich daran ersticken. Soll er alles mit Susan und deren Spatzenhirn besprechen.

Ungefähr eine Stunde mußte vergangen sein, als sie hörte, wie ihre Tür geöffnet wurde und jemand auf Zehenspitzen an ihr Bett schlich. Sie richtete sich auf und knipste die Nachttischlampe an.

Es war Russell.

»Ich wollte nur kurz nachsehen, ob alles hier in Ordnung ist«, sagte er verlegen.

Cleo zog sich das Bettlaken höher. »Sehr gut alles. Ich konnte nur nicht richtig einschlafen. Warum kommst du schon so früh nach Hause?«

»Ich habe mir Sorgen wegen dir gemacht. Vielleicht brauchst du ein Gespräch mit jemandem.«

»Wo ist Florinda?«

Russell zuckte gleichgültig mit den Schultern. »Ich habe sie nach Hause geschickt.«

»Das hättest du wegen mir nicht tun müssen.« Lieber Gott, dachte Cleo, jetzt fängt er bestimmt an, einen Angriff auf mich einzuleiten.

Russell setzte sich vorsichtig auf die Bettkante. »Wie gefällt dir das Zimmer?«

»Es ist sehr modern.«

Russell nickte. »Wenn du möchtest, kannst du gerne hier wohnen, wenn du aus Europa zurück bist.«

»Das ist nett.«

»Du bist eine sehr schöne Frau, Cleo. Aber was noch wichtiger ist: Du bist auch intelligent. Wir könnten eine gute Beziehung zueinander haben.«

Könnten wir nicht, dachte Cleo im stillen. Weil du ein Mann bist, der auf seinen Fingernägeln herumkaut. Und laut sagte sie: »Es ist schon sehr spät, Russ. Ich muß jetzt versuchen zu schlafen.«

Er nickte ihr zu. »Du liebst noch Mike, das weiß ich. Aber du und ich, wir könnten eine ganz andere Art von Beziehung haben. Eine viel reifere. Mike ist nicht der richtige Mann für dich. Er ist viel zu ehrgeizig und denkt nur an seinen Beruf.« Er beugte sich vor und küßte sie. Es war ein geübter, hartnäckiger Kuß.

Sie konnte sich nicht gegen ihn wehren, weil sie unter dem Bettlaken nackt war. So versuchte sie nur, das Laken fest um sich herumzuziehen, und ließ seinen Kuß über sich ergehen.

Mit einer plötzlichen Bewegung ließ er sich auf das Bett fallen und rollte sich auf sie. Cleo riß den Kopf zur Seite. »Geh weg, Russ.«

Sein Körper begann sich auf und ab zu bewegen, seine Augen waren fest geschlossen. Seinen gestreiften italienischen Anzug, sein rosa Hemd und seine blankpolierten Schuhe hatte er anbehalten.

Cleo lag reglos unter ihm.

Als Russell kurz vor dem Höhepunkt war, stammelte er: »Ich habe dich immer geliebt, immer . . .« Dann zuckte er in sich zusammen, und Cleo konnte an nichts anderes als an seinen ruinierten Anzug denken.

Er lag noch einige Momente reglos auf ihr. Dann machte er die Nachttischlampe aus, flüsterte »gute Nacht« und verließ das Zimmer.

Cleo stand nach einer Weile auf, ging leise zur Tür und drehte den Schlüssel im Schloß herum. Sie wußte nicht, ob sie weinen oder lachen sollte.

Sie lag lange Zeit im Bett und starrte gegen die Decke. Sie wußte noch nicht einmal mehr, an was sie denken sollte. Irgendwann zog sie sich die Bettdecke unter das Kinn, machte die Nachttischlampe aus und versuchte dann einzuschlafen.

Das perfekte Ende eines perfekten Tages.

4

»Du warst fantastisch«, sagte Jon, »einfach einmalig. Der Schumann-Kalender wird morgen ganz allein von uns gemacht. Jetzt müssen wir nur noch an unsere Ferien in diesem Jahr denken.«

Muffin lachte glucksend. »Er hat mich aber nicht immer nur mit fröhlichen Blicken bedacht. Manchmal fühle ich mich vor den Augen dieser alten Knacker nackter als auf den Fotos.«

Jon streichelte über ihr Knie. »Das stört dich doch nicht, oder?«

»Manchmal macht es mir sogar Spaß, wenn die Männer mich so ansehen.«

»Mit deinem Gesicht, deinen schönen Brüsten ist es kein Kunststück, diese Greise aufzuregen. Genieß es. Eines Tages wirst du eine alte Lady hier in Wimbledon sein und dir wünschen, daß du so aussiehst wie jetzt.«

»Vielleicht.«

Er legte seine Arme um ihre Schultern, zog sie an sich und küßte sie auf ihre vollen Lippen. Sie schmiegte sich nach einer Weile enger an ihn.

Er zog ihre Bluse hinten aus der Hose und schlüpfte mit seinen Händen unter ihr knapp sitzendes Bikinihöschen. »Ein herrlicher Hintern«, flüsterte er ihr ins Ohr.

»Deine Hände sind viel zu kalt dafür«, flüsterte sie zurück, ließ sie aber dort, wo sie waren.

»Ich werde deinen Slip herunterziehen«, murmelte er.

Muffin hielt einen Moment die Luft an. Dann erwiderte sie: »Aber, Sir. Ich bin ein unschuldiges Mädchen vom Lande. Belästigen Sie mich nicht.«

Jon streifte ihr schnell den Slip herunter. »Wenn du ein Mädchen vom Lande bist, möchte ich in deinen Wald eindringen. Stört dich das?«

»Aber, Sir . . .«

Das Telefon klingelte.

»Scheiße«, sagte Jon.

Muffin zog sich den Slip an und ging ans Telefon. Sie meldete sich mit Namen und blickte dann Jon an. »Es ist deine Frau.«

Er nahm ihr den Hörer aus der Hand. »Jane? Was willst du?«

Er hatte noch nicht einmal drei Jahre mit ihr zusammengelebt, aber sie rief noch immer wegen jeder Kleinigkeit an. Am meisten aber war Jon über die Tatsache verärgert, daß er nicht nur seine beiden Kinder zu unterhalten hatte, sondern auch noch seine ehemalige Frau und deren augenblicklichen Liebhaber.

Sie wollte mal wieder Geld. Eigentlich wollte sie immer Geld, wenn sie anrief, aber sie sagte es nicht jedesmal so direkt.

Jon hatte ihr ein kleines Haus in Putney gekauft, er gab ihr fünfundzwanzig Pfund in der Woche, und er bezahlte alles, was mit den Kindern zusammenhing.

Sie war eine Rabenmutter. Jon besuchte die Kinder jedes Wochenende, und sie sahen immer dreckig aus.

»Kümmer dich selber um die Kinder, wenn du nur zu meckern hast«, sagte sie jedesmal, wenn er ihr Vorwürfe machte. »Am besten ziehst du sie zusammen mit deinem Püppchen auf, wenn sie etwas von Kindern versteht.«

Dieses Angebot hätte Jon gerne von ihr angenommen, aber er wußte, wie sinnlos es war. Muffin war selber noch viel zu sehr Kind, um zwei Kinder erziehen zu können.

Sie hatten schon häufig über eine Scheidung gesprochen, aber sie wußten nicht, wie sie dann die finanziellen Probleme lösen sollten.

Jon stimmte zu, ihr weitere fünfzig Pfund zu schicken. Alter Blutsauger, dachte er. Viel Geld für eine Liebe, die einmal jung und romantisch war. Warum habe ich nur so jung geheiratet? Man sollte überhaupt nicht heiraten.

Muffin saß an ihrem Schminktisch und malte sich die Lidschatten nach. Dann wischte sie mit einem Tuch über ihre Wangen, um verwischte Schminke abzureiben. Jon trat hinter sie und wühlte in ihrem Haar herum. »Laß das sein«, maulte sie. Wenn er mit Jane telefoniert hatte, war sie danach immer in schlechter Stimmung. Es erinnerte sie immer an die Scheidung, die Jon ihr schon hundertmal versprochen und ebensooft verschoben hatte.

5

Mike James rauchte lange, dünne, schwarze Zigaretten. Sie waren besser als normale Zigaretten und billiger als Zigarren. Der wahre Grund aber, warum er diese Zigaretten rauchte, war, daß sie Stil hatten. Und Mike war ein Mann, der Stil liebte.

Und das war auch der Grund, warum ihn der Gedanke daran, daß Cleo ihn mit Susan erwischt hatte, krank machte. Wenn es eine Qualität gab, die Susan nicht besaß, dann war es Stil. Sie war eine Zuckerpuppe mit einem großen Körper. Aber für viele Männer genügt der Anblick von zwei großen Brüsten, um den Verstand aussetzen zu lassen.

Nachdem er von Cleo überrascht worden war, hatte er schnell mit Susan Schluß gemacht. Sie war mit einem Lächeln gegangen und hatte gesagt: »Wir werden uns bestimmt bald wiedersehen, Liebling.«

Er bedauerte die Tatsache, daß er nicht noch einige Stunden gewartet hatte, um mit Susan zu schlafen. Hätte er wenigstens so lange gewartet, bis Cleo in Europa war, dann hätte er Zeit genug mit Susan gehabt. Aber es war schon immer sein Motto gewesen, die Dinge sofort zu erledigen und nicht erst auf morgen zu warten.

Er dachte an eine Million ›Wenn ich doch . . .‹

Wenn ich doch die Tür zum Büro abgeschlossen hätte.

Wenn ich meine Sekretärin nicht geschickt hätte, um Kaffee zu holen.

Wenn Cleo wenigstens angeklopft hätte. Sie war noch nie unangemeldet in seinem Büro erschienen. Und jetzt mußte sie glauben, daß er seine ganze Zeit immer nur damit verbrachte, Freundinnen von ihr zu vernaschen.

Mike ging ruhelos in seinem Büro umher. Cleo war sicherlich nicht sehr erbaut von dem Umstand, daß er mit einer ihrer Freundinnen geschlafen hatte. Besser wäre es in jedem Fall gewesen, wenn es für Cleo eine Fremde gewesen wäre. Das wäre zwar auch noch schlimm gewesen, aber nicht so peinlich wie mit Susan.

Susan hatte ihm schon mehrmals vorher deutlich zu verstehen gegeben, daß sie gerne mit ihm ins Bett gehen wollte. Und er hatte in der vergangenen Woche sich mit ihr zum Essen verabredet. Dabei hatte er dann erwähnt, daß sie mal bei ihm im Büro zu einer Tasse Kaffee vorbeikommen könnte. Aber bei dem Kaffee war es dann nicht geblieben.

Es ist schon unangenehm, wenn eine Frau herausfindet, daß ihr Mann ein Verhältnis mit einer anderen Frau hat. Aber wenn sie diese Frau dann bei ihrem Mann leibhaftig vorfindet, wird die Angelegenheit mehr als delikat. Mit Cleo war für ihn Sex schön. Sie liebte ruhig, gleichmäßig, befriedigend. Sex mit anderen Frauen war für Mike aufregender und aufreizender. Er konnte diese Frauen oft so gebrauchen, wie er sie haben wollte. Er tat mit ihnen Dinge, die er sich bei Cleo niemals wagen würde. Susan hatte er nur gebraucht. Er hatte sie benutzt, und das Ganze war für ihn nicht mehr als ein morgendlicher Spaß gewesen.

Mit Cleo lagen die Dinge von Anfang an sehr vielschichtig. Sie war in sein Leben getreten, als er der Meinung war, daß das Leben, wie er es im Augenblick führte, in Ordnung war. Und er hatte auch beschlossen, es in dieser Weise weiterzuführen. Er arbeitete hart für den Beruf, den er liebte. Er hatte eine schöne Wohnung. Einen Ferrari. Eine Menge verschiedener Freundinnen. Tatsächlich führte er ein Leben, wie es sich die männlichen Leser von ›Playboy‹ schon immer gewünscht haben.

Dann kam Cleo und überzeugte ihn, daß er bisher einem hohlen Traum nachgelaufen war.

Sie wollte nicht geheiratet werden. Sie war immer unabhängig gewesen. Sie fragte ihn auch nichts, wollte nichts aus seiner Vergangenheit wissen. Nachdem sie sechs Monate zusammengelebt hatten, bestand er darauf zu heiraten. »Wenn du mich wirklich liebst, kannst du dies am besten durch eine Heirat unter Beweis stellen«, hatte er damals zu ihr gesagt. Und er hatte es so gemeint.

Wie viele Frauen hatten diese Worte in der Vergangenheit zu ihm gesagt?

Sie haben dann geheiratet, und er hat vier Jahre lang mit einer schönen und intelligenten Frau zusammengelebt. Eine moderne Ehe.

Hatte Cleo in dieser Zeit geglaubt, daß er ihr immer treu war? Niemand war treu in langen Ehejahren. Wahrscheinlich hatte sie es von ihm auch nicht erwartet.

Aber sie war es bestimmt. Viele Frauen brauchen diese Art von Selbstbestätigung nicht. Es wäre auch gar nicht Cleos Stil gewesen, ihn mit einem anderen Mann zu hintergehen. Er machte sie sexuell zufrieden, und er machte sie in anderen Dingen auch zufrieden. Er dagegen nahm sich die Freiheit, fremdzugehen, und er hätte wütend reagiert, wenn sie das gleiche getan hätte. Aber er wußte, daß sie es nicht tun würde, und das hatte ihn immer beruhigt, wenn er sie mit einer anderen Frau betrog.

Sie hatten oft über andere Frauen gesprochen. Und er hatte ihr dann immer erzählt, welche Frau er gut finde. Dann hatten sie beide darüber gelacht. Wahrscheinlich saß Cleo jetzt zu Hause und lachte schon über die Sache mit Susan. Wenn er heute abend nach Hause kam, würden sie über die Sache sprechen und lachen.

»Du hast noch nie einen guten Geschmack gehabt«, würde Cleo sagen. Und sie würden über Susan sprechen und dann zusammen ins Bett gehen.

So wird es heute bestimmt laufen, dachte Mike. Cleo war als Frau zu vernünftig, um so eine Kleinigkeit hochzuspielen und ihr eine Bedeutung zu geben, die sie gar nicht hat.

Am besten wäre es, die Geschichte überhaupt nicht zur Sprache zu bringen. Einfach die Tatsache ignorieren, daß etwas geschehen ist. Aber nein, damit wäre die Sache nicht erledigt. Cleo würde ihm bestimmt Fragen stellen. Es war ja auch ihr gutes Recht. Sollte sie ihn fragen. Er war im Geiste schon vorbereitet und würde ihr die richtigen Antworten geben.

Sie war immer noch die Frau, die er liebte. Und er würde ihr das heute nacht im Bett beweisen.

Vielleicht hatte es seine gute Seite, daß Cleo ihn heute überrascht hatte. Er würde mit den Seitensprüngen für eine Weile aufhören und sich ganz auf seine Beziehung zu Cleo konzentrieren.

6

Cleo fühlte sich nicht mehr sicher, bis sie im Flugzeug saß und auf dem Weg nach London war.

Die Maschine war nicht sehr voll, und sie hatte einen Platz am Mittelgang. Der mittlere Sitz war frei, und am Fensterplatz saß ein Sänger, den sie als Shep Stone erkannt hatte. Er war schon vor dem Start sehr nervös gewesen und trank hin und wieder einen Schluck aus einer Whiskyflasche, die er in das Netz vor sich gesteckt hatte. Als sie dann in der Luft waren, hatte er sich sofort eine Zigarette angesteckt, nachdem die Anzeigetafel ›No Smoking‹ erloschen war. Um seine Aufregung zu verbergen, versteckte er sich immer mehr hinter einer Tageszeitung.

Cleo war nicht in der Stimmung, eine Unterhaltung anzufangen. Und sie war froh darüber, daß er es scheinbar genausowenig wollte.

Sie war verärgert und enttäuscht. Das Verhalten von Russell Hayes war nicht nur kindisch, sondern für sie auch verletzend. Er war am Morgen erschienen, als ob nichts geschehen wäre. Er hatte gelächelt, gefragt, wie sie geschlafen habe, und war dann in einen geschäftlichen Plauderton verfallen. Sie hatten dann zusammen gefrühstückt. Das Frühstück war sehr einsilbig verlaufen, jedenfalls was Cleo betraf. Ihn schien dieser Umstand nicht sehr zu beeindrucken. Er hatte darauf bestanden, sie zum Flughafen zu bringen. Er hatte ihr mehrere Magazine gekauft und ihr Gepäck aufgegeben. Beim Abschied wollte er sie auf den Mund küssen, aber sie hatte sich schnell abgewandt, und er war nur auf dem Hals gelandet.

»Letzte Nacht mit dir war wundervoll«, hatte er ihr ins Ohr geflüstert. Was sollte man so einem Mann antworten?

Sie versuchte beim Abschied zu lächeln, aber als sie daran dachte, daß sie jahrelang wirkliche Freunde gewesen waren, erstarrte ihr Lächeln.

»Fühl dich nicht schuldig«, hatte Russell noch gesagt. »Es wird sich alles zum Besten wenden.«

Cleo bestieg das Flugzeug mit einer Wut im Bauch. Was für ein mieser kleiner Egoist dieser Russell war. Der liebe, alte, süße Russ. Einer von Mikes besten Freunden. Zur Hölle mit diesem besten Freund. Und zur Hölle mit Susan, die auch so eine beste Freundin gewesen war.

»Würden Sie mir eine Ihrer Zeitschriften leihen?« fragte Shep Stone und lehnte sich herüber.

»Natürlich.« Cleo legte alle Zeitschriften, die sie bei sich hatte, auf den Mittelsitz.

»Fliegen Sie bis London oder weiter?« fragte Shep Stone, ohne die Zeitschriften zu beachten.

Eine blöde Frage, da er genau wußte, daß der Zielflughafen London war. Cleo zuckte mit den Schultern. »Nur bis London.«

»Kennen Sie London?«

»Ja«, erwiderte Cleo kalt und überlegte sich, warum Männer im Flugzeug immer glaubten, sie könnten jede Frau sofort ansprechen.

»Eine reizende Stadt«, sagte er. »Ich war schon dreimal dort.«

»Interessant.«

»Kommen Sie aus New York?«

Cleo drehte sich halb zu ihm hin. »Hören Sie: Ich habe schreckliche Kopfschmerzen, und durch Ihr Gerede gehen sie auch nicht weg.«

»Bitte?«

»Nehmen Sie sich meine Magazine oder was Sie wollen. Aber sind Sie ruhig.«

Er murmelte einen Fluch und blickte dann wütend zum Fenster raus.

Shep Stone war ein bekannter Sänger romantischer Balladen, aber er hatte niemals den wirklich großen Durchbruch im Showgeschäft geschafft. Er war Mitte Dreißig, hatte braune Haare und ein nettes Lächeln. Nicht unbedingt wie Andy Williams, aber so ähnlich.

Cleo lehnte sich in ihrem Sitz zurück, schloß die Augen und versuchte, ihre Gedanken zu ordnen. Sie war jetzt nach London unterwegs im Auftrag von ›Image‹, um ein paar Interviews für dieses Magazin zu machen. Sie hatten fünf bekannte Filmstars ausgesucht, und Cleo sollte soviel wie möglich über sie erfahren, was sonst nicht in den Klatschspalten der Magazine stand.

»Das ist auch eine tolle Chance für dich«, hatte ihr Russell gesagt. »Deine Serie wird über fünf Nummern von ›Image‹ laufen.«

Cleo hatte die Idee gut gefunden und sich von Anfang an auf ihre Arbeit gefreut. Im allgemeinen interviewte sie zwar lieber Geschäftsleute oder Politiker, aber dieser Auftrag war mal etwas anderes für sie. »Schauspieler sind so oberflächlich«, hatte sie zuerst gesagt, als Russell ihr den Vorschlag gemacht hatte. »Sie haben alle ihre Geschichten schon tausendmal erzählt.«

Mike hatte sie darin bestärkt, den Auftrag anzunehmen. »Es wird dir guttun, wenn du mal über andere Dinge schreibst als gewöhnlich. Dein Stil ist sowieso sehr ernst, genauso wie der Inhalt deiner sonstigen Interviews. Du brauchst mal eine Abwechslung.«

Daraufhin hatte Cleo ja gesagt.

Die Bezahlung war gut. Der Gedanke, ein paar Wochen in London und Umgebung zu verbringen, ebenso. Sie konnte dann auch die Gelegenheit wahrnehmen und ihre Mutter zu besuchen. Einige Tage Südfrankreich oder Rom waren vielleicht auch noch drin.

»Stört es Sie, daß ich rauche?« fragte Shep Stone verängstigt. »Wenn es Sie stört, rauche ich selbstverständlich nicht weiter. Eigentlich mache ich mir nicht viel aus dem Zeug, aber ich habe einfach Flugangst. Klingt lächerlich, nicht wahr?«

Cleo seufzte geduldig auf. Sie konnte im allgemeinen nicht grob gegen jemanden sein. Wenn sie einen Artikel schrieb, war das ziemlich einfach. Aber nicht, wenn sie den Menschen vor sich hatte.

»Es stört mich nicht«, gab sie zurück. »Ich bin nur etwas müde.«

»Wollen Sie einen Schluck zu trinken haben? Er wird Sie aufmuntern.«

Cleo nickte. Sie wußte, daß sie jetzt so lange geflogen waren, daß ein Gespräch unvermeidlich war.

Und dann erzählte er. Die ganze Zeit, während sie über den Atlantik flogen. Über seine Karriere, seine drei Frauen, seine beiden Kinder, seine finanzielle Lage, seine politischen Ansichten. Als er damit zu Ende war, kam das unvermeidliche Thema: seine sexuellen Erfahrungen und Meinungen zu diesem Bereich.

»Ich liebe Frauen«, erklärte er überschwenglich. »Wahrscheinlich liebe ich sie zu sehr. Ich habe so richtig mit Frauen angefangen, als ich achtzehn Jahre alt war. Bestimmt zu alt für einen Mann, nicht wahr? Aber trotzdem: Ich habe alles nachgeholt.«

Das Flugzeug geriet in eine Turbulenz, und Shep Stone schwieg augenblicklich. Als sich die Lage der Maschine für einen Moment beruhigt hatte, sagte er: »Ich hasse diese ganze Fliegerei.« Und dann trank er schnell ein paar Schluck aus seiner Whiskyflasche.

Wenige Sekunden darauf wurde das Flugzeug in der Luft herumgewirbelt wie ein Tischtennisball im Sturm. Shep Stone trank immer weiter. »Ich bin gleich so ruhig wie der Pilot«, verkündete er, als die halbe Flasche leer war. Dann bot er Cleo eine Zigarette an, und sie nahm sie. Sie sog den Rauch tief in die Lungen.

Plötzlich hörten sie die Stimme des Kapitäns durch die Lautsprecher.

»Mein Gott, wir stürzen ab«, sagte Shep Stone und trank einen großen Schluck.

Der Pilot entschuldigte sich für das schlechte Wetter und erklärte, daß es über London noch schlechter sei. Deshalb wären sie gezwungen, in Kürze eine Zwischenlandung in Frankfurt vorzunehmen.

»Verdammter Mist«, sagte Shep verärgert und klammerte sich weiterhin an seinem Sitz fest. In dieser Haltung blieb er bis zur Landung.

Cleo winkte die Stewardeß zu sich und erfuhr, daß sie eine Nacht in Frankfurt bleiben müßten. Es machte ihr nichts aus. Cleo war sicher, daß Mike in der Zwischenzeit das Hotel wußte, in dem sie in London übernachten wollte. Und sie war sich auch sicher, daß er den ganzen Abend versuchen würde, sie anzurufen. Das war jetzt vergeblich.

Sollte er noch einen Tag länger schmoren.

7

Muffin und eine Japanerin standen Rücken an Rücken. Sie hatten die gleiche Größe, aber die anderen körperlichen Details waren unterschiedlich.

Sie waren beide nackt, und jede von ihnen hielt zwei Gläser Sekt in die Höhe.

»Das sieht schrecklich aus«, rief Jon auf einmal und stellte die Kamera ein. »Komm her, Annie«, sagte er zu seiner Assistentin. »Nimm noch ein paar Eiswürfel und reib ihnen die Brustwarzen ein, sonst hängen sie völlig schlaff nach unten.«

Annie kam sofort mit einem Eisbehälter zu den beiden Fotomodellen. Sie rieb mit einem Stück Eis die Brustwarzen der Japanerin ein, und wenige Augenblicke später standen die Nippel hoch.

Muffin streckte ihre Brüste nach vorne. »Mich als nächstes, bitte. Ich habe den Schock des Tages noch nicht hinter mich gebracht.«

Jon sagte: »Muffin, zieh den Oberkörper mehr ein und das rechte Knie mehr anwinkeln. Ich mache jetzt die Aufnahmen von euch.« Er drückte mehrere Male auf den Auslöser, und jedesmal flammte ein Meer von Blitzlichtern auf. »Das ist wunderbar«, rief Jon dazwischen. »Ihr seid heute fabelhaft.«

Nach einer Weile legte er einen neuen Film in die Kamera ein, und die ganze Prozedur wiederholte sich. Aus der Stereoanlage drang laute Rockmusik, und immer wieder erhellte das Blitzlicht den Raum taghell. Schließlich sagte Jon: »Wir sind fertig für heute.«

Muffin und Kamika, das japanische Mädchen, reckten ihre Körper. »Ich bin völlig geschafft «, sagte Muffin und zog Kamika mit sich in den Umkleideraum.

»Charlie und ich werden uns scheiden lassen«, sagte Kamika, während sie sich abschminkte.

»Schämt euch.« Muffin zog ihren Slip und ein Paar Jeans an. »Wie lange seid ihr denn verheiratet?«

»Ein Jahr und sieben Tage.« Kamika zog sich ebenfalls an.

»Warum laßt ihr euch scheiden?« fragte Muffin und kämmte sich die Haare.

»Er furzt den ganzen Tag, und er furzt die ganze Nacht. Ich kann es einfach nicht mehr hören.«

»Viele Kerle furzen«, erwiderte Muffin und zündete sich eine Zigarette an.

»Aber nicht zur Musik.«

Muffin lachte kurz auf. »Wenn es im Gleichtakt ist, geht es ja noch.« Sie nahm ihre neue Sonnenbrille aus der Tasche und steckte sie ins Haar.

»Du hast eine sehr schöne Sonnenbrille«, sagte Kamika bewundernd.

Muffin nahm die Brille wieder ab und überreichte sie Kamika. »Wenn sie dir gefällt, kannst du sie gerne behalten.«

»So habe ich das nicht gemeint. Ich wollte nur sagen, daß sie mir gefällt.«

Muffin schüttelte den Kopf. »Behalt sie. Mit den besten Grüßen von ›Harrods‹.«

Jon arbeitete noch immer. Er fotografierte ein schlankes, blondes Modell in einem durchsichtigen Nachthemd. Muffin sah den beiden eine Weile zu, dann ging sie zu Jon und gab ihm einen flüchtigen Kuß. »Bis später, Liebling.« Sie warf der Blonden einen kurzen Blick zu. »Laß die Finger von ihm, Erica. Er ist schon in den besten Händen.« Dann verließ sie das Atelier.

Sie hatte den ganzen Nachmittag vor sich und überlegte, was sie tun sollte. Denn es war eine Seltenheit in ihrem Beruf, daß sie einen halben Tag frei hatte. Meistens mußte sie auch noch nachmittags und häufig bis spät in die Nacht Aufnahmen machen.

Es gab eine Reihe von Möglichkeiten für sie. Sie konnte nach Hause gehen und einen langen Spaziergang mit dem Hund im Park machen. Sie konnte durch die Stadt gehen und einen Einkaufsbummel machen. Oder sie konnte ins Kino gehen und sich einen Film ansehen.

Sie konnte auch ins ›Carousel‹ gehen und eine Kleinigkeit essen. Dort traf sie immer eine Menge ihrer Berufskolleginnen, und man konnte einen Schwatz darüber halten, wer mit wem neu liiert war und wer was mit wem trieb oder treiben wollte.

Erica stellte sich in eine neue Pose und sagte zu Jon: »Muffin und du, ihr scheint sehr eng miteinander verbunden zu sein.«

»Die Beine ein wenig mehr zusammen, Erica«, sagte Jon. »So ist es besser.« Er drückte auf den Auslöser. »Ja, wir sind fest zusammen.«

»Das überrascht mich.«

»Das rechte Bein ein bißchen weiter vor. Gut so.« Wieder flammten die Blitzlichter auf. Jon blickte über die Kamera. »Wieso überrascht dich das?«

Erica zuckte mit den Schultern. »Ich kann mir nicht vorstellen, daß Muffin für einen Mann so attraktiv ist, daß er ein längeres Verhältnis mit ihr hat.«

»Den Kopf ein wenig zurück«, erwiderte Jon und drückte erneut auf den Auslöser. »Und biete dich nicht so offensichtlich an.«

Erica warf lächelnd den Kopf zurück. »*Ich* biete mich dir nicht an.«

»Doch. Du stehst im Augenblick da wie eine Nutte auf dem Strich.«

»Das ist deine Schuld. Ich habe mir die Positur nicht ausgesucht.«

Wieder klickte der Auslöser. »Wir müssen die Aufnahmen jetzt zu Ende machen. Wir sind hier, um zu arbeiten, und nicht, um zu quatschen.«

Erica schwieg einen Moment. Dann sagte sie: »Als wir beide zusammen waren, hast du mich nicht für eine Nutte auf dem Strich gehalten.«

Jon blickte sie stirnrunzelnd an. »Das ist ein paar Jahre her.« Plötzlich lachte er laut auf. »Ich weiß noch genau, wie ich es in einer Nacht viermal mit dir getan habe. Erinnerst du dich noch?«

Erica nickte. »Du warst schon immer ein großer Lügner. Es war nicht viermal, sondern fünfmal.« Sie stellte sich aufreizend hin. »Wir könnten es heute sechsmal tun, wenn du willst.«

»Du bist eine verheiratete Frau.«

»Und du bist ein verheirateter Mann. Damit sind wir beide wieder gleich.«

Jon schüttelte den Kopf. »Vielen Dank für dein freundliches Angebot. Sei so nett und zieh den schwarzen Mantel an, während ich den Film wechsle.«

»Du bist ein Schuft, Jon«, erwiderte Erica beleidigt. »So eine Chance erhältst du nicht sehr oft.«

»Doch. Die Welt ist voll von verheirateten und geschiedenen Frauen.«

Das ›Carousel‹ war voll besetzt. Muffin trat ein und entdeckte Jon und Brenda, die an einem Tisch in der Nähe der Eingangstür saßen. Sie ging auf die beiden zu und setzte sich zu ihnen.

»Wo hast du die ganze Zeit über gesteckt?« fragte Brenda neugierig.

»Wo soll ich schon gesteckt haben? Ich habe viel arbeiten müssen.«

»Hast du noch deinen Freund?« wollte Jon wissen. »Ich habe ihn seit Ewigkeiten nicht mehr gesehen.«

»Es geht ihm gut«, erwiderte Muffin. Dann sah sie einige Tische weiter einen blonden jungen Mann sitzen. »Wer ist *er* denn?«

Brenda lachte glucksend auf. »Vergiß ihn. Er macht es kurz und lustlos.«

Sie lachten alle drei.

Nach einer Weile sagte Muffin: »Ich habe heute morgen mit Kamika zusammengearbeitet. Sie will sich bald von ihrem Mann trennen.«

Brenda zuckte mit den Schultern. »Ihr Alter ist wahrscheinlich das japanische Essen leid.« Sie lächelte Muffin zu. »Wann können wir eigentlich zu euch kommen, um auf eurer Hochzeit zu tanzen?«

»Bald«, versicherte Muffin.

Wenn Jon noch länger seine Scheidung hinzieht, wie er es in der Vergangenheit gemacht hat, wird niemals etwas aus der Hochzeit, dachte Muffin. Ich sehe wahrscheinlich in den Augen der anderen auch so schon wie eine Verrückte aus, die nur auf einen einzigen Mann wartet.

Sollen sie denken, was sie wollen, dachte Muffin weiter. Ich will nun mal Mrs. Clapton werden. Die Frau von Jon Clapton.

8

»Nimm's leicht«, sagte Russell Hayes. »Setz dich erst mal hin und nimm einen Whisky. Das beruhigt. Ich weiß, daß sie eine wundervolle Frau ist. Aber wenn sie es nicht ist, ist sie es eben nicht.«

»Ich brauche deine unausgegorene Philosophie nicht«, erwiderte Mike bissig. »Das einzige, was ich getan habe, ist, mit einer mondgesichtigen Blonden auf die Couch zu steigen und sie zu beglücken. Zufällig hat Cleo uns dabei gesehen. Und was sie gesehen hat, hat ihr offensichtlich nicht gefallen.«

»Wenn ich eine Frau wie Cleo hätte, würde ich nicht auf mondgesichtige Frauen steigen.«

»Unsinn. Du warst dreimal verheiratet. Und wie ich dich kenne, steckst du deinen Schwanz in alles hinein, was sich bewegt.«

»Kann schon sein«, gab Russell zurück. »Aber ich bin nicht mit Cleo verheiratet.«

Mike lehnte sich in seinem Sessel zurück. »Erzähl nur so weiter von Cleo. Dann glaube ich bald, daß ihr beiden ein Verhältnis miteinander habt.«

Russell blickte ihn einen Moment verunsichert an. Dann nahm er sein Glas in die Hand und trank ein paar Schluck Whisky.

»Ich verstehe Cleo nicht«, sagte Mike nach einer Weile. »Sie ist einfach abgehauen, ohne die ganze Geschichte mit mir durchzusprechen. Ich meine damit, daß sie mich behandelt wie einen Jüngling von sechzehn Jahren. Aber ich bin immerhin ihr Ehemann, verdammt noch mal. Sie kann doch nicht einfach gehen, ohne ein Wort zu sagen.«

»Warum nicht?«

»Was meinst du mit ›Warum nicht?‹ Sie gehört mir, verstehst du? Wir sind verheiratet. Wir sind miteinander in jeder Weise verbunden.«

»In sexueller Hinsicht auch?« fragte Russell ironisch zurück. »Jedenfalls sieht es nicht danach aus, wenn ich an deine Couchgeschichte denke.«

»Auf welcher Seite stehst du eigentlich?« fragte Mike und trank einen Schluck.

»Ich kann von meiner Warte aus beide Standpunkte gut überblicken. Und ich meine, daß du dich in diesem Fall daneben benommen hast.«

»Ein kurzer Fick hat noch nie eine Ehe kaputtgemacht«, erwiderte Mike hastig.

»Diesmal hast du aber nicht die Wahl, ob du deine Ehe beenden willst oder nicht. Ich nehme an, daß Cleo darüber entscheiden wird.«

»Du bist mir ein schöner Freund«, sagte Mike beleidigt. »Du nimmst immer nur Cleo in Schutz. Es geht mir aber darum, Cleo zu finden und mit ihr über die ganze Sache zu *reden*. Dann wird schon bald alles wieder in Ordnung sein.«

»Ich kann es für euch beide nur hoffen«, antwortete Russell. »Aber wie ich Cleo einschätze, hat sie die Geschichte sehr mitgenommen.«

»Was willst du damit schon wieder sagen?« fragte Mike erbost zurück. »Wenn jemand von uns beiden Cleo genau kennt, dann bin ich es.«

»Vielleicht kennst du sie nicht so gut, wie du glaubst«, bemerkte Russell.

Mike fuchtelte mit den Armen in der Luft herum. »Verdammt noch mal, Russell, was hast du denn auf einmal? Ich habe fast den Eindruck, als ob du dich darüber freust, daß es zwischen mir und Cleo aus ist.«

»Was geschieht, wird geschehen.«

»Jetzt fängst du schon wieder mit deinen platten Aussprüchen an. Ich werde dir sagen, was geschehen wird: Ich werde Cleo finden. Dann werde ich mit ihr über alles reden, was zwischen uns steht, und dann wird sich zwischen Cleo und mir alles wieder einrenken.«

»Hoffentlich.«

Mike verabschiedete sich von Russell, weil ihm das Gespräch zu dumm geworden war. Er begab sich auf dem schnellsten Weg nach Hause. Unterwegs dachte er bei sich, daß Russell überhaupt keine Ahnung von ernsthaften Beziehungen haben könnte, wenn er drei Ehen hinter sich gebracht hatte. Wenn er wenigstens etwas daraus gelernt hätte. Aber noch nicht mal das.

Als er zu Hause war, rief er sofort das Hotel an, in dem Cleo in London absteigen wollte. Aber er erhielt nur die Antwort, daß eine Mrs. James noch nicht bei ihnen eingetroffen sei.

Er fing bereits an, sie zu vermissen. Die Wohnung war so einsam und verlassen ohne sie. Er nahm das silbern gerahmte Hochzeitsfoto in die Hand und betrachtete es mit Wehmut. Er blickte Cleo ins Gesicht, in die Augen. Er sah ihre Figur, ihre Haut, ihre Beine, die zarten Hände. Alles an ihr war zart und wirkte irgendwie zerbrechlich.

Sie hatten sich zum erstenmal auf einer wilden Rockparty in London kennengelernt und beide hatten sofort die gegenseitige sexuelle Anziehung beim anderen Partner festgestellt. Er wäre damals am liebsten mit ihr in das nächste Bett gegangen, was zur Verfügung stand. Sie wußte das genau. Aber statt dessen hatten sie die übliche Partykonversation geführt, während sie sich in die Augen sahen und beide an etwas anderes dachten.

Nach der Party hatte er sie noch in eine Diskothek geführt und zu einem Drink eingeladen. Als er mit ihr in sein Hotel gehen wollte, hatte sie höflich abgelehnt.

Er richtete sich darauf ein zu warten. Es gab einige Regeln für ihn, die er bei ihr befolgen mußte. Und er befolgte sie. Er konnte sie verstehen, und er ließ sich bei ihr Zeit.

Als sie dann seine Geliebte geworden war, zog sie mit ihm nach New York. Es sollte eine Verbindung sein, die zeitlich begrenzt war. Niemand sollte sich an den anderen so fest gebunden fühlen, daß von einer Heirat die Rede war.

Dann haben sie doch geheiratet. Und irgend etwas fing an schiefzulaufen. Was brachte ihn immer wieder dazu, in andere Betten mit anderen Frauen zu gehen?

Als sie nur so zusammenlebten, war er nie fremdgegangen. Aber kaum waren sie drei Wochen verheiratet, fing er an, sich nach anderen Frauen umzusehen.

Mike hatte immer gemerkt, daß er auf Frauen eine starke Anziehungskraft besaß. Er wußte auch nicht mehr, mit wie vielen Frauen er ins Bett gegangen war, aber er wußte, daß es eine Menge waren. Genauer konnte er sich nur an wenige erinnern. An Fanny zum Beispiel, weil sie ihm einen Tripper angehängt hatte. Oder Brook, die erst sechzehn Jahre alt war, ihm diese Tatsache aber erst mitteilte, als sie es schon taten. Oder Linda, die hinterher behauptete, von ihm schwanger zu sein und tausend Dollar für eine Abtreibung haben wollte. Und natürlich Susan, die gute Freundin von Cleo.

Sex mit Cleo war unbeschreiblich. Fast perfekt. Aber manchmal gab es Dinge, die er gerne mit ihr tun wollte, aber es dann doch nicht tat. Sie war nicht irgendein Mädchen, mit dem er zufällig zusammenlebte, sondern sie war seine Frau, und das bedeutete für ihn, daß er sie auch entsprechend behandelte. Respekt, das war zwar ein altmodisches Wort, aber es traf den Kern der Sache, und er wollte es auf Cleo angewendet wissen. Er wollte keine Ansprüche an sie stellen, die sie vielleicht nicht erfüllen konnte. Deshalb ging er zu anderen Frauen und verlangte von ihnen, was er von Cleo niemals verlangen wollte. Und dann wurde es zur Gewohnheit. Ähnlich wie das Rauchen. Mit der Zeit gewöhnte man sich daran und wollte es nicht mehr aufgeben.

Bis vor kurzer Zeit war er Cleo gegenüber immer sehr vorsichtig gewesen. Was sie nicht wußte, konnte sie auch nicht verärgern. Er fühlte sich ihr gegenüber zwar schuldig, aber nur, weil er unglücklicherweise von ihr erwischt worden war. Denn er wußte genau, daß ein Leben ohne Cleo nicht vollständig war. Er brauchte sie einfach. Und er sehnte sich nach ihr noch genauso, wie er sich bei ihrem ersten Zusammentreffen nach ihr gesehnt hatte.

Wo konnte sie im Augenblick sein? Warum hatte sie ihm das angetan?

Es war nicht fair von ihr. Hatte sie denn überhaupt keine Gefühle? Wie konnte sie nur in einem Moment gehen, wenn es ihm so schlecht ging? Wenn sie ihn kennen würde, wäre sie nicht genau zu dem Zeitpunkt gegangen, als er dringend mit ihr sprechen mußte.

Wütend ging er zum Telefon und versuchte erneut, sie in London zu erreichen.

9

In dem Hotel in Frankfurt herrschte eine emsige Geschäftigkeit. Es war später Nachmittag, und Cleo fühlte sich nach einem Drink wieder viel wohler als im Flugzeug.

Shep Stone hatte sich zu einer ganz anderen Person entwickelt, seitdem er festen Boden unter den Füßen hatte. Schon am Flughafen hatte er sich geschickter verhalten als während der ganzen Zeit in der Luft. Er hatte ihnen sofort ein Taxi besorgt, und die beiden kamen als erste der Passagiere in ihrem Hotel an.

Im Hotel hatte er sich schnell von ihr verabschiedet und gesagt: »Wir sehen uns dann um acht Uhr an der Bar.« Das klang so selbstverständlich, als könnte es für ihn gar nicht anders möglich sein, als daß sie zusammen zum Abendessen gehen würden.

Cleo nahm ein erfrischendes Bad und wusch sich ihre langen, schwarzen Haare. Sie ließ ihre Haare ohne Fön trocknen und genoß das Gefühl, wie sich ihre Locken feucht an ihre Haut klebten. Dann zog sie sich eine graue Seidenbluse und einen hellen Rock an, den sie in New York extra hatte anfertigen lassen. Als Schmuck nahm sie eine Jadekette, die Mike ihr zum letzten Weihnachtsfest geschenkt hatte. Sie steckte sich noch ein paar dünne Ringe an die Finger und besah sich danach im Spiegel. Sie war mit dem Bild, das sie sah, zufrieden und verließ den Raum.

»Sie sehen fantastisch aus«, begrüßte sie Shep, als sie in die Bar trat. Er selber hatte einen dunkelgrauen, leichten Sommeranzug an.

Sie aßen in dem Restaurant, das sich im obersten Stockwerk befand. Sie genossen beide das Essen und die Aussicht, die sich ihnen bot.

Shep war die ganze Zeit über sehr aufmerksam und charmant. Cleo merkte, daß er sie begehrte. Und sie wußte, daß am Ende des Abends von ihm die unvermeidliche Einladung ausgesprochen wurde, bei ihm im Zimmer noch einen Schluck zu trinken. Im Geiste hatte Cleo zu diesem Vorschlag schon ja gesagt.

Warum auch nicht? Wenn es mit Mike zur Aussprache kam, wollte sie wenigstens mit ihm auf gleicher Ebene sein. Shep Stone war außerdem ein attraktiver Mann. Was sprach also dagegen, mit ihm ins Bett zu gehen? Mike hatte Susan gevögelt. Sie würde Shep haben. Gleiches Recht für beide Ehepartner.

Nach dem Essen nahmen sie noch einen Drink zu sich, und die Unterhaltung lief genau in dem Ritual vorgegebener Bahnen. »Wollen wir noch einen Nachttrunk auf meinem Zimmer nehmen?«

Irgendwie wäre es ihr lieber gewesen, wenn er sie ganz ehrlich gefragt hätte: »Wie wär's mit einem Fick auf meinem Zimmer?«

Sie fuhren mit dem Fahrstuhl in das Stockwerk, in dem sich sein

Zimmer befand, und Shep bestellte über den Zimmerservice eine Flasche Sekt. Sie dachte einen kurzen Augenblick daran, daß er Stil habe, wenn er Sekt aufs Zimmer kommen ließ. Und sie erinnerte sich, wie Mike in ihren Flitterwochen Sekt auf das Hotelzimmer bestellt hatte und sie dann zusammen ins Bad gegangen waren. Dort hatte er ihr den Inhalt der Sektflasche über den Körper gegossen und den halben Abend damit verbracht, ihr den Sekt vom Körper zu lecken.

Bei dem Gedanken an diese Zeit lächelte sie, und Shep nahm dieses Lächeln als Zeichen zum Start. Er riß sich förmlich das Jakkett vom Körper und nahm sie fest in die Arme. Dann blickte er sie einen Moment entschlossen an und küßte sie wild und leidenschaftlich. Sie erinnerte sich an den ungestümen Russell, und der Gedanke daran erzeugte ihr Übelkeit. Mit einer Drehung machte sie sich frei.

»Was ist denn los?« fragte Shep überrascht. »Habe ich Mundgeruch?«

Diese Frage rettete sie vor Sheps Bett. Wie konnte sie mit einem Mann ins Bett gehen, der zuerst fragte: »Habe ich Mundgeruch?«

»Ich habe wieder diese verdammten Kopfschmerzen«, erwiderte sie.

Er blickte sie fassungslos an, und Cleo glaubte, daß er sich wieder etwas beruhigt hatte. Aber Shep öffnete plötzlich seine Hose und holte seinen erigierten Penis heraus. Er blickte Cleo flehend an. »Lassen Sie uns noch ein bißchen weitermachen.«

Cleo wurde mit einemmal furchtbar wütend. Zwei von diesen Verrückten innerhalb von zwei Tagen. Erst Russell und jetzt das noch! Sie ging hastig zur Tür, riß sie auf und wäre fast mit dem Ober zusammengeprallt, der den Sekt aufs Zimmer bringen sollte.

Als sie in ihrem Zimmer war, rief sie die Rezeption an. »Sorgen Sie bitte dafür, daß ich morgen früh von der Maschine nach London gestrichen werde. Und bestellen Sie mir einen neuen Flug nach London, mit Zwischenaufenthalt in Paris.«

Sollte Shep im Flugzeug sehen, wie er mit seiner Flugangst allein fertig wurde.

10

Das Mittagessen am Sonntag bei der Familie von Muffin war eine Quälerei. Jon haßte dieses Zusammentreffen, und Muffin versetzte es regelmäßig von ihrer im allgemeinen optimistischen Stimmung in schlechte Laune.

Es war Mittagessenszeit in einem kleinen, netten, respektablen Haus in Wimbledon, in dem Muffin als Kind und kleines Mädchen aufgewachsen war.

Da war Mum, eine jugendlich gebliebene dicke Frau mit abgearbeiteten Händen und strähnigen Haaren. Dad, ehrenhaft und jovial. Ben und Josie, die zehnjährigen Zwillinge. Penny, Muffins Zwillingsschwester, die acht Minuten älter war. Und Pennys Mann, Geoff.

Es war die Beziehung zwischen Penny, Geoff und Muffin, die zu Spannungen führte.

Als Muffin fünfzehn Jahre alt war, hatte sie sich mit Geoff ein paarmal verabredet. Aber dann hatte sie lange nichts mehr von ihm gehört. Monate später brachte Penny Geoff ins Haus der Eltern und erklärte, daß sie Geoff unbedingt heiraten wollte. Muffin war furchtbar wütend. Es kam ihr vor, als hätte die Schwester ihr den Freund direkt vor der Nase weggeschnappt. Und diese Tatsache hatte sie Penny niemals vergessen können. Muffin blieb zurückhaltend, was junge Männer anging. Aber als sie Jon kennenlernte, zog sie sofort von zu Hause aus.

Muffin entwickelte ihre Persönlichkeit weiter, und Penny wurde die Mutter von zwei Kindern. Das Verhältnis der beiden Geschwister besserte sich auch im Laufe der Jahre nicht mehr. Penny fand es widerlich, daß ihre Schwester nackt vor fremden Männern posierte und daß man diese Bilder auf vielen Kalendern sehen konnte.

Wenn Penny auf dieses Thema angesprochen wurde, pflegte sie zu sagen: »Geoff und ich sind nicht reich, aber Geoff würde mich lieber tot sehen, als daß ich mich öffentlich ausziehe.«

Geoff verhielt sich zu diesem Streitpunkt still. Er war ziemlich stolz darauf, eine so bekannte Schwägerin zu haben. Aber Muffin spottete über das Aussehen ihrer Schwester: »Warum tust du nichts gegen deine fettigen Haare? Außerdem bist du am Körper viel zu fett. Und wenn du dir deine Zähne regulieren ließest, sähst du vielleicht auch gut aus.«

Penny verzog das Gesicht und sagte: »Mag sein. Aber es ist

doch bedauerlich, daß wir beide nichts gegen unsere dicken, kurzen Beine tun können.«

Bedauerlicherweise mußte Muffin ihr recht geben. Sie hatte ein hübsches Gesicht, volle Brüste, schmale Hüften, aber ihre Beine waren für ein Fotomodell einfach zu dick. Es schien aber bisher noch niemandem aufgefallen zu sein, oder es störte niemanden.

Eine Zeitung wollte einmal einen längeren Bericht über Muffin bringen und hatte zu diesem Zweck die Familie gebeten, sich für eine Aufnahme zu versammeln. Alle waren gerne dazu bereit gewesen, nur Penny sträubte sich unter dem Vorwand, daß sie Bedenken habe, mit Muffin zusammen abgebildet zu werden. Ihre Bedenken wichen aber bald, als sich die Zeitung bereit erklärte, ihr dafür ein Honorar zu bezahlen. Penny hatte schließlich eingewilligt. Was aber Penny bis heute nicht wußte, war die Tatsache, daß dieses Honorar nicht die Zeitung, sondern Jon bezahlt hatte.

Während dem Essen wurde über die Verwandtschaft und Bekanntschaft getratscht. Gleich danach verabschiedeten sich Muffin und Jon mit der Bemerkung, daß sie noch zu arbeiten hätten.

Jon machte in seinem Atelier noch einige Aufnahmen von ihr und arbeitete den Nachmittag über im Labor. Muffin vertrieb sich die Zeit mit Lesen und Plattenhören.

Als sie abends zusammen im Bett lagen, sagte Jon zu Muffin: »Wie hast du es jemals geschafft, mit diesem Affen auszugehen?«

»Welchem Affen?«

»Deinem Schwager.«

»Mit Geoff?« fragte Muffin lachend zurück. »Er sieht doch gut aus.«

»Hast du schon einmal einen Affen gesehen, der gut aussieht?«

Muffin dachte einen Moment nach. »Du hast recht, er sieht heute eher wie ein Affe aus. Aber früher, als ich noch mit ihm gegangen bin, sah er gut aus.«

»Hast du es mal mit dem Affen getan?«

»Einmal?«

Jon grinste sie an. »Ich meine überhaupt. Egal, wo und wie oft.«

»Überhaupt nicht.«

Jon streifte ihren dünnen Slip ab und kniff sie in die Hinterbakken. »Versuch mich jetzt nicht an der Nase herumzuführen.«

»Laß zuerst meinen Hintern in Ruhe«, erwiderte Muffin lächelnd.

»Das gehört aber dazu.«

»Wozu?«

Jon legte sich auf sie, drückte ihre Beine auseinander und drang in sie ein. »Dazu.«

Muffin seufzte und sagte dann leise: »Er hat es nicht mit mir getan. Und er kann es bestimmt nicht so gut wie du, Jon.«

»Das kannst du erst beurteilen, wenn wir richtig damit anfangen.«

»Dann fang doch an«, erwiderte Muffin und schloß die Augen.

11

Der Juni ist in London ein launischer Monat. Manchmal ist es kalt, manchmal warm und stickig.

Cleo kam in London an und wurde von einer mittleren Hitzewelle empfangen. Heathrow war in einem chaotischen Zustand, weil man sich mit den Folgen einer Bombendrohung auseinanderzusetzen hatte. Es war unmöglich für Cleo, ein Taxi oder einen Bus zu erwischen, der sie in die Stadt brachte. Sie wartete also auf den Bus der Fluggesellschaft und fuhr nach einer Stunde inmitten schwitzender Menschen in das Zentrum von London.

Was für einen Aufwand sie betrieben hatte, nur um einem verrückten Sänger aus dem Weg zu gehen. Sie setzte eine Sonnenbrille auf und beobachtete das Treiben auf der Straße durch die getönten Gläser.

Plötzlich fiel ihr wieder Mike ein, und sie überlegte sich, ob er jetzt wohl nackt durch ihre Wohnung ging. Sie dachte an seine langen, schlanken Beine und mußte lächeln. Ihr gefielen Männer mit schlanken Beinen, und sie dachte an Männer mit kurzen, stämmigen Beinen und überlegte sich, ob sie mit so einem Mann ins Bett gehen würde.

Cleo fühlte sich körperlich so, als habe sie die vergangenen Tage in einem engen, muffigen Gefängnis verbracht. Sie wünschte sich sehnlichst ein heißes Bad und hatte das dringende Verlangen, zum Friseur zu gehen. Sie wollte alte Freunde anrufen, ihre Mutter besuchen, zu ›Biba‹, ›Harrods‹, ›Marks‹ und ›Spencer‹ einkaufen gehen, denn vier Jahre waren eine lange Zeit, in der sie von London weg gewesen war.

Im Hotel warteten mehrere Nachrichten auf sie. Mike hatte fünfmal angerufen, ein international bekannter Kameramann wartete dringend auf ihren Rückruf, Russell Hayes hatte zweimal vergeblich versucht, sie zu erreichen, und Ginny Sandler wollte sie sprechen.

In ihrem Zimmer standen Blumen, die Shep Stone mit einem unterwürfigen Brief geschickt hatte. Er bat darin wegen seines Verhaltens um Entschuldigung. Warum hatte sie ihm bloß gesagt, in welchem Hotel sie in London absteigen würde? Nachdem sie den Brief gelesen hatte, warf sie ihn in den Papierkorb.

Sie zog sich aus und stellte sich unter die Dusche. Es war ihr unerklärlich, warum sie sich auf einmal erregt fühlte. War es das heiße Wetter oder nur der Gedanke an Mikes Beine und schlanke Fesseln?

Mike hatte schon immer behauptet, daß warmes Wetter sie veränderte. In der Woche, bevor die Geschichte mit Susan passierte, war in New York fast das gleiche Wetter gewesen, und sie hatten sich kurz aber leidenschaftlich im Bett geliebt.

»Wir sollten für ein paar Tage nach Puerto Rico fahren«, hatte Mike gesagt. »Wir könnten uns dort gut erholen und die Sonne genießen.«

»Vielleicht fahren wir nach Puerto Rico, wenn ich von meiner Reise nach London zurück bin«, hatte Cleo geantwortet. Vieles sah jetzt anders aus, aber sie konnten immer noch nach Puerto Rico fliegen und dort darüber sprechen, ob sie eine Familie gründen wollten.

Das Telefon klingelte, und Cleo beschloß, nicht an den Apparat zu gehen. Sie war noch naß von der Dusche und wollte im Moment keinen Ärger haben. Wer auch immer angerufen haben mochte, konnte später erneut anrufen.

Sie trocknete sich ab, zog sich frische Kleider an und packte ihre Sachen aus. Während sie die Kleider in den Schrank hängte, stellte sie fest, daß sie völlig falsche Sachen für das heiße Wetter mitgenommen hatte.

Nachdem sie alles verstaut hatte, schminkte sie sich und legte sich dann eine Weile auf das Bett. Sie stellte das Radio an und lauschte der Musik.

Sie überlegte sich, wie ihre Wohnung aussehen mochte, nachdem sie jetzt drei Tage von zu Hause weg war. Wahrscheinlich war der Ferrari der einzige Gegenstand, den Mike noch sauberhielt.

»Ich liebe dich«, hatte Mike eines Tages zu ihr gesagt. »Du bist die einzige Frau bisher in meinem Leben, die meine Zahnbürste sauberhält.«

»Eine alte englische Sitte«, hatte Cleo ihm lächelnd geantwortet.

Sie waren beide behütet und umsorgt aufgewachsen, hatten sich niemals um die täglichen Kleinigkeiten des Lebens kümmern müssen. Cleo hatte es erst gelernt, als sie mit achtzehn Jahren geheiratet hatte. Sie lebte mit ihrem Mann ein Jahr zusammen, bis beide merkten, daß sie nicht zusammenpaßten. Mit neunzehn Jahren war sie geschieden. Sie schrieb zu diesem Zeitpunkt für zwei Magazine und stürzte sich wie besessen in die Arbeit.

Sie traf Mike auf einer Party, die von einer Popgruppe gegeben wurde, von der sie ein Interview machen sollte. Mike hatte diese Gruppe auf einer Europatournee begleitet, und er leitete die Presseinterviews.

Zu dieser Zeit schlief Cleo noch mit einem ungewöhnlich attraktiven Diskjockey, der sie auch heiraten wollte. Und Mike machte in dieser Zeit seine üblichen Runden durch die Betten mehrerer Frauen. Sie trafen sich und waren beide sofort voneinander fasziniert.

Cleo ging mit ihm nach Amerika, und Mike stellte sie Russell Hayes vor, der sie für ›Image‹ als weiblicher Reporter gebrauchen konnte. Bald darauf wurde Cleo Mikes Frau. Mrs. Mike James.

»Du und ich, wir beide werden für immer zusammen bleiben«, hatte Mike in der Hochzeitsnacht gesagt. »Du und ich, und sonst niemand.«

Das Telefon klingelte. Cleo überlegte einen Augenblick, ob sie an den Apparat gehen sollte. Dann hob sie zögernd ab.

»Ja?«

»Cleo? Endlich. Haben Sie meine Blumen erhalten? Ich wollte gerne mit Ihnen essen gehen.«

»Wer spricht dort überhaupt?«

»Shep Stone.«

Cleo seufzte. »Tut mir leid. Sie sind falsch verbunden.«

12

»Verdammter Mist!« schrie Mike James und knallte den Hörer erneut auf die Gabel. Wo, zum Teufel, steckte bloß Cleo? Er griff sich seine Lederjacke, zog sie hastig an und rannte dann aus der Wohnung. Für die Verabredung, die er vor sich hatte, war es ohnehin schon viel zu spät. Und dann auch noch ohne Frühstück.

Er fuhr mit dem Fahrstuhl in die Tiefgarage und stieg in den Ferrari. Gewöhnlich benutzte er wochentags ein Taxi, aber er war sicher, daß er um diese Uhrzeit überhaupt keine Chance hatte, eins zu erwischen.

Auf dem Weg zum Büro dachte er an Cleo. Er erinnerte sich daran, wie sie sich das letztemal geliebt hatten. Es war schnell gegangen, aber es war schön gewesen. Für ihn. Hatte es auch Cleo gefallen? Vielleicht hätte er sich mehr Zeit nehmen müssen, um sie in die richtige Stimmung zu bringen. Vielleicht müßte er sich überhaupt mehr Zeit für Cleo nehmen. Besonders wenn sie sich liebten. Am Anfang wollte sie nicht besonders gern. Aber dann kam sie bald in Erregung, und sie hatten beide einen Höhepunkt. Und Mike war sicher, daß Cleo ihm nichts vormachte. Er war sich überhaupt sicher, daß ihm keine Frau im Bett etwas vormachen konnte.

Ihre sexuelle Beziehung war in Ordnung. Das konnte auch nicht der Grund sein, warum sie von ihm weggelaufen war. Vielleicht war es wegen dem Kind, das Cleo gerne haben wollte. Aber sie hatte selber zugestimmt, als er ihr vorgeschlagen hatte, noch eine Weile damit zu warten. Er hatte häufig genug gesehen, was Kinder aus einer Beziehung machen konnten, und er war noch nicht bereit, Cleo mit solch einem kleinen Lebewesen, das in ihr Leben eindringen würde, zu teilen.

›Hampton Records‹ war ein Gebilde aus Chrom und Glas, in dem lauter jeanstragende Sekretärinnen und bärtige junge Männer herumliefen. Alle sprachen sich nur mit Vornamen an. Vom Postjungen bis hin zum Präsidenten und Gründer von ›Hampton Records‹, B. B. Hampton persönlich.

Mike ging auf das Büro von Hampton zu, grüßte die Sekretärin und trat in das Zimmer des Konzernchefs ein.

»Hallo, Mike«, sagte Hampton. »Nehmen Sie Platz. Wir müssen uns über die Europatournee von ›Little Marty Pearl‹ unterhalten.«

Mike nahm in einem Sessel Platz. »Das habe ich mir gedacht. Was schlagen Sie vor?«

»Wir müssen so schnell wie möglich diese Tournee durchziehen.«

»Das heißt?« fragte Mike.

»Lieber heute als morgen.«

Mike überlegte einen Augenblick. »Von meiner Seite aus steht nichts im Wege.«

»Dann fliegen Sie morgen nach London und bereiten alles Nötige vor.«

Mike nickte ihm zu. »Ich halte den Zeitpunkt für günstig. Die Werbung für ›Little Marty Pearl‹ ist bisher auf Hochtouren gelaufen. Und jetzt wollen die Leute in Europa ihn in Wirklichkeit erleben.« Er verabschiedete sich von Hampton und ging in sein Büro.

Er gab seiner Sekretärin Anweisungen, alles Nötige für die Reise vorzubereiten. Dann ließ er sich in seinen Sessel zurückfallen und dachte daran, wie er Cleo in London überraschen konnte.

13

»Wir haben es geschafft!« schrie Jon und rüttelte Muffin, bis sie wach wurde. Er hielt ihr einen Vertrag vor das Gesicht. »Jetzt ist alles in Ordnung. Wir brauchen nur noch deine süße Unterschrift.«

Muffin gähnte und reckte sich im Bett. In der Zwischenzeit rannte Jon im Zimmer herum und suchte einen Kugelschreiber.

»Ich habe es gewußt«, sagte Jon hastig. »Mir war alles klar, als Schumann dich gesehen hatte und seine Blicke nicht von dir lassen konnte.« Er hatte einen Kugelschreiber gefunden und hielt ihr den Vertrag unter die Nase. »Deine Unterschrift fehlt noch, dann ist alles perfekt.«

Muffin krabbelte aus dem Bett heraus. »Ich schlafe noch halb. Erst muß ich duschen, dann reden wir weiter über den Vertrag.«

Jon setzte sich aufs Bett und blickte ihr hinterher, als sie ins Bad ging. Er konnte nicht verstehen, warum sie eine so wichtige Sache derart gleichgültig hinnahm. Er beugte sich über den Vertrag und las ihn noch einmal genau durch.

Muffin stellte sich im Bad vor den Spiegel, spritzte mit den Händen Wasser ins Gesicht und besah sich dann ihr Spiegelbild. Sie wunderte sich, wieso sich mit Hilfe dieses Gesichts so viele Produkte der Industrie verkaufen ließen. Ohne Make-up sah sie nicht viel anders aus als viele andere Mädchen in ihrem Alter auch. Und es kam Muffin für einen Augenblick so vor, als habe sie Ähnlichkeit mit ihrer dicklichen Schwester.

»Bist du endlich fertig?« hörte sie die Stimme von Jon. »Ich will diesen Vertrag gleich mit zur Post nehmen und wegschicken.«

Wenige Sekunden später kam Muffin aus dem Badezimmer heraus. »Wie steht es im Moment eigentlich mit deiner Scheidung, Jon?«

»Wie bitte?«

»*Scheidung*«, buchstabierte Muffin.

Er zuckte mit den Schultern. »Du kennst die Probleme mit meiner Frau.«

»Der Lebensunterhalt?«

»Richtig. Warum?«

Muffin runzelte die Stirn. »Warum sollen wir uns über Geld streiten? Wir werden genug haben, wenn ich diesen Vertrag unterschreibe.«

»Ganz sicher.«

»Dann mach mit Jane endgültig Schluß. Gib ihr, was sie haben will.«

Jon seufzte ungeduldig. »Du weißt genau, daß das unmöglich ist. Sie will fünfzig Pfund in der Woche, das Haus und alle Dinge, die die Kinder betreffen.«

»Wenn ich den Vertrag unterschreibe, können wir ihr das alles bezahlen.«

Jon lachte kurz auf. »Vielleicht für ein paar Monate. Aber nicht länger. Die Sache mit Jane ist keine Frage von Wochen und Monaten, sondern sie betrifft mich mein ganzes Leben lang. Woher weiß ich denn, ob ich in einem Jahr wieder so einen guten Auftrag erhalte?«

Muffin zog die Augenbrauen zusammen. »Ich bin es einfach leid, länger zu warten. Wenn es nach dir ginge, müßte ich ein Leben lang warten. Ich will jetzt, daß du dich endlich mit ihr einigst. Und ich will, daß wir beide heiraten können, wie du mir das schon immer versprochen hast. «

»Aber ich . . .«

Muffin unterbrach ihn sofort. »Ich unterzeichne nichts, bevor du nicht mit Jane klarkommst.«

Jon saß einen Moment reglos auf dem Bett und starrte sie an. Dann fing er sich wieder und sagte mit ruhiger Stimme: »Hör jetzt mal gut zu, Muffin. Du kannst dich im Augenblick nicht stur stellen, dazu ist der Vertrag viel zu wichtig für uns. Sei also nicht albern.«

Muffin ließ sich wieder aufs Bett fallen. »Ich meine das Ganze genauso, wie ich es gesagt habe. Ich will zuerst die Schreiben der Rechtsanwälte sehen. Vorher unterschreibe ich nicht.«

Jon runzelte die Stirn und dachte nach. Er wußte, daß sie ihn jetzt in der Hand hatte, und er wußte, daß sie sich dessen bewußt war.

»Muffin, können wir nicht . . .?«

Sie krabbelte wieder unter die Bettdecke, schloß die Augen und sagte nichts.

Jon wußte, wann er geschlagen war.

14

Butch Kaufman war der erste Filmschauspieler, den Cleo auf ihrer Liste stehen hatte.

Butch Kaufman, ein blonder, blauäugiger, durch und durch amerikanischer, sexy Filmstar.

Berühmt wurde er durch eine Fernsehserie, die monatelang mit Erfolg lief.

Er war achtundzwanzig Jahre alt und hatte in den letzten vier Jahren sechs Filmen zu einem vollen Kassenerfolg verholfen. Außerdem hatte er zwei Frauen geheiratet und war auch wieder von ihnen geschieden. »Heirate niemals eine Schauspielerin«, pflegte er seitdem jedem zu sagen, der es hören wollte.

Im Augenblick war er in England, um einen Film abzudrehen, und Cleo traf ihn in den Londoner Studios.

Ein Essen war von einer nervösen Fünfzigjährigen vorbereitet worden, und die Frau schwirrte um Cleo herum und erklärte ihr, daß sie die Fragen auch an sie stellen könnte, da sie für die Pressearbeit verantwortlich sei. Cleo erwiderte ihr in höflichem, aber bestimmtem Ton, daß sie gewöhnlich die Interviews allein mit dem betreffenden Gesprächspartner führen würde. Daraufhin zog die nervöse Pressefrau beleidigt ab.

Wenige Minuten später kam sie in das Zimmer zurück. Diesmal wurde sie von Butch Kaufman begleitet. Sie stellte die beiden einander vor, flüsterte dem Filmstar noch etwas ins Ohr und verschwand wieder.

Cleo blickte Kaufman erstaunt an. »Was hat sie denn gesagt?«

Er lächelte sie an. »Sie sagte mir, daß Sie Filmstars zum Frühstück verspeisen würden.«

»Ihr Glück also, daß wir uns nicht zum Frühstück getroffen haben.«

Butch mußte lachen, und sie merkten beide, wie das Eis gebrochen war. Cleo schaltete den Kassettenrecorder ein und begann, ihre Fragen zu stellen.

Nach anderthalb Stunden waren sie fast Freunde geworden.

»Wie lange bleiben Sie hier in London?« fragte Butch Kaufman.

»Nur eine Woche.«

Er dachte einen Moment nach. »Vielleicht könnten wir in dieser Zeit irgendwo essen gehen?« Er lächelte sie flüchtig an. »Natürlich erst, wenn wir beide unsere Arbeit getan haben.«

Cleo nickte. »Natürlich.«

Sie ließ sich wieder von dem Wagen des Studios in ihr Hotel zurückfahren und ging schnell auf ihr Zimmer. Dort setzte sie sich bequem in einen Sessel und hörte sich das Interview vom Band ab.

Danach rief sie eine Sekretärin an, die ihr für die Dauer ihres Aufenthaltes zur Verfügung stand. Als sie gekommen war, sagte Cleo: »Schreiben Sie das Interview bitte ab.« Sie übergab der Frau den Kassettenrecorder und ging zur Tür.

»Ihr Mann hat vorhin im Hotel angerufen«, sagte die Sekretärin. »Was soll ich ihm sagen, wenn er es gleich noch einmal probiert?«

»Sagen Sie ihm, daß ich einkaufen gegangen bin«, erwiderte Cleo und machte die Tür hinter sich zu.

Sie nahm sich ein Taxi zum Eaton Square. Es war jetzt vier Uhr nachmittags, und ihre Muttter erwartete sie zum Tee. In wenigen Minuten waren sie angekommen, und Cleo klingelte an der Wohnungstür.

Stella Lawrence war eine Frau von achtundvierzig Jahren, die noch eine Figur wie ein junges Mädchen hatte. Sie hatte die Haare blond gefärbt und wirkte in ihrer äußeren Erscheinung sehr jugendlich.

»Es ist nett von dir, daß du gekommen bist«, sagte sie, als Cleo in die Wohnung trat.

Cleo lächelte sie an. »Du siehst wie immer fabelhaft aus, Mutter.«

»Wirklich?« fragte Stella zurück. »Oder sagst du das nur so als Kompliment?«

»Ich meine es ehrlich«, erwiderte Cleo und ließ sich in einem Sessel nieder. Sie blickte sich im Wohnzimmer um, aber sie konnte keine Veränderung seit ihrem letzten Besuch feststellen.

Cleos Mutter hatte wieder geheiratet, nachdem ihr Mann vor sieben Jahren an einem Herzanfall gestorben war. Cleo mochte ihren Stiefvater, aber er war ihr letzten Endes doch gleichgültig.

»Wie geht es Nikai?« fragte sie.

»Er hat wie immer viel zu tun«, erwiderte ihre Mutter und brachte dann den Tee herein. »Er hätte dich gerne gesehen, wenn du hier in London bist. Aber er mußte geschäftlich nach Athen.«

»Das tut mir leid.« Cleo blickte ihre Mutter an, und sie fühlte sich im Vergleich zu ihr unattraktiv und schlampig. Es war ein Gefühl ihr gegenüber, was sie aus frühester Jugend kannte.

»Wie geht es Mike?« frage ihre Mutter mitten in ihre Gedanken hinein.

»Gut«, sagte Cleo und dachte daran, wie schön es wäre, eine Mutter zu haben, die man ins Vertrauen ziehen könnte. Aber sie hatte dieses Gefühl niemals ihr gegenüber entwickeln können, weil sie immer gewußt hatte, daß ihre Mutter sie nicht verstehen würde. Stella brauchte einen Mann nur als Geldgeber und Bewunderer ihrer Schönheit. Die menschliche Seite interessierte sie dabei wenig..

»Wird er dich hier in London besuchen?«

»Ich glaube nicht, daß er kommen wird.« Cleo zuckte mit den Schultern. »Geschäftliche Dinge halten ihn davon ab.«

Ihre Mutter nickte. Dann widmeten sich beide dem Tee. Cleo aß fast das ganze Gebäck auf, das auf einem silbernen Tablett lag.

»Wenn du so weiterißt, wirst du eines Tages ganz schön fett sein«, sagte ihre Mutter desinteressiert.

Cleo nickte und überlegte sich, ob sie gleich nach dem Tee wieder gehen konnte. Ihre Mutter fing bereits jetzt an, ihr auf die Nerven zu gehen.

Als Cleo wieder im Hotel war, schrieb sie ihre Story über Butch Kaufman. Die Geschichte machte ihr Spaß, und sie hoffte, daß sie auch ihm gefallen würde, wenn er sie las. Cleo beschloß, sie am Abend mitzunehmen, wenn sie mit einer alten Freundin, Dominique Last, zusammen essen gehen würde. Sie hatten sich vier Jahre nicht mehr gesehen und so gut wie nichts mehr voneinander gehört. Aber Cleo wußte, daß Dominique verheiratet war, und sie war auf Dayan, den Ehemann ihrer Freundin, gespannt. Dominique selbst hatte ihn als ›groß, stattlich und originell‹ beschrieben. Er war ein israelischer Geschäftsmann, und sie lebten zusammen in einem Haus in Hampstead und hatten ein Kind von achtzehn Monaten.

Dominique sah hinreißend wie immer aus. Sie war groß und schlank und hatte Unmengen von roten Haaren, die ihr in langen Bahnen über den Körper herunterhingen. Sie hatten sich in der Hotelbar getroffen, und als sie sich erkannten, fielen sie sich in die Arme.

»Zeig mal ein Bild von dem Baby«, sagte Cleo, als sie sich an einen Tisch setzten.

Dominique schüttelte den Kopf. »Die Bilder hat mein Mann eingesteckt. Er wird gleich kommen. Dayan sucht noch immer einen Parkplatz vor dem Hotel.«

Cleo winkte den Kellner heran, und sie bestellten sich etwas zu trinken. Als der Kellner ihnen die Getränke brachte, stand plötzlich Dayan am Tisch. Er war tatsächlich groß und stattlich. Ob er auch originell war, würde sich im Laufe des Abends herausstellen.

Er setzte sich zu den beiden, und Dominique machte ihn mit Cleo bekannt. Dann sagte sie zu ihm: »Zeig Cleo doch die Bilder von dem Baby.«

Er schüttelte den Kopf. »Ich habe die Bilder nicht eingesteckt, weil ich dachte, du hättest das getan.«

Dominique verzog wütend das Gesicht. »Mein Gott, bist du dumm.«

Cleo bemerkte den wütenden Blick, den sie ihm zuwarf, und sie dachte bei sich, daß die Beschreibung von ›originell‹ nach drei Jahren Ehe bereits in ›dumm‹ übergegangen war.

Dominique blickte Cleo über ihr Campariglas an. »Ich schlage vor, daß wir bei Mr. Chows essen gehen.« Dann fügte sie lächelnd hinzu: »Du hast deine Haare mal wieder zauberhaft, Cleo.«

Cleo wußte, daß sie übertrieb. Ihre Haare waren ein wildes Durcheinander, weil sie noch nicht die Zeit gefunden hatte, zum Friseur zu gehen. »Sie müssen aussehen wie ein ungeordnetes Salatbeet. Ich war in London noch nicht beim Friseur und komme mir vor wie ein Tourist auf der Durchreise. Zu welchem Friseur gehst du immer?«

»Zu ›Christine‹. Sie ist fabelhaft, sage ich dir. Sie wird dir bestimmt genausogut gefallen wie mir.« Sie trank einen Schluck aus ihrem Glas und fragte dann: »Wie ist denn Butch Kaufman? Ist er wirklich so göttlich wie in seinen Filmen?«

Cleo zögerte einen Moment. Sie wollte noch nicht alles erzählen, was sie in ihrer Story über Kaufman geschrieben hatte.

»Er ist nett. Mehr nicht. Einfach ganz gewöhnlich nett«, erwiderte sie.

»Ganz gewöhnlich?« fragte Dominique zurück und lachte laut auf. »Das ist zuviel für mich. Butch Kaufman soll nur gewöhnlich sein?«

Cleo blickte ihre Freundin nachdenklich an. Und was hat eine Ehe aus dir gemacht? überlegte sie. Nichts weiter als eine alberne, kichernde Gans.

»Wir müssen jetzt gehen«, unterbrach Dominique Cleos Gedanken. »Sonst kommen wir zu spät und bekommen keinen Tisch mehr.«

»Ich habe noch gar nichts zu trinken bestellt«, wandte Dayan zögernd ein.

Seine Frau blickte ihn verächtlich von der Seite an. »Das ist deine eigene Schuld. Hol jetzt den Wagen, damit wir von hier wegkommen.«

Dayan erhob sich langsam und verließ den Raum. Sobald er außer Sichtweite war, legte Dominique los: »Er ist so entsetzlich langweilig, und ich weiß nicht, woher das bei ihm kommt. Manchmal könnte ich schreien vor Wut. Ich denke ernstlich an Scheidung.«

Cleo blickte sie fragend an. »Aber du machtest einen so glücklichen Eindruck.«

»Glücklich?« ereiferte sich Dominique. »Ich und glücklich? Mit so einem Mann? Er interessiert sich nur für das Baby und für den Fernsehapparat. Es kümmert ihn überhaupt nicht, wie ich mich fühle oder wie es mir geht oder was ich denke.«

»Aber du bist doch erst so kurze Zeit mit ihm verheiratet«, erwiderte Cleo.

Dominique nickte. »Ich weiß. Und ich bin mir auch im klaren darüber, daß wir alle nicht dieses dauerhaften Sex und dieses beständige Glück haben können wie du und Mike.« Sie trank ihr Glas aus. »Ich habe diese Ehe restlos satt, und Dayan hängt mir zum Halse heraus.«

Sie bezahlten beide ihre Getränke und machten sich zum Aufbruch bereit.

Dayan erschien in der Tür. »Der Wagen steht draußen. Wir können abfahren.«

Bei Mr. Chows wartete Dayans bester Freund, Isaac, auf die drei. Er war ein hagerer, dünner Mann, der sehr nervös wirkte. Dominique und Isaac verbrachten den Abend mit munteren Gesprächen, während Cleo sich abmühte, mit Dayan über irgendein Thema zu reden. Aber über welches Gebiet sie auch sprachen, Dayan wußte nach wenigen Minuten nicht mehr, was er sagen sollte.

Vielleicht kam die Spannung, die allmählich immer stärker wurde, auch von den Blicken, die zwischen Dominique und Isaac getauscht wurden. Es war für jeden offensichtlich, daß die beiden nichts anderes im Sinn hatten, als mit dem anderen ins Bett zu gehen.

Als Cleo wieder in ihrem Hotel war, empfand sie die Leere in ihrem Zimmer als Erleichterung. Sie legte sich mit ihren Kleidern aufs Bett und dachte wieder einmal über ihre Ehe mit Mike nach. Sie hatten niemals dieses Niveau erreicht, daß einer den anderen in aller Öffentlichkeit als dumm bezeichnete. Vielleicht lag das aber auch an der Tatsache, daß weder sie noch Mike so dumm waren wie Dominique und Dayan. Cleo mußte lächeln. Wenn Dominique ihren Mann für dumm hielt, war sie es selber noch mehr, da sie einen dummen Mann geheiratet hatte.

Cleo seufzte. Vielleicht war es jetzt an der Zeit, mit Mike zu sprechen. Vielleicht konnten die Dinge alle doch wieder ins Lot gebracht werden.

15

Für die Reise war alles vorbereitet. Am nächsten Tag sollte es vom ›Kennedy Airport‹ losgehen. Mike James war vergnügt. Alles schien genau nach Plan zu laufen. Er konnte den geschäftlichen Teil seiner Reise bequem erledigen, und er konnte mit Cleo gemeinsam durch London spazierengehen. Es würde sehr romantisch sein, sich wieder in der Stadt zu treffen, in der man sich kennengelernt hatte. Er stellte sich unter die Dusche, trocknete sich dann ab und ging nackt in der Wohnung umher, um seine Koffer zu packen.

Es klingelte an der Wohnungstür. Mike knotete sich ein blaues Badetuch um die Taille und ging zur Tür. Wahrscheinlich war es bloß Russell, der ihm noch ein paar kluge Ratschläge geben wollte.

Es war Cleos ehemals beste Freundin Susan. Susan mit den schweren Brüsten, den blonden Haaren und der gescheiterten Karriere als Schauspielerin.

»Mike«, sagte sie theatralisch und ging an ihm vorbei in die Wohnung, »ich bin völlig außer mir und weiß nicht mehr weiter.«

Er ging hinter ihr her ins Wohnzimmer und sah, wie sie sich die letzte Zigarette aus seiner Packung nahm.

Er knipste ein Feuerzeug an und wunderte sich darüber, daß sie auf dem Weg zu ihm nicht verhaftet worden war. Ihre großen Brüste waren deutlich unter dem durchsichtigen Stoff der Bluse zu erkennen.

Susan machte eine ausholende Handbewegung. »Ich will nicht der Grund dafür sein, daß eure Ehe in die Brüche geht.« Jetzt bekam sie auch noch Tränen in die Augen. »Cleo ist meine beste Freundin.«

»Ich weiß«, erwiderte Mike lahm.

»Ich bin keine Ehebrecherin«, sagte Susan heftig. »Ich bin noch nicht einmal für außereheliche Beziehungen.«

Du fickst nur gerne, dachte Mike. Warum auch nicht? Was war denn daran schlimm? Der Name des Spielchens tat dabei nichts zur Sache.

»Du hast keine Ehe gebrochen«, sagte Mike und bemühte sich um einen freundlichen Tonfall.

»Habe ich nicht?« fragte Susan enttäuscht. »Aber Cleo ist doch gegangen.«

»Eine geschäftliche Reise. Weiter nichts. Es ist alles in Ordnung, Susan. Cleo hat alles richtig verstanden. Du brauchst dir keine Sorgen zu machen.«

»Ich habe aber gehört . . .«

»Du darfst nicht alles glauben, was du hörst«, bemerkte Mike spöttisch.

Susan blickte ihn verunsichert an. »Ginny hat mir erzählt, daß alles zwischen euch beiden aus ist. Und ich wollte nicht der Grund dafür sein.«

Mike zuckte mit den Schultern. »Wir haben den falschen Platz und den falschen Zeitpunkt gewählt.«

Susan strich sich mit einer Hand die Haare glatt. »Mag sein. Aber es war doch schön? Oder hat es dir nicht gefallen?«

»Sehr schön.« Mike überlegte sich einen Moment lang, daß er sogar die Wahrheit sagte. Jedenfalls war es bis zu dem Zeitpunkt schön, als Cleo in der Tür erschienen war. Er wäre vor Schreck fast von Susan heruntergefallen.

Susan trug einen unglaublich kurzen Rock, und Mike fühlte, wie er durch ihren Anblick immer erregter wurde. Er konnte sich denken, daß sie das schon längst bemerkt hatte, denn es war durch das Handtuch, das er sich umgewickelt hatte, deutlich zu erkennen.

Susan fuhr sich mit der Zunge über die Lippen. »Ich wünschte, du wärst nicht verheiratet.«

Mike nickte ihr zu und machte den Knoten auf, der das Handtuch zusammenhielt. »Sei ein liebes Mädchen, Susan, und zieh deine Sachen aus. Meinetwegen kannst du deine Schuhe dabei anbehalten.«

Susan lächelte ihn verstehend an und zog sich langsam aus. Sie machte das wie eine gelernte Stripteasetänzerin, indem sie die einzelnen Kleidungsstücke effektvoll durch das Zimmer warf.

Mike sagte sich, daß er Cleo ohnehin schon mit Susan betrogen habe. Deshalb käme es auf einmal mehr oder weniger auch nicht an.

Als sie beide erschöpft nebeneinanderlagen, fragte Susan, ob er ihr eine Zigarette geben könnte. Mike zog sich seine Kleider an und ging auf die Straße zu dem Lebensmittelgeschäft an der Ecke.

Er kam wieder in die Wohnung und stellte überrascht fest, daß Susan sich angezogen hatte.

»Du bist wirklich ein Scheißkerl«, sagte Susan giftig. »Cleo hat aus London angerufen. Mir scheint, sie hat nicht das geringste Verständnis dafür. Dir hat sie keine Nachricht hinterlassen, aber was sie *mir* gegenüber losgelassen hat, kann ich überhaupt nicht wiedergeben, ohne rot zu werden.«

Bevor er ihr antworten konnte, hatte sie die Zigaretten aus seiner Hand geschnappt und die Wohnung verlassen.

Mike ließ sich in einen Sessel fallen und verfluchte sich, daß er es noch einmal mit ihr getan hatte. Aber man konnte natürlich bei einer Person wie dieser, die unterm Rock keinen Slip trug, nicht die Intelligenz voraussetzen, daß sie keine fremden Telefongespräche annehmen würde.

16

Muffin posierte geduldig vor einer Horde von Fotografen. Sie beugte sich nach vorne, zur Seite, schlang die Arme hinter den Kopf, zog einen Schmollmund und streckte immer wieder ihren Körper nach vorne.

Eine große Menschenmenge stand in dem ansonsten ruhigen Park um sie herum und sah zu, wie sie immer wieder fotografiert wurde.

Ein Mann fragte einen anderen: »Wer ist diese Frau überhaupt?«

»Muffin.« Und das schien dem anderen Mann genug an Auskunft zu sein.

Eine Frau musterte Muffin kritisch. »Sie hat zu dicke Beine«, sagte sie zu ihrer Nachbarin. »Für ein Fotomodell sind die Beine zu dick.« Sie lächelte selbstgefällig. »Meine Beine sind viel schlanker. Die Fotografen sollten mal meine Beine sehen.«

»Ihr Verlobter muß mit auf das Bild«, sagte ein Fotograf zu Muffin.

Zögernd ließ Jon seine Kamera sinken und legte sie auf den Rasen. Dann stellte er sich neben Muffin und grinste in die Kameras. Er fühlte sich aber dabei weniger wohl als Muffin. Denn seine Position war hinter der Kamera und nicht vor den Linsen anderer Fotografen.

»Wir werden unsere Verlobung öffentlich bekanntgeben.« Das war ihr Kompromiß. Und dann hatte sie den Vertrag unterschrieben.

Es hatte ihn eine Menge Geld gekostet, aber Muffin bestand auf den Ringen, die sie sich ausgesucht hatte. Und Jon war gespannt, was Jane alles verlangen würde, wenn sie die Bilder von ihm und Muffin in der Zeitung sah. Er hatte sich noch eine Zeitlang über Muffins kleinbürgerliches Denken geärgert, weil für sie eine richtige Verbindung nur durch eine Ehe gewährleistet schien. Aber er wußte, daß sie ihn hatte heiraten wollen, seit sie beide das erstemal zusammen im Bett gewesen waren. Und jetzt würde sie wahrscheinlich bald ein Kind von ihm haben wollen.

»Lachen Sie doch mal«, rief ihm ein Fotograf zu. »Sie sehen aus wie auf einer Beerdigung.«

Jon bemühte sich, glücklich und zufrieden auszusehen. Muffin drückte sich eng an ihn und gab ihm heimlich einen Stoß. Jon fühlte sich wahrhaftig todtraurig. Er überlegte sich, warum er sich scheiden ließ, wenn er gleich wieder in eine neue Ehe trieb.

Eine weibliche Reporterin fragte ihn: »Wie fühlt man sich, wenn man sich mit dem Traum vieler Männer verlobt?«

»Großartig«, erwiderte Jon und fühlte sich genau das Gegenteil von dem, was er sagte.

Muffin saß im ›Carousel‹ an einem großen Tisch und blickte auf die Fotomodelle, die sie zu einer kleinen Feier eingeladen hatte.

Kamika saß zu ihrer Rechten und sagte im Augenblick: »Ich hoffe, daß alles gutgeht, Muffin.«

Muffin lächelte ihr zu. »Ich will eine ganze Reihe von Kindern haben.«

»Hast du das schon Jon erzählt?« fragte Erica spöttisch. »Ich kann mir nicht vorstellen, daß er von einer solchen Idee sehr begeistert ist.«

Muffin lachte glucksend. »Er braucht es auch nicht zu wissen. Ich werde ihn überraschen.«

»Eine schöne Überraschung«, rief Laurie. »Wer kann schon mit so vielen kleinen, dreckigen Schreihälsen etwas anfangen?«

»Kinder sind etwas mehr als Schreihälse«, erwiderte Kamika mit Bestimmtheit.

»Alles Scheiße«, bemerkte Laurie.

»Jetzt wirst du ordinär«, entgegnete Kamika. »Ich bin überzeugt davon, daß Muffin genau weiß, was und wann sie das Richtige tut.«

»In der letzten Nacht hatte ich den unglaublichsten Burschen bei mir im Bett«, schrie Laurie dazwischen. »Der wollte es die ganze Nacht und noch am nächsten Morgen mit mir treiben.«

»Gibt es denn überhaupt unglaubliche Burschen, denen etwas Neues einfällt?« fragte Erica.

Laurie verzog ihr Gesicht. »Bei dir bestimmt nicht, denn du hast ja schon alles mitgemacht, was man mit einem Mann machen kann.«

Muffin lächelte vor sich hin. Es würde nicht mehr lange Zeit dauern und sie war aus all diesen kleinlichen Rivalitäten und Sticheleien heraus.

Zwei Stunden später holte Jon sie vor dem Restaurant ab, und sie fuhren nach Hause. Muffin erzählte ihm von den Gesprächen ihrer Freundinnen, und Jon zuckte immer wieder gleichgültig mit den Schultern.

»Es wird sich jetzt vieles ändern«, sagte Muffin nach einer Weile. »Ich werde Kochen lernen und dich mit leckeren Speisen verwöhnen.«

»Prima«, sagte Jon und konzentrierte sich auf den Straßenverkehr. Er dachte an Jane, die sich von einer charmanten, temperamentvollen Studentin innerhalb von vier Jahren, in denen sie zwei Kinder bekam, in eine nörgelnde, unattraktive Hausfrau verwandelt hatte.

In diesen Jahren hatte Jon sich entschieden, daß eine Ehe nicht unbedingt seine Sache sei. Aber dann war Muffin gekommen und hatte ihm ihre Ansichten von Ehe dargelegt. Er konnte nur hoffen, daß der kleine goldene Ring an ihrem Finger nicht gleichzeitig ihre ganze Persönlichkeit mitverändern würde.

»Sollen wir uns nicht eine Flasche Sekt kaufen, um zu feiern?« fragte Muffin.

»Liebend gerne«, erwiderte Jon und blickte sie einen Moment lang von der Seite an, »aber ich habe den letzten Penny für den Kauf der Ringe ausgegeben.«

Muffin lächelte. »Wir haben genügend Geld auf der Bank und wir brauchen nur einen Scheck auszustellen, um uns hundert Flaschen Sekt kaufen zu können.« Sie sah zu Jon hinüber. »Am besten fährst du zu ›Harrods‹. Dort können wir gleich mit Scheck bezahlen.«

»Ein Tee wäre mir jetzt lieber.«

Muffin schwieg einen Moment. Dann sagte sie: »Wenn du mir den Tag verderben willst, mach so weiter. Seit wann feiert man solch ein Ereignis mit Tee?«

Darauf wußte Jon keine Antwort. Nach einer Weile sagte er: »Wir haben noch etwas Geld zu Hause. Wenn wir in der Wohnung sind, gehe ich Sekt kaufen.«

»Ich rufe noch ein paar Fotomodelle von uns an«, sagte Muffin in der Wohnung und hob den Telefonhörer von der Gabel. »Am besten wird es sein, wenn du mehrere Flaschen Sekt kaufst.«

Jon nickte ihr zu und machte sich auf den Weg zum nächsten Geschäft. Er besorgte verschiedene Flaschen Whisky, Gin und Sekt und kam in die Wohnung zurück.

Muffin hatte in der Zwischenzeit einige ihrer Freundinnen erreicht, mit denen sie auch im ›Carousel‹ gewesen war, und es dauerte nicht lange, bis sie mit ihren Freunden oder zufälligen Bekannten erschienen.

Sie legten die verschiedensten Platten auf, tranken jede Menge Alkohol und machten einen ungeheuren Lärm.

Irgendwann in dieser Nacht rief Jane an. Jon ging an den Apparat, und sie schrie ihn sofort an: »Ich habe meine Meinung über die Scheidungsansprüche gründlich geändert. Ich habe gerade das Bild von dir und deiner kleinen Nutte in der Zeitung gesehen. Dabei fiel mir der Ring an ihrer Hand auf, der ein Vermögen gekostet hat. Wie stellst du dir das eigentlich vor? Der Winter ist bald da, und die Kinder haben nichts anzuziehen. Du dreckiger Hund, du elender.«

Jon legte den Hörer auf die Gabel und blickte sich im Wohnzimmer um, wo noch immer eine wilde Party tobte. Er holte tief Luft und mischte sich dann wieder unter die Menschen, die noch nicht einmal bemerkt hatten, daß er für kurze Zeit weggegangen war.

Probleme. Überall Probleme.

17

Cleo und Dominique saßen im ›Rags‹, einem Restaurant in Mayfair. Dominique eröffnete das gemeinsame Essen mit einem doppelten Wodka.

»Ganz schön viel für eine Frau, die behauptet, nicht zu trinken«, bemerkte Cleo.

Dominique zuckte mit den Schultern. »Ich tue eine Menge Dinge, die ich eigentlich nicht tun sollte.«

»Das habe ich bemerkt.«

»Für dich ist auch alles in Ordnung«, erwiderte Dominique resigniert. »Du hast einen aufregenden Job, der dich überall in der Welt herumkommen läßt. Du führst ein interessantes Leben in New York und kennst dort faszinierende Menschen. Wenn du an meiner Stelle in dem Haus in Hampstead wärst, würdest du vermutlich verrückt werden.«

»Aber du hast einen Mann und neuerdings auch ein kleines Kind.«

Dominique winkte ab. »Das Kind schreit den ganzen Tag, und der Mann tut so, als wäre ich für ihn die selbstverständlichste Sache der Welt.«

»Dann nimm dir einen Liebhaber.«

»Du kennst mich besser als irgend jemand sonst auf der Welt. Die Sache mit einem Liebhaber liegt mir nicht. Aber ich habe schon tausendmal versucht, Dayan auf mich aufmerksam zu machen, damit er merkt, daß er eine aufregende Frau hat. Aber er sieht noch nicht einmal mein Äußeres. Wenn ich morgen meine Haare blau färben würde, wäre ich sicher, daß er es nicht merkt. Oder wenn ich mich für die ›Sunday Times‹ nackt fotografieren ließe und sie das Bild bringen würde, hätte er nur ein Schulterzucken dafür übrig.«

Cleo spielte versonnen mit ihrem Besteck und fragte nach einer Weile: »Was willst du also tun?«

»Ich lasse mich scheiden.«

»Was erwartest du dir davon?«

Dominique lächelte verlegen. »Das weiß ich selber nicht genau. Wahrscheinlich werde ich mit Isaac zusammenleben. Das Dumme dabei ist nur, daß Isaac kaum Geld hat. Und ich weiß nicht genau, ob ich wieder in meinen alten Beruf zurückgehen kann.«

»Dann brauchst du eigentlich einen sehr reichen Mann, der dich mit seinen Reichtümern überschüttet.«

»Kennst du so einen?«

Cleo lachte auf. »Leider nicht. Sonst hätte ich ihn mir schon geangelt.«

»Cleo«, sagte jemand überrascht und legte seine Hand auf ihre Schulter. »Welch ein Zufall.«

Sie drehte sich um und blickte in das Gesicht von Shep Stone.

»Haben Ihnen meine Blumen gefallen?« fragte Shep und setzte sich zwischen die beiden Frauen.

»Ja. Vielen Dank.« Cleo zeigte auf Dominique. »Das ist eine alte Freundin von mir, Dominique Last.« Sie blickte Shep Stone an und sagte: »Shep Stone.«

Dominique strahlte ihn an. »Ich habe Sie sofort erkannt, weil ich Ihre letzte Fernsehshow gesehen habe. Außerdem gefällt mir Ihre letzte Platte *unwahrscheinlich gut.*«

»Vielen Dank«, erwiderte Shep und musterte Dominique eindringlich. »Ich bin nicht Frank Sinatra, aber vielleicht werde ich es eines Tages sein.« Er warf schnell einen Blick zu Cleo, um zu sehen, welche Reaktion seine Bemerkung bei ihr ausgelöst hatte. Aber er wurde sofort enttäuscht. Cleo studierte die Speisekarte.

»Wie lange bleiben Sie in London?« fragte Dominique neugierig.

Shep blickte sie an und lächelte. »Ein paar Tage werden es bestimmt sein.«

Cleo erhob sich von ihrem Stuhl. »Ich bin gleich wieder hier«, sagte sie und ging mit schnellen Schritten durch den Saal.

In der Damentoilette starrte sie sich verärgert im Spiegel an. Sie hatte selber genug Probleme, und jetzt war sie auch noch gezwungen, sich das Geplapper von Dominique anzuhören. Sollte sie doch Shep Stone nehmen. Wenn er bei ihr seinen Penis aus der Hose ziehen und sie bitten würde, weiterzumachen, dann konnte sie das ja tun.

Sie verließ nach einer Weile die Toilette, wandte sich an die Rezeption und hinterließ eine Nachricht für Dominique, aus der hervorging, daß sie geschäftlich abgerufen worden sei.

Wahrscheinlich würde Dominique schrecklich wütend sein, aber das war Cleo im Augenblick egal. Ich bin es jetzt leid, immer freundlich zu allen Menschen zu sein, dachte Cleo. Je freundlicher man ist, um so mehr nehmen einen die Menschen aus.

Sie gab dem Mann an der Rezeption einen Geldschein, damit er die Nachricht überbringen würde, verließ dann das Restaurant und nahm sich ein Taxi in die Stadt zurück.

»Kannst du *niemals* nein sagen, wenn dich jemand auf eine Party einlädt?« hatte Mike sie oft gefragt. »Wir jagen von einer Party zur anderen und haben noch nicht einmal Zeit, einen ruhigen Abend zu Hause zu verbringen.«

»Ich habe oft nein zu sagen versucht«, hatte Cleo geantwortet, »aber die anderen sind hartnäckiger als ich. Deshalb gebe ich nach.«

Wenn es ihr zu weit ging, konnte sie hart sein. Beim Schreiben konnte sie hart sein. Mit Mike wollte sie hart sein. Du lieber Himmel! Der hatte Nerven. Kaum hatte sie das Land verlassen, hatte er Susans Riesengehänge ins Haus gelassen. Gut, sollte er sie dabehalten. Sollte er es mit ihr treiben, bis ihm die Zunge aus dem Hals hing. Es bewies Cleo nur, daß sie auf dem richtigen Weg war.

Sie dachte an Scheidung. An eine einfache, schnelle Scheidung.

Irgendwo in der Stadt ließ sie sich absetzen und bummelte gemütlich durch die Straßen. Sie blieb an vielen Schaufenstern stehen und ließ sich dann wieder von dem Strom der Menschen treiben.

18

»Geoff kommt heute morgen«, sagte Muffin und zündete sich eine Zigarette an.

»Warum?«

»Er will bei uns die Fenster putzen«, erwiderte Muffin und lachte.

»Geoff will Fenster putzen?« Jon schüttelte den Kopf. »Das verstehe ich nicht.«

»Er wollte es tun. Er hat mir gesagt, daß er heute hier in der Nähe ist. Und deshalb wollte er uns besuchen und die Fenster putzen.«

Jon atmete einmal tief durch. »Ich habe schon immer gewußt, daß Geoff ein reizender Zeitgenosse ist. War er früher auch so nett, als ihr ausgegangen seid?«

»Ich bin nur ein paarmal mit ihm ausgegangen«, erwiderte Muffin und stippte die Asche von der Zigarette. »Dann wurde er mir zu langweilig.«

»Deine Schwester hat ihn dir vor der Nase weggeschnappt«, sagte Jon und lachte laut auf. »Das kommt der Wahrheit schon näher.«

Muffin saß in ihrem Bett und lackierte sich scheinbar ungerührt ihre Fußnägel.

Jon blickte sie kopfschüttelnd an. »Wäre es nicht besser, du würdest dich anziehen, anstatt dir die Fußnägel zu lackieren? Wenn Geoff dich in deinem Babydoll sieht, springt er gleich aus der Hose.«

»Na und?«

Jon runzelte die Stirn. »Ist das vielleicht der Sinn dieser Verabredung?«

Muffin lachte kurz auf. »Sei nicht albern. Aber wenn ich gewußt hätte, daß du eifersüchtig bist, hätte ich nein gesagt.«

»Ich bin nicht eifersüchtig.«

»Dann ist es gut. Ich hatte Geoff erzählt, daß wir unsere Fenster schon seit Jahren nicht mehr geputzt haben, und er hat mir angeboten, es zu tun.«

»Reizend«, erwiderte Jon mürrisch. Er hatte jetzt andere Probleme, nämlich Jane und seine Vereinbarungen mit ihr. Er wußte genau, daß sie jetzt den Ton angeben konnte, denn durch Muffins hartnäckige Heiratsforderung mußte er Jane in jedem Punkt, auf dem sie bestand, entgegenkommen.

»Ich verschwinde jetzt«, sagte Jon. «Im Laufe des Tages bin ich wieder zurück.«

Muffin sprang mit einem Satz aus dem Bett. »Warum hast du mir nichts davon gesagt?«

Jon zuckte mit den Schultern. »Ich hatte meine Verabredung um zehn Uhr vergessen.«

»Willst du noch etwas zu essen haben?« fragte Muffin besorgt.

Jon blickte auf die Uhr. »Tut mir leid. Aber ich habe keine Zeit mehr.« Er gab ihr einen flüchtigen Kuß und verließ die Wohnung.

Als Jon gegangen war, machte sich Muffin daran, ihr Make-up zu vervollständigen. Sie stellte sich vor den großen Spiegel im Bad und schminkte sich das Gesicht, begutachtete dann ihre Figur und stellte zufrieden fest, daß sie bestimmt auf Geoff wirken würde.

Sie hatte die Fingernägel dunkelrot lackiert. Als die Farbe getrocknet war, klingelte es. Muffin ging zur Tür und öffnete.

Geoff stand vor ihr und blickte sie überrascht an. Er brauchte ein paar Sekunden, um sich zu fangen und sagte dann mit belegter Stimme: »Guten Morgen, meine Dame. Ich bin Ihr freundlicher Nachbar, der die Fenster putzen will.«

»Komm herein, Geoff«, sagte Muffin und ging in die Wohnung zurück.

Muffin hatte alles genau durchdacht und organisiert. Sie wußte, daß Jon eine Verabredung an diesem Morgen hatte, und sie hatte Geoff gebeten, seiner Frau Penny nichts von ihrem Telefongespräch zu erzählen, weil Penny das Ganze dann für eine Frechheit gehalten hätte. Sie hatte Geoff gebeten, die Fenster zu putzen, unter dem Vorwand, Jon sei verhindert und die Fenster wären schon schwarz vor Dreck.

Geoff hatte eingewilligt.

Es verletzte Muffin noch immer, wie Geoff sie damals behandelt hatte. Sie war fünfzehn Jahre alt gewesen. Ein Alter, in dem man für viele Dinge sehr empfänglich ist. Er hatte sie angesprochen, als sie in einer Menschenschlange vor dem Kino stand. Dann hatte er sie eingeladen und die beiden Eintrittskarten bezahlt. Als es im Kino dunkel war, hatte er sie geküßt und war mit einer Hand unter ihr T-shirt gefahren. Sie hatte es sich gefallen lassen, denn sie fand es aufregend, im Kino von einem zweiundzwanzig Jahre alten, gutaussehenden Mann abgeknutscht zu werden. Er hatte sie dann nach Hause gefahren und eine neue Verabredung mit ihr getroffen.

Wieder das gleiche Kino, die schwüle, drückende Atmosphäre, die Aufregung, dicht nebeneinander zu sitzen. Er hatte ihr den BH geöffnet und den Slip fast ausgezogen. Als der Film zu Ende war, und es wieder hell wurde, sind sie noch ins ›Wimpy‹ gegangen. Dort hatte er zu ihr gesagt: »Bis morgen wieder. Ein John-Wayne-Film.«

Mit klopfendem Herzen hatte sie ihn am nächsten Abend erwartet. Sie saßen in der hintersten Reihe wie am Abend zuvor. Seine Hand glitt mit der gleichen Routine über ihren Körper. Als er einen Finger in sie stecken wollte, flüsterte sie: »Ich bin erst fünfzehn und noch Jungfrau.« Augenblicklich hatte er seine Hand zurückgezogen, und wenige Minuten später hatte er ihr gesagt, daß er im Vorraum des Kinos etwas Schokolade kaufen wollte.

Das war das letzte, was sie von ihm gesehen hatte, bis zu dem Tag, als Penny ihn voller Stolz in ihrem Elternhaus präsentierte.

Die Erniedrigung und Ohnmacht, die sie damals verspürte, hatte sie immer für sich behalten. Dann war Jon gekommen. Und als er mit ihr das erstemal ins Bett ging, bemerkte er noch nicht einmal, daß sie noch Jungfrau war. Vielleicht lag es daran, weil sie ihm erzählt hatte, daß sie eine Menge Freunde vor ihm gehabt habe.

Er hatte sie gemocht, und er hatte sie von vielen Zwängen befreit.

Moral! Mädchen, die mitmachen, sind beliebter.

Muffin hatte an sich gearbeitet.

Sie wurde extrovertiert, sie wurde berühmt, sie liebte Jon immer mehr. Jetzt waren sie kurz davor zu heiraten. Aber es gab noch eine Sache, die Muffin bis dahin bereinigt haben wollte. Eine Sache, die mit Stolz zu tun hatte. »Eine Tasse Tee?« fragte Muffin.

»Gerne.«

Sie ging in die kleine Küche und war sich dabei bewußt, daß sie ein durchsichtiges Nachthemd trug.

Geoff saß unbeholfen in seinem Sessel und sagte: »Ihr habt einen netten Hund.«

»Wie geht's Penny?« fragte Muffin, ohne auf seine Bemerkung einzugehen. Sie dachte an die Hochzeit ihrer Schwester, als Penny zu ihr gesagt hatte: »Geoff hat mir erzählt, daß ihr euch niemals geküßt habt. Stimmt das?« Und sie wußte auch noch, was sie damals geantwortet hatte: »Ja, das ist richtig. Er hatte nur seinen Finger zwischen meinen Beinen. Mehr nicht.« Penny hatte daraufhin einen roten Kopf bekommen und war wütend zum Altar marschiert.

»Penny geht's gut«, sagte Geoff. »Sie ist fett und zufrieden.«

»Sie sollte mehr aus sich machen. Nachdem sie das Kind bekommen hat, kann sie doch wieder auf Diät gehen«, erwiderte Muffin.

»Ich hoffe, sie tut es.«

Muffin gähnte laut. »Ich habe eine lange Nacht hinter mir. Viel Wein und viel Liebe.« Sie lächelte ihm zu. »Du verstehst?«

Geoff grinste breit. »Ich verstehe.«

»Ich habe unzählige Briefe von fremden Männern erhalten, die alle mit mir ins Bett wollen. Sie werden verrückt, wenn sie meinen Körper nur auf den Fotos sehen.« Sie setzte sich neben ihn. »He, erinnerst du dich noch an John Wayne?«

Geoff runzelte die Stirn. »Hat *er* dir geschrieben?«

Muffin schüttelte den Kopf. »Nein, so ein Blödsinn. John Wayne – es war auf der hintersten Sitzreihe eines Kinos. Bitte, Sir, ich bin erst fünfzehn.«

»Wie bitte?«

»Du weißt es nicht mehr?«

»Nein.«

»Ich war damals ein dummes, kleines Kind, das zu einem Mann aufgesehen hat.«

Endlich dämmerte es Geoff. »Du meinst damals, als ich mit dir ...gegangen bin?«

Muffin nickte. »Du wolltest mich verführen. Habe ich recht, Geoff?«

Er trank hastig einen Schluck Tee, um Zeit zu gewinnen. »Das weiß ich nicht mehr.«

»Du wolltest mich verführen«, beharrte Muffin. »Du hattest deine Hand in meinem Slip.«

»Das stimmt.«

»Dann bist du aber schnell aus dem Kino gerannt, als ich dir mein Alter gesagt habe.«

»Du warst erst fünfzehn Jahre alt«, erwiderte Geoff und rutschte nervös auf seinem Sessel herum. »Du weißt, wie hart die Gesetze sind.«

»Penny war damals im gleichen Alter«, sagte Muffin zynisch.

Geoff nickte. »Das war etwas ganz anderes. Ich habe sie nicht berührt, bis zu dem Tag, als wir beide geheiratet haben.«

»Das ist wirklich zu rührend. Du wolltest also an mir ausprobieren, was du ihr nicht antun wolltest?« Sie zog heftig an ihrem Nachthemd. »Du bist nicht mehr der gutaussehende, junge Mann, der du früher einmal gewesen bist. Für mich hast du damals ausgesehen wie Steve McQueen. Heute ähnelst du einem alternden Clown.«

Geoff erhob sich. »Ich habe niemals gedacht, daß ich eine Chance bei dir haben würde. Besonders nicht, als du anfingst, berühmt zu werden.« Er ging um den Tisch herum auf sie zu. »Wir können heute das tun, was wir damals im Kino angefangen haben.«

Muffin saß unbeweglich da, als seine Hand unter ihr Nachthemd fuhr. Auf diesen Moment hatte sie jahrelang gewartet. Dies also war der Mann, der bei ihr den ersten Orgasmus hervorgerufen hatte, als sie beide in einem schäbigen kleinen Kino saßen.

Wieder glitten seine Hände über ihren Körper, und Muffin spürte, wie Geoff immer erregter wurde. Seine Technik hatte sich gegenüber damals nicht viel geändert, und sie erkannte noch immer die Hastigkeit seiner Bewegungen.

»Nicht so stürmisch«, sagte sie leise. Ihr Blick blieb an der Ausbuchtung seiner Hose hängen.

»Du bist wirklich ein Schatz«, sagte Geoff keuchend. »Ich habe es immer gewußt.«

Plötzlich stieß Muffin ihn mit einer harten Bewegung von sich. »Ich muß mich jetzt anziehen. Jon wird wahrscheinlich in einer Minute hier sein. Fang am besten mit den Fenstern im Wohnzimmer an.«

19

Ramo Kaliffe war ein extravaganter arabischer Filmstar. Schwarze Locken umrahmten seine olivfarbene Haut. Schwarze Augen blickten den Gesprächspartner durchdringend an. In seiner Stimme schwang etwas Verheißungsvolles mit.

Cleo traf ihn in einer Bar. Er gab ihr die Hand, musterte sie einen Moment und sagte dann mit dunkler Stimme: »Sie sehen gut aus.«

Cleo wußte, wie sie diese Story angehen wollte. Sie lächelte ihn an, und Ramo nahm dies als Zeichen, daß ihr sein Kompliment gefallen habe.

Sie setzten sich an einen Tisch in der hinteren Ecke, und Ramo begann gleich mit der vollen Entfaltung seiner einstudierten Geschichte, die er mit einstudierten Handbewegungen und Augenaufschlägen begleitete.

Cleo war mehrere Male drauf und dran zu sagen: »Können wir diesen Mist jetzt abstellen und ein vernünftiges Gespräch über Sie führen?« Sie erinnerte sich noch daran, wie Butch Kaufman ihr gesagt hatte, daß hinter all dem überschwenglichen Gehabe von Ramo Kaliffe ein bescheidener und liebenswürdiger Mann steckte.

Nach über einer Stunde entdeckte sie diesen Zug tatsächlich an ihm. Er war dazu übergegangen, einige vergnügliche Geschichten zu erzählen, die mehr gegen ihn als für ihn sprachen.

Als sie den Kassettenrecorder ausschaltete und ihm sagte, daß sie jetzt genügend Material für ihre Story habe, bat er sie inständig, noch ein wenig zu bleiben und mit ihm und einigen Freunden zu Abend zu essen. Nach kurzem Zögern stimmte sie zu.

Es war ein quirliger Tag für sie gewesen. Mike und Susan waren ihr die ganze Zeit über nicht aus dem Kopf gegangen, und sie konnte noch immer nicht dieses Gefühl von Enttäuschung in sich loswerden. Einmal mit einer Frau wie dieser – O. K., aber sie mit nach Hause zu nehmen –, das war zuviel für Cleo.

Dominique hatte sie angerufen und ihr erklärt, daß sie einen fantastischen Tag mit Shep Stone verbracht hatte. Die Ausrede von Cleo hatte sie offensichtlich nicht bemerkt oder wollte sie nicht wahrhaben.

»Shep Stone ist der aufregendste Mann, den ich jemals in meinem Leben kennengelernt habe«, schwärmte Dominique ins Telefon. »Er ist so faszinierend als Mann und vor allem so irdisch als Star.«

»Wie schön für dich.«

»Er ist der Mann, auf den ich immer gewartet habe. Ich habe heute etwas mit ihm getan, was ich in meinem ganzen Leben nicht getan habe.«

»Was denn?«

»Ich habe mit ihm geschlafen«, erwiderte Dominique dramatisch.

»Das hast du vorher noch nie getan?« fragte Cleo zweifelnd.

»Nicht, nachdem ich einen Mann erst eine Stunde gekannt habe. Aber seine Ausstrahlung auf mich war so übermächtig, daß ich einfach nicht anders konnte. Und ihm ist es genauso ergangen.«

»Bestimmt war es leidenschaftlich.«

»Das ist überhaupt kein Ausdruck. Wir sind fast übereinander hergefallen.«

Cleo seufzte. »Ich glaube weniger, daß das Leidenschaft war, sondern Frustration.«

Am anderen Ende der Leitung entstand für einen Augenblick eine Pause. Dann sagte Dominique kalt: »Ich habe gewußt, daß du das nicht verstehen würdest. Dir ist so etwas eben noch nicht passiert.«

»Gottlob.«

»Ich verlasse Dayan«, sagte Dominique, und ein überschwenglicher Triumph klang in ihrer Stimme.

»Und was ist mit Isaac?«

»Was soll mit ihm sein?« fragte Dominique zurück. »Er war für mich nicht mehr als ein possierliches Spielzeug. Shep bedeutet mir jetzt alles.«

»Bist du sicher, daß Shep auch das gleiche für dich empfindet?«

Die Pause auf diese Frage war lang. Dann sagte Dominique zögernd: »Ich denke doch. Ich bin mir sogar ziemlich sicher. Ich will damit sagen, daß wir über unsere Zukunft nicht gesprochen haben. Es ging alles so schnell, weil Shep plötzlich weg mußte, und ich wurde auch zu Hause erwartet. Wir haben auch nicht viel gesprochen, weil Worte diese Stimmung zerstört hätten.«

»Das muß ja alles sehr schön gewesen sein«, bemerkte Cleo und war sich nicht darüber im klaren, ob Dominique den Sarkasmus bemerkte.

»Das war es auch. Ich rufe dich aber aus einem anderen Grund an. Kannst du bitte Shep anrufen und ihm sagen, daß ich ihn morgen Mittag wiedersehen kann? Dayan wird nämlich jeden Augenblick hier sein, und ich will nicht, daß er in ein Gespräch zwischen mir und Shep platzt.«

»Ich kann ihn nicht anrufen«, erwiderte Cleo. »Ruf bei ihm im Hotel an und hinterlaß eine Nachricht. Dann weiß er auch Bescheid.«

»Vielen Dank für den Tip. Ich dachte, du bist meine Freundin.«

»Ich bin deine Freundin und nicht ein Überbringer von Liebesgezwitscher. Und als deine Freundin erlaube ich mir, dir einen guten Rat zu geben: Bevor du Dayan endgültig verläßt, frag erst mal Shep, ob er die ganze Sache mit dir auch ernst meint. Frag ihn vor allem nach seiner momentanen Frau und den beiden Frauen, die eine Ehe mit ihm schon hinter sich haben.«

Dominique lachte grell auf. »Du bist ja nur eifersüchtig, weil ich so einen tollen Mann an der Angel habe. Ich habe mir schon Gedanken darüber gemacht, warum du vom Essen weggegangen bist. Aber jetzt ist mir alles klar. Du konntest nicht mitansehen, daß ein so berühmter Mann von mir fasziniert ist. Cleo, seitdem du von hier weggegangen bist, hast du dich sehr verändert.«

»Du dich auch«, entgegnete Cleo und knallte den Hörer auf die Gabel.

Hatte sie sich wirklich geändert? Vielleicht. Aber nur in dem Sinne, daß sie einen klareren Blick für die Realitäten bekommen hatte als Dominique.

Ramos Freunde zum Essen waren Butch Kaufman mit einer wuschligen Blondine, und eine Dänin, die Cleo mißtrauisch begutachtete und sich demonstrativ an Ramos Arm hängte und unaufhörlich auf ihn einsprach.

Sie saßen im ›Trader Vics‹, einem indonesischen Lokal, in dem man ausgesuchte Spezialitäten vorgesetzt bekam. Cleo fühlte sich schnell behaglich, was zum einen an dem guten und reichhaltigen Essen lag, auf der anderen Seite an den scharfen Getränken, die sie benebelt gemacht hatten. Dazu kam noch das viele Reden vor und während den Mahlzeiten, so daß sie sich jetzt richtig wohlig fühlte.

Ramo verteilte seine Aufmerksamkeit gleichzeitig auf die Dänin und Cleo. Ebenso tat es Butch, der sich einmal der Blondine, einmal Cleo zuwandte.

Cleo überlegte sich, daß es jetzt an der Zeit sei, eine Wahl zu treffen. Wen sollte sie nehmen? Butch oder Ramo? Am liebsten hätte sie beide genommen, denn sie waren ihr gleichermaßen sympathisch. Sie waren attraktiv, wenn auch jeder auf seine Weise.

Ich bin schon betrunken, dachte Cleo. Bloß keine hastigen Bewegungen, sonst merken sie es.

Als sie später noch im ›Tramp‹ waren und tanzten, spürte Cleo, wie sie immer erregter wurde. Und sie wollte sich für heute nacht einen brauchbaren Bettgenossen besorgen. Aber noch wußte sie nicht, wer es sein würde. Sie wollte ganz einfach mit einem Mann schlafen, ohne sich etwas dabei zu denken. Wenn es für Mike möglich war, mit irgendeiner Frau zu schlafen, warum sollte es dann nicht auch für sie möglich sein, mit irgendeinem Mann zu schlafen?

Ramo war ein ganz netter Kerl, er war lustig und gesprächig, aber andererseits auch sehr vordergründig. Er hatte es mit der Dänin heute schon einmal getrieben, eine Tatsache, die sie nur zu gern durchblicken ließ.

Butch war vielversprechender. Er war bekannt dafür, daß er mit vielen Frauen ins Bett gegangen war, und was konnte Cleo heute abend mehr gebrauchen, als einen Mann, der im Bett Erfahrung hatte?

Das Mädchen mit den wuschligen Haaren war in der Zwischenzeit schon so betrunken, daß es wahrscheinlich gar nicht wahrnehmen würde, wenn Butch Kaufman für ein paar Stunden verschwinden würde.

Ramo forderte Cleo zum Tanzen auf. Er drückte sie fest an sich und flüsterte ihr zu: »Du und ich und die kleine Dänin.«

Cleo schüttelte den Kopf. »Zu dritt ist nicht mein Fall, Ramo.«

»Bist du verheiratet?«

»Warum?«

»Verheiratete Frauen mögen häufig einen Dreier.«

»Mit ihrem Ehemann oder nicht?«

Ramo warf seinen Kopf in den Nacken und lachte laut auf. »Das gefällt mir an dir. Soll ich die Kleine nach Hause schicken und mit dir allein ins Bett gehen? Es wird dir bestimmt gefallen.«

Cleo mußte unwillkürlich lachen. Jetzt hatte sie endlich mal einen Mann kennengelernt, der gleich sagte, was er wirklich von ihr wollte.

Als sie an den Tisch zurückkamen, warf Butch ihr sehnsüchtige Blicke zu. Seine Freundin tanzte in der Zwischenzeit allein auf dem schmalen Gang zwischen den verschiedenen Tischen.

Ramo ging mit der Dänin auf die Tanzfläche, und Butch fragte Cleo: »Gehst du mit dem arabischen Sonnyboy in dein Zimmer?«

»Nein. Mit dir.«

Butch nickte. »Dann laß uns von hier weggehen. Wir verlieren nur Zeit.«

Butch bestellte ein großes Zimmer in Mayfair. Überall nur Leder und Dämmerlicht.

»Nicht unbedingt mein Geschmack«, sagte Butch, als er sich in dem Zimmer umsah. »In meiner Villa in Los Angeles habe ich einen freien Blick aufs Meer. Überall nur Sonne und Sand. Kein Leder, kein Plüsch, nur Natur. Morgens stehe ich meistens früh auf und springe ins Wasser. Danach ein herzhaftes Frühstück. Willst du eine Zigarette?«

Er bot ihr einen Joint an. Cleo nahm dankend an.

»Die Händler, die ich hier in London kenne, haben das beste Kraut weit und breit«, sagte er und grinste.

Cleo rauchte und nickte ihm zu. Das Zeug schmeckte wirklich gut. Es tat ihr wohl, einfach so dazusitzen, an nichts zu denken und die Anspannungen der letzten Tage hinter sich zu lassen.

»Ich nehme an, man hat dir schon öfter gesagt, daß du gut aussiehst«, sagte Butch auf einmal. »Das ist mir sofort aufgefallen, als du das Interview mit mir gemacht hast. Wie kommt es eigentlich, daß du nicht beim Film oder so was bist?«

»Warum sollte ich zum Film gehen? Sollen alle gutaussehenden Frauen zum Film gehen?«

Butch schüttelte den Kopf. »Natürlich nicht. Die hübscheste Frau, die ich in meinem ganzen Leben kennengelernt habe, war Lehrerin.« Er beugte sich zu ihr vor und öffnete langsam die Knöpfe ihrer Bluse.

Sie lehnte sich weiter in ihren Sessel zurück, zog an dem Joint und blickte dem Rauch nach, der sich zur Decke hin kräuselte.

Butch öffnete ihren BH und warf ihn achtlos auf den Boden. Dann stand er auf, zog ihr den Rock aus und blickte sie eine Weile an. Dann kniete er sich neben sie und streifte ihren Slip ab.

Cleo sah ihm zu, wie er sich selber auszog. Er tat dies ohne Hast, und seine Bewegungen waren so selbstverständlich, als würde ihm niemand zusehen.

Dann zog er sie aus dem Sessel hoch und preßte sie fest an sich. Sie küßten sich heftig, während ihre Hände den Körper des anderen erforschten.

Und dann liebten sie sich stehend, bis ihre Körper von einem feinen Schweißfilm überzogen waren.

»Du machst es im Stehen so gut, als würdest du es immer so tun«, sagte Butch keuchend.

Cleos Augen waren geschlossen. Ein feines Lächeln umspielte ihre Lippen.

»Woran denkst du?« fragte Butch.

Cleo erwiderte nichts. Sie drückte sich erneut gegen ihn und wartete auf seine Reaktion. Es war eine rein körperliche Sache. Sie wußte jetzt, daß sie es wie Mike genießen konnte. »Zu jeder Zeit bereit«, hatte er ihr einmal gesagt. Das war sie ab heute auch.

Sie kamen gleichzeitig und ließen sich danach lachend und schwer atmend auf den Fußboden fallen.

»Du lieber Himmel«, sagte Butch nach einer Weile, »du bist zuviel für mich.«

»Hat es dir gefallen?«

Butch nickte. »Hat es dich gestört, daß wir nicht von ewiger Liebe und Treue gesprochen haben?«

»Überhaupt nicht.«

»Brauchst du das nicht?«

Cleo schüttelte den Kopf. »Es hat mir gefallen, wie es war.« Sie erhob sich, zog sich an und stand dann vor ihm. »Ich fahre jetzt in mein Hotel.«

Überrascht runzelte Butch die Augenbrauen. »Wie Sie wollen, Sie unnahbare Schöne. Sehen wir uns morgen wieder?«

»Vielleicht.«

Sie nahm sich ein Taxi, das sie ins Hotel brachte. Es stimmt wirklich, dachte Cleo, als sie wieder in ihrem Zimmer war. Eine Frau kann den Akt rein körperlich genießen wie ein Mann.

Sie fühlte sich frei und merkte, wie die Sache mit Butch Kaufman ihrem Selbstbewußtsein gutgetan hatte. Keine Liebe, nur Sex.

O. K., Mike, dachte sie. Wenn wir beide etwas nachholen müssen, laß es uns zur gleichen Zeit tun.

Sie beachtete das Telefon nicht, das seit einer Weile klingelte. Sie legte sich ins Bett und war nach wenigen Minuten eingeschlafen.

20

Die Mädchen standen in der Vorhalle des Kennedy Airport und warteten lärmend und schreiend auf ihr Idol. Mike überblickte die Szene mit Verwunderung. Er hatte diese Art von Hysterie schon oft gesehen und sich niemals besonders darüber gewundert. Aber heute fragte er sich, woher die vielen Mädchen kamen und wie es ihnen gelungen war, hierherzukommen. Hatten sie alle keine Schule? Was würden ihre Eltern sagen, wenn sie wüßten, daß ihre Kinder sich auf dem Flughafen aufhielten?

Sie waren alle noch sehr jung. »Ich bin schon elf«, hatte ein Mädchen geantwortet, als Mike sie nach ihrem Alter fragte. Elf Jahre. Und sie taten alles Mögliche, damit ihr Idol nur einen Blick auf sie warf.

Die Stewardeß lachte freundlich und brachte durch den schmalen Gang zwischen den Sitzplätzen die verschiedensten Getränke und Drinks.

Little Marty Pearl bestellte für sich einen Scotch. Aber sein Manager lachte nur und funktionierte die Bestellung in Orangensaft um.

Little Marty Pearl ärgerte sich zum wiederholten Male, daß er erst achtzehn Jahre alt war.

Als während des Fluges sich Omar Sharif und Julie Andrews auf der Filmleinwand im Flugzeug küßten, setzte sich der Manager von Little Marty, Jackson, auf den Platz neben Mike. Er war ein jugendlicher Mann mit grauen Schläfen und wasserblauen Augen.

»Unser Kind wird immer unmöglicher«, flüsterte er Mike zu. »Ich versuche es immer wieder, von anderen Menschen zu isolieren. Aber was willst du machen? In zwei Monaten wird Little Marty neunzehn.«

»Du hast es schwer«, erwiderte Mike. »Sein Image ist strahlend weiß. Er trinkt nicht. Er raucht nicht. Und er fickt nicht. Was erwartest du mehr von ihm?«

»Es ist wirklich nicht leicht für mich, Mike. Ich kann ihm nicht auf Schritt und Tritt befehlen, was er zu tun und zu lassen hat. Bei jedem Konzert von ihm kommen Hunderte von Mädchen, die sofort mit ihm ins Bett gingen, wenn er nur den kleinen Finger rühren würde.«

Mike lachte kurz auf. »Vielleicht sollten wir ihm eine offizielle Freundin erlauben.«

»Uns bleibt nichts anderes übrig«, bemerkte Jackson. »Er wird immer lüsterner und geiler auf Frauen und Mädchen. Ich habe ihm in letzter Zeit schon einige Brocken hingeworfen, und er hat sie fein säuberlich aufgehoben. Da ich sie dafür bezahlt habe, werden sie den Mund halten. Aber wir können uns im Augenblick keine feste Freundin für ihn leisten, weil das seine Fans verärgern würde.«

Mike zuckte mit den Schultern. Was ging ihn das Sexualleben

von Little Marty Pearl an? Sein Problem war Cleo. Er durfte nicht tatenlos zusehen, wie vier Jahre Ehe auf den Müll geworfen wurden wie ordinärer Küchenabfall.

Er wollte in London direkt zu ihrem Hotel gehen und sie überraschen. Dann würden sie sich lieben. Die Vergangenheit vergessen. Er würde ihr versprechen, in Zukunft immer ein lieber Ehemann zu sein. Cleo würde ihm verzeihen und einsehen, daß eine dumme Gans wie Susan ihre Ehe nicht ernsthaft gefährden konnte.

Und in Zukunft, das nahm sich Mike vor, würde er sehr viel vorsichtiger sein, wenn er wieder ein Verhältnis mit einer anderen Frau anfangen würde.

Jackson plauderte im Unterhaltungston weiter: »Als ich das letztemal in London war, hatte ich ein süßes, kleines Biest im Bett.«

»So?« fragte Mike höflich.

Jacksons wasserblaue Augen bekamen einen leuchtenden Glanz. »Es war eine Rothaarige mit strammen Schenkeln und vollen Brüsten.«

»Besuchst du sie auf dieser Reise?« fragte Mike desinteressiert.

Jackson schüttelte den Kopf. »Ich kenne noch nicht einmal ihren Namen.«

»Entschuldigen Sie bitte, Mr. Jackson.« Die Mutter von Little Marty Pearl stand im Mittelgang. Emma Pearl war eine Frau von vierzig Jahren, die aber wesentlich älter aussah, als sie war. Ihr Mann war vor einigen Jahren gestorben, und Marty war ihr einziges Kind.

»Bitte?« Jackson blickte sie an, und man spürte den Unwillen ihren Wünschen gegenüber.

Emma Pearl zupfte nervös an ihrem Kleid herum. »Ich mache mir Sorgen darüber, ob alle Vorbereitungen für die Unterbringung von Little Marty und mich in London richtig getroffen worden sind. Neulich in Philadelphia mußte ich sogar auf einem anderen Stockwerk schlafen, obwohl ich mit meinem Sohn das gleiche Hotel bewohnte.« Ihre Stimme wurde immer schriller. »*Sie* wissen, Mr. Jackson, daß mein Sohn meine Nähe braucht. Er wünscht sie ausdrücklich. Als ich neulich mit ihm darüber gesprochen habe, hat er gesagt, daß er unbedingt immer in meiner Nähe sein will.«

Jackson nickte und sagte geduldig: »Ich verstehe Ihre Sorgen. Und ich kann Ihnen versichern, daß in London alles in Ordnung sein wird.«

»Sie wissen, Mr. Jackson, daß ich kein Querulant bin. Ich suche auch keinen Ärger mit Ihnen. Aber Little Marty will immer in meiner Nähe sein.« Emma Pearl biß sich nervös auf die Unterlippe. »Er will immer an meiner Seite sein, weil ich seine Mutter bin.«

»Völlig in Ordnung.« Jackson blickte gequält zu ihr hoch. »Ich verstehe das alles sehr gut. Ich werde dafür sorgen, daß er in Ihrer Nähe ist.«

Emma Pearl nickte ihm zu und ging wieder auf ihren Platz zurück.

»Diese alte Kuh«, sagte Jackson zu Mike. »Wir müssen irgend etwas mit ihr tun. Am besten werfen wir sie aus dem Flugzeug, dann habe ich endlich Ruhe vor ihren Quengeleien. Das ist nicht zum Aushalten.«

»Warum macht sie diese Reise überhaupt mit?« fragte Mike.

»Marty hat nicht den Mut, ihr zu sagen, daß er in der Zwischenzeit erwachsen geworden ist. Dabei will er nur seine Ruhe vor ihrem Gekeife haben. Und wer muß dafür sorgen, daß er seine Ruhe vor ihr hat?« Jackson schlug sich mit einer theatralischen Geste gegen die Brust. »Ich bin der Dumme, der ihm die Alte vom Hals hält.«

Mike nickte ihm zu. »Verwandte sind meistens eine Qual. Aber ich glaube, eine Mutter ist immer noch besser als eine keifende Ehefrau.«

»Vielleicht. Aber mir genügt die keifende Mutter. Wenn Little Marty eine Frau hat, wird das noch schlimm genug werden.«

In London regnete es. Und trotz der Tatsache, daß Little Marty außerhalb von Amerika noch nie ganz oben auf den Hitlisten gestanden hatte, wartete eine große Menge von Fans, um ihn am Flughafen zu empfangen.

Jackson war begeistert. »Ich habe geglaubt, daß vielleicht hundert Leute kommen. Aber das sind bestimmt weit über tausend.«

Eine Reihe von Wagen wartete bereits auf sie. Es gelang Mike, an den Fotografen vorbeizukommen und sich ein eigenes Auto zu reservieren. Er wollte auf dem schnellsten Weg zu Cleo kommen. Für Little Marty konnte er im Augenblick sowieso nichts tun. Es war auch nicht der Sinn der Reise, daß er auf den Sänger aufpaßte. Dafür hatte man Jackson erwählt. Mike sollte nur ein paar Dinge regeln, die die Verträge von Little Marty betrafen. Diese Aufgabe konnte er schnell erledigen, denn sein Interesse an der Reise galt mehr seinem privaten Bereich.

Auf der Fahrt zu Cleos Hotel überlegte er sich seine Strategie.

Am besten würde es sein, wenn er gleich mit ihr ins Bett ginge, um ihr zu beweisen, daß sie die einzige Frau war, die er liebte.

Mike schmunzelte vor sich hin. Er war schon immer ein Mann der Tat gewesen. Und er würde Cleo durch eine tatkräftige Handlung erklären, daß sie keinen Grund mehr zur Eifersucht zu haben brauchte.

21

Jon Clapton war verärgert. Er hatte sich rumkriegen lassen und sich bereit erklärt, eine Reihe von Forderungen zu unterschreiben, die seine baldige Exfrau bei der Scheidung an ihn stellte.

Hundert Pfund in der Woche mußte er direkt an sie bezahlen. Dazu kamen dann noch die Dinge für die Kinder wie Kleider, Arztrechnungen, Spielsachen und dergleichen mehr. Zusätzlich mußte er ihr noch die Ferien mit den Kindern bezahlen. Jon war sicher, daß der Betrag, den er dafür bezahlen mußte, ausreichen würde, daß sie mehrere Wochen in einem erstklassigen Badeort verweilen konnte.

Er hatte selber lange Zeit gebraucht und viel Mühe gehabt, um überhaupt über solche Summen verfügen zu können. Und jetzt kam seine Frau einfach daher und forderte soviel Geld von ihm. Jon kam sich ausgenutzt vor, aber er wußte, daß er Jane nicht loswerden konnte. Sie würde ihm immer im Genick sitzen wie das Finanzamt.

Trotzdem. Es war die ganze Sache wert. Jetzt war er bald frei, und er konnte Muffin heiraten. Und Muffin bedeutete gleichzeitig, daß er immer genügend Geld haben würde, denn sie war ein begehrtes und gutbezahltes Modell. Wenn sie weiterhin so erfolgreich zusammenarbeiten würden, konnte niemand ihren Erfolg bremsen.

Der Kalender, den er für Schuman gemacht hatte, brachte genügend Geld ein, um für ein Jahr gut leben zu können. Auch danach würde ihnen beiden noch genügend einfallen, um weiter über die Runden zu kommen. Er und Muffin waren erst am Anfang ihrer Laufbahn.

Bis jetzt hatte er Muffin noch nicht den ganzen Plan erzählt. Er hatte noch viel mit ihr vor. Sie sollte Unterricht im Tanzen und Singen nehmen. Dazu noch Schauspielunterricht. Muffin hatte Naturtalent. Wenn man es noch ein wenig aufbesserte, würde ohne Schwierigkeiten ein Star aus ihr werden. Einen Namen hatte sie schon. Fast jedermann kannte ihr Gesicht, ihren Körper, ihren Namen. Ihr Bild tauchte in der einen oder anderen großen Tageszeitung fast täglich auf. Man sprach schon im Fernsehen von ihr. Sie bekam jeden Monat über hundert Briefe von Verehrern.

Jon war sich gewiß, daß sie mehr besaß, um über ein Fotomodell mit einem gut gebauten Körper und einem hübschen Gesicht hinauszukommen.

Heute war ein wichtiger Tag für Muffin. Ein Journalist von einer der größten Tageszeitungen Amerikas hatte um ein Interview mit ihr gebeten. Es war zu diesem Zeitpunkt wichtig für Muffin, daß man auch über ihre Person berichtete und sie als Persönlichkeit anerkannte. Jon hatte ihr ein paar Anweisungen gegeben, wie sie sich verhalten und was sie dem Journalisten sagen sollte.

»Anthony Private ist ein Schlitzohr«, hatte er Muffin gewarnt, als er von dem Journalisten sprach, der das Interview machen sollte. »Er wird versuchen, dir mit seinem charmanten Geplauder den Slip auszuziehen. Aber denk immer daran, daß er ein geiler Bock ist.«

»Werde ich ihm gefallen?« hatte Muffin lächelnd gefragt. »Oder gefallen ihm dickere Frauen besser?«

»Es fragt sich, ob er dein Geschmack ist. Er trägt eine dicke Brille, hat schmale Lippen und eine dünne, spitze Adlernase.«

»Tatsächlich«, sagte Muffin.

»Wirklich?« fragte Anthony Private ungläubig und putzte seine Brille.

»Wenn ich es Ihnen sage«, erwiderte Muffin. »Ich war erst dreizehn.«

»Schrecklich jung.«

»Wie alt waren *Sie* denn?« wollte Muffin wissen und zündete sich eine Zigarette an.

»Ich?« Anthony Private wurde nervös und rutschte unruhig auf seinem Sessel herum. »Ich führe doch ein Interview mit *Ihnen*. Ich glaube nicht, daß es interessiert, wie alt ich damals war.«

»Reine Neugierde«, erwiderte Muffin und musterte ihn neugierig. »Aber ich nehme an, daß Sie ein Spätzünder waren.«

Anthony Private wechselte schnell das Thema. »Wie fühlt man sich als Frau, wenn man täglich von vielen Männern in aufreizender Positur gesehen wird?«

»Fantastisch.«

»Wie bitte?«

Muffin gähnte, ohne sich die Hand vor den Mund zu halten. Sie hatte über eine Stunde mit Anthony Private beim Essen verbracht und ihm alle seine stumpfsinnigen Fragen beantwortet. Sie war überrascht von der Tatsache, daß dieser langweilige Mensch einmal in der Woche über eine ganze Seite in einer großen Tageszeitung verfügte.

Anthony Private schien nichts von ihrer Langeweile zu bemerken. Er machte einen neuen Anlauf, um das Gespräch wieder in Gang zu bringen. »Wie fühlt sich denn Ihr Vater mit seiner berühmten Tochter?«

»Sie haben sich an Ihrer Lippe verletzt«, sagte Muffin, ohne auf seine Frage einzugehen. »Wissen Sie, woher das kommt?«

»Nein«, erwiderte Anthony Private verwirrt. »Wir brauchen darüber auch gar nicht weiter zu sprechen. Wie ist das mit Ihrem Vater?«

»Er hat keine Verletzung an seiner Lippe, wenn Sie das meinen.«

Private seufzte laut. Dann wandte er sich zu dem Kellner und verlangte die Rechnung. »Was machen Sie jetzt?« fragte er Muffin.

»Ich sitze mit Ihnen hier am Tisch«, erwiderte sie.

»Das weiß ich«, entgegnete er. »Ich meinte, wenn wir das Lokal verlassen.«

»Ich habe keine Ahnung.« Muffin zuckte gleichgültig mit den Schultern.

Anthony Private zögerte einen Moment. Dann sagte er: »Ist es möglich, daß ich noch auf einen Sprung zu Ihnen komme? Ich möchte mir gern ein Bild davon machen, wie Sie wohnen.«

»Meinetwegen.« Muffin erhob sich. »Wir können bei mir noch eine Tasse Kaffee trinken. Aber ich sage es Ihnen gleich – nichts anderes.«

»Ich versichere Ihnen, daß mir das nicht im Traum einfallen würde.«

»Das habe ich mir gedacht.«

Beim Kaffee fragte Anthony Private zynisch: »Verdienen Sie eine Menge Geld dadurch, daß Sie den ganzen Tag nichts tun?«

»Wie bitte?«

»Wieviel verdienen Sie im Jahr?«

Jon hatte ihr immer wieder eingetrichtert, auf keinen Fall über die Geldbeträge zu sprechen, die sie einnahmen. Zögernd erwiderte Muffin: »Ich verstehe zu wenig von Geldsachen, als daß ich Ihnen darüber genaue Auskunft geben könnte. Diesen Bereich verwaltet mein Freund.«

»Die Emanzipation der Frauen ist bei Ihnen schon weit gekommen«, erwiderte Anthony Private sarkastisch. »Was halten Sie von Ihrem Aussehen?«

»Ich sollte schlanker sein«, gab Muffin zurück. »Mehr ein Mannequintyp wie Veruschka. Dünnere Beine würden mir auch nicht schaden.«

Anthony Private erhob sich. »Vielen Dank. Ich glaube, ich habe jetzt alles.«

»Auf Wiedersehen«, sagte Muffin und begleitete ihn zur Tür.

Als er gegangen war, warf Muffin sich auf die Couch und brach in Tränen aus. Sie fühlte sich elend und zerschlagen und wußte noch nicht einmal genau, warum. Hatte dieser Private sie mit seinen Fragen so weit durcheinandergebracht, daß ihr Selbstbewußtsein angeknackst war?

Nach einer Weile erhob sich Muffin, stellte sich vor den Spiegel, wischte sich die Tränen aus dem Gesicht und schminkte sich neu. Dann packte sie ein paar Sachen in ihre Handtasche und verließ das Haus.

Wenn sie schlechte Laune hatte oder deprimiert war, ging sie einfach zu ›Harrods‹. Irgend etwas würde sie dort schon finden, um das Gespräch mit Anthony Private schnell wieder zu vergessen.

22

»Ich möchte Mrs. James sprechen«, sagte Mike überheblich zu dem Mann an der Rezeption.

»Mrs. James hat unser Hotel heute morgen verlassen«, erwiderte der Mann.

»Das ist unmöglich.«

»Ich versichere Ihnen, daß es stimmt.«

Mike brauchte einen Moment, bis er diese Tatsache begriff. Dann fragte er: »Können Sie mir sagen, wohin sie gegangen ist?«

»Tut mir leid«, sagte der Mann schulterzuckend. »Ich darf keine Informationen, die unsere Gäste betreffen, an Außenstehende weitergeben. Es sei denn, die Gäste hätten mich darum ersucht.«

»Ich bin der Mann von Mrs. James.«

»Verzeihung, Sir. Das konnte ich nicht wissen. Mrs. James hat uns aber keine Adresse hinterlassen, wo wir sie erreichen können. Sie hat uns nur noch gesagt, daß sie am vierundzwanzigsten dieses Monats wiederkommt.«

»In drei Tagen?« fragte Mike. »Und Sie wissen nicht, wo ich sie finden kann?«

»Leider nein.«

Mike holte tief Luft. Dann fragte er: »Kann ich bei Ihnen ein Zimmer bekommen?«

»Tut mir leid, Sir. Wir sind belegt.«

Mike bedankte sich kurz bei dem Mann, gab dann sein Gepäck im Hotel ab und ging direkt in die Bar. Warum war er bloß über den Atlantik geflogen und hatte sich die ganze Zeit über im Flugzeug auf dieses Zusammentreffen mit Cleo gefreut? Jetzt stand er hier in London und wußte nicht, wo er seine eigene Frau suchen sollte.

Und noch nicht einmal ein Zimmer konnte er in Cleos Hotel bekommen. Nun war er gezwungen, mit dieser Marty-Pearl-Bande im ›Europa‹ zu wohnen. Er verfluchte seinen Job.

Mit zwei doppelten Scotchs versuchte er, seine Enttäuschung hinunterzuspülen. Er merkte jetzt, daß er Cleo wirklich anfing zu vermissen. Vielleicht wäre das nicht der Fall gewesen, wenn sich Susan ihm nicht so deutlich in seiner Wohnung in New York zum Beischlaf angeboten hätte. Denn Mike spürte jetzt den Drang, nicht nur mit einer Frau ins Bett zu gehen und mit ihr zu schlafen, sondern er brauchte auch Zärtlichkeit und Zuneigung. Vom reinen Sex, wie er ihn von Susan kannte, hatte er momentan genug. Und Mike spürte, wie er anfing, auf Cleo scharf zu werden.

Er nahm sich ein Taxi zu dem Hotel, das sie von New York aus für die ganze Mannschaft bestellt hatten. Als er in seiner Suite war, rief er sofort Russell in New York an, aber seine Sekretärin sagte ihm, daß Russell sich nicht in seinem Büro aufhielt. Mike erklärte ihr knapp, daß Russell zurückrufen sollte.

Als nächstes ließ er sich mit dem Zimmer von Jackson über die Hausleitung verbinden. »Willst du mich sehen?« fragte Jackson, als die Verbindung hergestellt war.

Mike verneinte. Er sagte ihm nur, daß er sich im Hotel befinde und müde sei. Dann erzählte er kurz, daß er Cleo nicht gefunden habe und für eine Weile von Little Marty verschont werden wollte.

Russell Hayes rief nach einer Stunde an.

»Ich habe Cleo nicht gefunden«, sagte Mike, als er Russells Stimme hörte.

»Ich kann dir auch nicht sagen, wo sie sich in London aufhält.«

»Vielen Dank«, erwiderte Mike. »Du warst mir schon immer eine große Hilfe.«

Russell schien die Bemerkung überhört zu haben. »Wenn du sie gefunden hast, sag mir Bescheid.«

»Wie soll ich sie denn finden?«

»Das weiß ich von New York aus auch nicht«, gab Russell zurück. »Sie ist schließlich deine Frau. Frag ihre Mutter oder ihre Freunde.«

»Vielen Dank, Russell«, erwiderte Mike. »Du warst schon immer ein Retter in der Not.«

Mike saß grübelnd im Sessel. Woher sollte er wissen, wo Cleos Mutter wohnte? Und von ihren Freunden kannte er nicht einmal einen Namen. Das Leben Cleos, bevor sie mit ihm nach New York gegangen war, erschien für Mike auf einmal wie ein verschlossenes Buch.

Er rief den Zimmerservice an und bestellte sich ein ausgiebiges Essen. Er fühlte sich im Augenblick wie ein Niemand.

Als er gegessen hatte, merkte er, daß er wie ein Handelsvertreter allein in einem Hotelzimmer saß und vor sich hin grübelte. Dieser Zustand gefiel ihm überhaupt nicht. Er zog sich seine Lederjacke über und verließ das Zimmer. Dann ging er zum Fahrstuhl.

In der Hotelhalle erkannte er Emma Pearl, die in einem Sessel saß und jeden im Auge hatte, der den Fahrstuhl verließ. Als sie Mike sah, sprang sie auf.

»Was machen Sie jetzt?« fragte sie in einem Ton wie eine Oberlehrerin.

»Keine Ahnung«, erwiderte Mike ungeduldig. »Aber mit Little Marty ist alles in Ordnung.«

»Woher wissen Sie das?«

»Ich nehme es an.« Mike musterte sie einen Moment. »Warum sind Sie nicht in seinem Zimmer und überzeugen sich davon?«

Emma Pearl sah ihn verlegen an. »Er will mich nicht bei sich haben.«

Mike nickte ihr zu. Die Frau war krankhaft eifersüchtig auf ihren Sohn. Er wollte gehen, aber dann drehte er sich noch einmal zu ihr um. »Wo ist Jackson?«

»Er ist weggegangen, um irgendwo essen zu gehen«, erwiderte Emma Pearl. Sie blickte Mike hilflos an. »Sie sind alle zum Essen weggegangen. Aber Little Pearl haben sie allein gelassen. Mr. James, ich finde diese Art nicht richtig. Vor fünf Minuten wollte eine schrecklich geschminkte Blondine in das Zimmer meines Jungen hineingehen. Als ich sie davon abhalten wollte, sagte sie mir, daß mein Sohn nach ihr geschickt habe.«

»Und dann?«

Emma Pearl verzog das Gesicht. »Ich wußte natürlich, daß sie lügt, und habe sie gleich wieder weggeschickt. Stellen Sie sich vor, dieses blonde Gift wäre in das Zimmer meines Sohnes gelangt?«

»Schrecklich.«

»So ist es«, sagte Emma Pearl überzeugt. »Mein Junge ist noch ein kleiner, unschuldiger Knabe. Er kann doch nichts dafür, wenn diese jungen Frauen alle für ihn schwärmen. Man darf ihn nicht allein lassen.«

»Er ist schon neunzehn Jahre alt.«

Emma Pearl rollte mit den Augäpfeln. »Das wissen *wir,* Mr. James. Aber für seine Fans und für alle anderen Menschen ist er erst sechzehn. Und sechzehn Jahre muß er noch ein paar Jahre bleiben.«

Mike zuckte mit den Schultern und wollte sich aus dem Hotel entfernen. In diesem Augenblick ging eine Tür im ersten Stock auf, und sie blickten beide nach oben. Little Marty stand im Flur und blickte sich suchend um. Als er Mike und seine Mutter sah, wollte er schnell davonlaufen. Aber dann überlegte er es sich anders, weil er wußte, daß er ungesehen nicht aus dem Hotel kam.

»Ich glaube, du solltest heute früh ins Bett gehen«, sagte Mike zu ihm. »Du hast morgen einen sehr anstrengenden Tag vor dir.«

»Das stimmt«, erwiderte Marty. »Aber sagen Sie meiner Mutter, sie soll mich in Ruhe lassen.«

»Das versuche ich im Augenblick«, gab Mike zurück. Er zog Emma Pearl beiseite. »Kommen Sie, Mrs. Pearl. Ihr Sohn will gleich schlafen gehen.«

Emma Pearl ging einige Schritte mit Mike mit und sagte mit enttäuschter Stimme: »Ich habe noch nicht einmal ein Zimmer auf dem gleichen Flur wie er.«

»Regen Sie sich nicht auf«, versuchte Mike sie zu beruhigen. »Schlafen Sie heute nacht in Ihrem Zimmer, und ich werde sehen, ob sich morgen ein Zimmer in der Nähe Ihres Sohnes finden läßt.«

»Da wäre ich Ihnen sehr dankbar«, erwiderte Emma Pearl und

blickte Mike fragend an. »Und was soll ich jetzt den ganzen Abend machen?«

»Setzen Sie sich erst mal in die Bar und trinken Sie einen Schluck.«

»Eine gute Idee«, sagte Emma Pearl. »Nach der Aufregung mit der blonden Frau habe ich einen Whisky mehr als verdient.«

Als Emma Pearl außer Sichtweite war, ging Mike an die Rezeption und fragte den Mann hinter der Holzumrandung: »Wo ist die blonde Frau, die vorhin in das Zimmer von Little Marty Pearl wollte?«

Der Mann zeigte zur Eingangstür. »Sie steht draußen und wartet auf ein Taxi.«

Mike ging vor die Tür und sah eine junge blonde Frau in Blue jeans, die offensichtlich auf ein Taxi wartete. Er ging zu ihr hin. »Es ist alles in Ordnung«, sagte er zu ihr. »Marty erwartet Sie auf seinem Zimmer.«

Sie lächelte ihn unsicher an. »Sind Sie sicher? Vorhin hat ein alter Drachen die Tür zu seinem Zimmer bewacht. Ist die Alte weg?«

Mike nickte. »Die Luft ist rein.«

»Vielen Dank. Sie sind süß.« Die Blonde ging hüftenschwenkend in die Hotelhalle hinein.

Mike sah ihr hinterher, und er dachte, was Marty wohl davon hatte, ein Popstar zu sein, wenn er nicht einmal in Frieden vögeln konnte.

23

Der Flug nach Nizza war angenehm. Cleo hatte sich beim Einsteigen in die Maschine versichert, daß sie diesmal nicht wieder neben einem Mann saß, der auf Abenteuer mit weiblichen Fluggästen aus war. Die Frau auf ihrem Nebensitz berichtete ihr lächelnd, daß sie im Augenblick Urlaub von einer Scheidung mache.

»Ich habe schwarze Jahre hinter mir«, gestand sie Cleo. »Eigentlich waren wir drei: er, ich und seine Mutter. Aber seine Mutter habe ich häufiger gesehen als ihn.«

Am Flughafen von Nizza mietete sich Cleo einen Wagen. Sie hatte vorgehabt, an der Küstenstraße entlangzufahren. Aber als sie den sommerlichen Verkehr sah, kehrte sie wieder um und fuhr auf die Autobahn.

Drei Stunden später war sie in St.-Tropez. Müde und verschwitzt erreichte sie das ›Byblos‹-Hotel.

Sie nahm ein kaltes Bad und zog dann den Bikini an, den sie noch in aller Eile in London gekauft hatte. Sie versuchte ein Gespräch mit dem Filmstar zu führen, den sie in St.-Tropez interviewen wollte, aber bei der Filmgesellschaft wußte niemand, wo er sich befand. Cleo bedankte sich und sagte, daß sie später noch einmal anrufen wollte.

Sie fühlte sich ein wenig verlegen, als sie allein zu dem hoteleigenen Swimming-pool ging. Alleinreisende Frauen wurden sehr leicht als Freiwild angesehen. Andere Frauen sahen in ihnen zusätzlich mögliche Rivalinnen. Wenn ein Mann allein war und sich nach Frauen umsah, hielt man ihn für einen Casanova. Bei Frauen dagegen glaubte man an liebeshungrige Nymphomaninnen.

Sie hatte sich auf ein Badetuch gelegt, eingeölt, einen Drink bestellt, und bald darauf erschien der erste Mann neben ihr.

»Sind Sie gerade angekommen?« fragte er sie auf englisch und setzte sich.

»Nein.«

»Ich habe Sie hier noch nicht gesehen«, sagte der Mann. »Wollen Sie einen Drink?«

»Ich habe einen Drink.« Cleo stand auf, ging zum Pool und sprang ins Wasser. Nach wenigen Metern drehte sie sich um. Der Mann hatte sich verzogen.

Der nächste war ein Franzose. Er verlor nicht viel Zeit. »Wollen Sie heute abend mit mir in eine kleine, intime Bar gehen?«

Cleo ignorierte ihn völlig.

Er verzog das Gesicht und trottete dann beleidigt davon. Kurz darauf kam ein Deutscher und setzte sich neben ihr Badetuch. Er erklärte ihr, wie lästig es für alleinreisende Frauen doch sei, wenn sie immer wieder aufdringliche Männer wegscheuchen müßten. Sie ignorierte auch ihn, und er verschwand ebenso schnell wie seine Vorgänger.

Irgendwie mußte sich das am Swimming-pool herumgesprochen haben, denn seitdem wurde sie von keinem Mann mehr angesprochen oder belästigt.

Nachdem sie zwei Stunden in der Sonne gelegen hatte, ging sie in das Hotel zurück und versuchte erneut, die Filmgesellschaft anzurufen. Diesmal erwischte sie den Mann, der für die Presse verantwortlich war, und sie machten den nächsten Tag aus, damit Cleo den Filmstar Sami Marcel zum Mittagessen treffen konnte.

»Sie können gegen ein Uhr zum ›Tahiti Beach‹ kommen«, sagte der Pressemann. »Wir filmen dort jeden Morgen, und wenn Sie Lust haben, können Sie zusehen.«

Cleo bedankte sich und hängte auf. Dann überlegte sie sich, was sie den ganzen Tag allein in St.-Tropez machen sollte. Es gab keine Alternative als einen langweiligen Abend allein auf ihrem Zimmer.

Sami Marcel war schlank, muskulös und häßlich, daß er in irgendeiner Weise schon wieder attraktiv wirkte. Er hatte Pferdezähne, eine große Nase, fleischige Lippen, aber er war der augenblickliche Herzensbrecher im französischen Film und Schwarm vieler Frauen.

Cleo hatte das Angebot des Pressemannes angenommen und war früh zum ›Tahiti Beach‹ gekommen, um bei den Drehaufnahmen zuzusehen. Mit ihr standen einige hundert Frauen am Strand. Cleo mußte sich förmlich durch die Schar der Verehrerinnen durchkämpfen, bis sie zu dem Pressemann gelangte, der sie dann durch die Sperre ließ.

»Sami ist ein großer Junge«, sagte der Pressemann. »Er hat den Ruf, unausstehlich zu sein. Aber er kann manchmal auch lustig sein.«

Die Leute, die den Film machten, waren Amerikaner, und dies war der erste amerikanische Film, den Sami drehte. Von daher gesehen, war dieser Streifen besonders wichtig für ihn, weil er den amerikanischen Markt betraf.

Die Szene, die sie drehten, zeigte Sami, der allein am Rand des Wassers entlangging und gedankenverloren auf den Sand blickte. Er trug weiße Hosen, die er an den Knöcheln hochgekrempelt hatte, und um seinen Hals baumelte ein goldenes Kettchen.

Im Geiste formulierte Cleo schon den Beginn des Artikels, den sie schreiben wollte. »Sami Marcel sieht aus, als ob er stark nach Knoblauch röche. Nach Aussage der großen Zahl seiner Verehrerinnen tut er es auch.«

Beim Filmen zuzusehen, war langweilig. Erste Aufnahme. Sami ging am Strand entlang. Stop. Die Szene war nicht gut. Zweite Einstellung. Sami ging allein am Strand entlang. Sami mußte niesen. Stop. Dritte Einstellung. Sami ging wieder am Strand entlang. Und wieder stoppte der Regisseur die Szene. Dann kam die nächste Einstellung und wieder die nächste und wieder eine Einstellung.

Cleo legte sich in den Sand, öffnete die Bluse, schloß die Augen und genoß die Sonne, die heiß vom Himmel herunterbrannte. Wie sehr hätte sie es genossen, wenn Mike jetzt neben ihr liegen würde. Er hatte es gern, wenn die Sonne heiß schien, und er konnte stundenlang in der Hitze herumliegen und überhaupt nichts tun. Sie überlegte sich, ob er mit Susan an einen Strand gehen würde. Und sie fragte sich, ob er sie vermißte. Wahrscheinlich auch nicht mehr, als wenn er seinen Ferrari verlieren würde.

Plötzlich ertönte eine laute Stimme, die verkündete, daß man die Dreharbeiten nach dem Mittagessen fortsetzen würde. Cleo blickte sich um und sah, wie der Pressemann verstört zu ihr kam.

Sie zog die Bluse über ihren Bikini und fragte ihn: »Haben wir jetzt eine Stunde Zeit?«

»Hm, nun ja. Sami macht vor dem Essen meistens eine Pause, um sich vom Drehen zu erholen. Ich bringe Sie jetzt zu dem Restaurant. Er wird wohl bald kommen.«

Das Restaurant lag am Strand in der Nähe des Drehortes. Als sie dort ankamen, entdeckte Cleo einen großen Tisch, an dem viele Stühle standen.

Verwundert blickte sie den Pressemann an. »Es war aber vereinbart worden, daß ich Sami Marcel allein interviewen kann.«

Der Mann hob beschwichtigend die Hände. »Regen Sie sich nicht auf, aber Sami ist ein schwieriger Bursche. Außerdem ist er von der Presse nicht immer fair behandelt worden. Deshalb ist er manchmal launisch.«

Cleo holte tief Luft. »Es ist mir völlig egal, ob der Mann launisch ist oder nicht. Ich will mein Interview mit ihm allein machen.«

»Warten wir doch ab, wie Sami sich benimmt. Dann sehen wir weiter.«

Cleo schüttelte den Kopf. »Ich warte überhaupt nicht ab. Ich bin es gewöhnt, daß ich meine Interviews allein mache. Ich bin extra wegen ihm aus London hierhergeflogen. Wenn es also nicht anders zu machen ist, bin ich mit ein paar Minuten zufrieden. Aber allein mit ihm.«

»Ich werde versuchen, was in meiner Macht steht«, erwiderte der Mann hilflos.

Cleo beschloß jetzt, einen schärferen Ton anzuschlagen. »Wenn dieser Sami nicht gerne Interviews gibt, hätten Sie mich erst gar nicht herzubestellen brauchen. Ich weiß natürlich nicht, ob sich das für Sami oder den Film gut macht, wenn ich schreibe, daß man mir ein Interview mit Sami Marcel verwehrt hat.«

Der Pressemann zuckte mit den Schultern, und sie sahen beide, wie sich der Tisch mit den Leuten der Filmgesellschaft füllte. Der Regisseur, der Kameramann, das Scriptgirl, der Toningenieur und einige Beleuchter.

Cleo war wütend. Wenn dieser Sami sich von der Presse ungerecht behandelt fühlte, sollte er erst einmal sehen, was *sie* aus ihm machen würde.

Nach einer halben Stunde erschien er. Am linken Arm hing eine Brünette, am rechten machte sich eine Blonde breit. Beide Frauen trugen nur Minibikiniunterteile.

Sami setzte sich mit den beiden Frauen direkt gegenüber von Cleo. In das Gekicher der beiden Bikinischönheiten sagte der Pressemann zaghaft zu Sami: »Die Dame kommt vom ›Image-Magazin‹. Sie möchte gern ein Interview mit dir machen, wie ich dir schon gesagt habe.«

Sami ignorierte ihn. Er lauschte dem Geflüster der Blonden neben ihm und streichelte gleichzeitig die Schulter der anderen Frau.

Cleo beugte sich vor. »Monsieur Marcel«, sagte sie bestimmt. »Mein Name ist Cleo James. Es war verabredet, daß ich Sie interviewen kann.«

Sami Marcel blickte sie an, aber in seinem Blick lag nicht ein Hauch von Interesse. »Warum tragen Sie noch eine Bluse?« fragte er spöttisch. »Haben Sie keine Titten?« Er blickte um sich und erwartete von allen Seiten beifällige Bemerkungen. Aber sie blieben aus.

Cleo fühlte, wie das Blut in ihr Gesicht schoß. Sie hatte nicht gedacht, daß Sami Marcel solch ein Schwein war. Mühsam schluckte sie und versuchte, wieder ihre Fassung zurückzugewinnen.

»Sami, mach mit ihr keine Scherze«, sagte der Pressemann mit ernstem Gesicht. »Miß James kommt vom ›Image-Magazin‹. Wir dürfen es uns mit ihr nicht verscherzen, weil das Magazin große Auflagen in Amerika hat.«

Sami blickte ihn kurz an. »Und ihre Titten? Sind die auch so groß wie die Auflage ihres Blattes?« Er brüllte los vor Lachen, und die beiden Frauen an seiner Seite beeilten sich sofort, miteinzustimmen.

Cleo ignorierte seinen Einwand, weil sie ihre Fassung wiedergefunden hatte. »Monsieur Marcel«, sagte sie mit sanfter Stimme. »Wenn Sie Ihren Schwanz hier auf den Tisch legen, bin ich gerne bereit, Ihnen meine Titten zu zeigen. Aber bis zu diesem Augenblick bleiben wir beide weiterhin so angezogen, wie wir sind.«

Sami Marcel blickte sie fassungslos an. Dann zogen sich seine Augenbrauen ärgerlich zusammen. »Eine Frau hat nicht in solch einem Ton zu sprechen, wie Sie das eben getan haben. Eine Frau muß sanft und weich sein.« Er blickte in die Runde, damit er sichergehen konnte, daß ihm auch jeder zuhörte. Dann wandte er sich wieder an Cleo. »Eine Frau sollte weiblich sein, süß und ruhig. Eine Frau sollte Mutter sein, oder, wenn man es von ihr fordert, auch eine Hure. Es gibt aber auch Frauen, die diese beiden Eigenschaften wunderbar miteinander verbinden können.«

»So etwas gibt es?« fragte Cleo ironisch zurück. Sie hatte schon seit einiger Zeit ihren Kassettenrecorder angestellt, um jedes Wort aufzunehmen.

»Ganz sicher«, erwiderte Sami Marcel. »Passen Sie auf.« Er drehte sich zu der blonden Begleiterin und rieb ihre Brustwarze zwischen den Fingern. »Frauen sind wunderbare Spielzeuge«, sagte er dann grinsend. »Sie wollen geliebt werden, wenn sie an ihrem richtigen Platz sind.«

»Und welches ist der richtige Platz?« fragte Cleo. »Ihrer Meinung nach.«

»Zu Hause. Im Bett. In der Küche.« Sami Marcel knetete jetzt die Brüste der Blonden durch. »Frauen sind dekorative Geschöpfe. Aber sie dürfen niemals in den Bereich des Mannes gelangen.«

Cleo lachte schallend auf. »Sie haben den strengen Geruch eines männlichen Chauvinistenschweins.«

Sami Marcel erstarrte plötzlich. Er blickte Cleo giftig an und sagte: »Sie müssen lesbisch sein.«

Cleo zuckte die Schultern. »Mehr fällt Ihnen wohl nicht ein? Ist denn jede Frau, die mit ihrer egoistischen Philosophie nicht übereinstimmt, gleich dazu verdammt, eine lesbische Frau zu sein?«

»Sie sind vielleicht nicht lesbisch«, erwiderte Sami zynisch. »Aber Sie sind eine völlig frustrierte Frau. Ich glaube, daß Sie einen Mann brauchen, der Sie im Bett mal richtig durchbumst. Was Ihnen bisher in Ihrem Leben gefehlt hat, ist ein richtiger Fick.«

Cleo nickte. »Ihnen bestimmt auch.«

Samis Mund zuckte nervös. Und dann stand er mit einer ärgerlichen Geste auf und verließ den Tisch, ohne sich weiter um Cleo zu kümmern.

Der Pressemann war der Verzweiflung nahe. »Das hätten Sie nicht tun sollen.«

Cleo blickte ihn abschätzend an. »Das ist vielleicht Ihre Meinung. Aber ich muß tun, was die Situation für mich erfordert. Und die Situation ist nur durch Ihre völlige Inkompetenz aufgekommen.«

»Aber Sami hat . . .«

Cleo unterbrach ihn sofort. »Sparen Sie sich Ihre Worte. Ich habe auch so ein Interview mit Ihrem Star bekommen. Und es ist bestimmt viel klärender als das übliche Pressegeschwätz, was sonst gesagt wird.«

Sie erhob sich, ging zu ihrem Wagen und fuhr los.

24

»Er ist ein stinkendes, mistiges, geiles Schwein!« schrie Muffin. »Ein dummer, blöder, stumpfsinniger Idiot. Ich hasse ihn.«

»Hör auf zu schreien, Muffin, und beruhige dich erst einmal.«

»Du würdest noch viel lauter schreien«, erwiderte Muffin. »Er ist aber nicht nur dumm, sondern auch gemein und primitiv.« Sie hielt Jon die Zeitung vor die Nase und zeigte auf den Artikel von Anthony Private. »Lies mal die Überschrift. Da steht schon, daß ich klein, fett und sehr reich bin. Was sagst du dazu?«

»Reich würde mich nicht stören.«

Muffin schleuderte die Zeitung in die Ecke. »Kann ich ihn verklagen?«

»Weswegen?«

»Wegen Geschäftsschädigung«, sagte Muffin wütend. »Persönlichkeitsverletzung, oder was immer du willst. Du weißt genau, was ich meine.«

»Sei nicht albern.«

»Albern?« Muffin zog die Luft durch die Nase ein, daß es einen leisen Pfeifton gab. »Dann lies erst einmal den Artikel, den er über mich geschrieben hat. Er strotzt voller Beleidigungen.«

»Vergiß den Artikel.«

»Und das Bild?« fragte Muffin empört. »Soll ich das Bild auch vergessen?«

»Welches Bild?«

»Sie haben in der Zeitung ein Foto von mir gebracht, das schon über drei Jahre alt ist. Und darauf bin ich wirklich klein und fett. Aber heute sehe ich nicht mehr so aus.«

Jon zuckte mit den Schultern. »Das Ganze ist nicht so schrecklich, wie es aussieht.«

»Ich kann mich nirgends mehr sehen lassen«, gab Muffin aufgeregt zurück. »Kein Mensch wird mich ab heute mehr ernst nehmen.«

»Ich nehme dich ernst«, erwiderte Jon und legte einen Arm um ihre Schulter. »Wenn du so bekannt bist, mußt du alle Art von Artikeln und Fotos über dich ergehen lassen. Das gehört nun einmal dazu.«

»Aber so etwas nicht.«

Jon nickte. »Auch so etwas. Gute und schlechte Artikel. Wahre und unwahre.« Er zeigte auf die Zeitung. »Wenn du so einen Artikel gelesen hast, wirf die Zeitung weg und vergiß, was darin stand.«

Muffin verzog wütend das Gesicht. »Ich möchte eine ganze Seite in seiner Zeitung haben und darin soll ein Foto von mir abgebildet werden. Und dann schreibe ich noch darauf, daß Anthony Private ein Schwein ist.«

»Das werden wir tun«, antwortete Jon lächelnd. »Aber warum sollen wir das Geld für eine ganzseitige Anzeige in seinem Blatt ausgeben, wenn doch schon jedermann weiß, daß er ein Schwein ist.«

Muffin gab ihm einen Kuß. »Vielleicht hast du recht.« Sie ging vor den großen Spiegel im Schlafzimmer, zog sich ihr Nachthemd aus und sagte dann: »Ich bin doch nicht fett. Erkennst du, wo ich fett bin?«

»Keine Spur von Fett«, erwiderte Jon geduldig. »Ein paar runde Backen am Hintern und zwei volle Brüste, bei deren Anblick einem das Herz im Leibe lacht.«

»Aber fett sind sie nicht?«

Jon schüttelte den Kopf. »Nein. Fett sind sie nicht. Deine Backen auch nicht.«

»Dann bin ich beruhigt.«

Eine Stunde später verließen sie die Wohnung. Irgendwie hatte sich Muffins ganzer Zorn und Haß gegenüber Anthony Private auf Jon verlagert.

»Du bist an allem schuld«, sagte sie giftig. »Ich möchte dich noch nicht einmal mehr heiraten.«

»Versprochen?«

»Auf jeden Fall.« Muffin blickte ihn verärgert an. »Und deine Kalender kannst du das nächste Mal auch allein machen. Nimm dich selbst als Modell.«

»Das werde ich tun. Das wird den Umsatz bestimmt verdoppeln. Oder ich werde andere Modelle nehmen. Erica zum Beispiel wollte schon immer nach Barbados. Ich werde es gleich morgen mit Erica versuchen.«

»Die Auftraggeber wollen aber nicht Erica, sondern sie verlangen *mich.*«

»Das wird sich ändern.«

»Du Schuft.«

Jon lachte kurz auf. »Das ist aber ein großes Wort für so ein kleines Mädchen.«

Muffin blieb einen Moment stehen und blickte Jon von der Seite an. »Jetzt kann ich endlich verstehen, warum Jane dich so haßt.«

Als sie im Studio angekommen waren, beschäftigte sich Jon sofort mit seiner Ausrüstung, und er gab seinen Assistenten letzte Anweisungen.

Muffin ging zu ihrer Garderobe und überließ den weiteren Ablauf der Frau, die für ihr Make-up, ihre Haare und ihre Kleidung sorgte. Sie wollten heute die Aufnahme für ein Plattenalbum machen. Muffin und Little Marty Pearl. Muffin war schon ganz aufgeregt gewesen bei dem Gedanken, mit einem berühmten Popstar zusammen auf einem Cover zu erscheinen. Aber Anthony Private hatte mit seinem Artikel ihr jegliche Lust zum Arbeiten genommen.

Muffin hatte immer noch schlechte Laune, als ihr Körper mit einem Schwamm und feinem Öl eingerieben wurde. Sie war es auch leid, ihre Kleider immer wieder ausziehen zu müssen. Und sie hatte es satt, ihren Bauch einzuziehen, ihre Brüste herauszustrecken und sich auf die Zehenspitzen zu stellen, damit ihre Beine länger wirkten.

»Du machst das fantastisch, Liebling«, sagte der junge Mann, der ihren Körper einrieb.

»Danke«, erwiderte Muffin knapp.

»Sei ein braves Mädchen und bück dich«, sagte der Blonde und kicherte los.

Muffin bückte sich automatisch und beobachtete den jungen Mann, der ihren Körper einrieb. Sie wußte, daß er sich nichts dabei dachte, denn ihm waren Männerkörper viel lieber als weibliche Rundungen.

»Hast du Little Marty schon einmal gesehen?« fragte der Blonde.

»Nein.«

»Ich habe gehört, Little Marty ist schwul«, sagte er und kicherte wieder los.

»Meinetwegen«, erwiderte Muffin. »Wenn es nach dir ginge, wäre am besten jeder schwul.«

»Sag so etwas nicht.« Der Blonde unterbrach für einen Moment seine Tätigkeit und hörte auf zu kichern. »So schlimm bin ich nun auch wieder nicht.«

Little Marty kam mit seiner Mutter und Jackson im Studio von Jon an.

Er war von Kopf bis Fuß in weißes, gefranstes Wildleder gekleidet. Kaum war er im Studio, als er schon mit dem blonden jungen Mann in der Garderobe verschwand.

Jackson ging auf Jon zu, gab ihm die Hand und sagte: »Das wird eine große Sache mit dem Cover.«

Jon nickte ihm zu. »Ganz bestimmt. Muffin freut sich schon darauf, weil sie noch nie auf einem Cover abgebildet war. Hatten Sie diese Idee?«

»Ich hatte den Einfall«, erwiderte Jackson geschmeichelt. Er vergaß dabei zu erwähnen, daß die englische Niederlassung seiner Firma alles geplant und auch in die Wege geleitet hatte.

Muffin kam aus dem Umkleideraum heraus. Sie trug hohe weiße Stiefel und einen Cowboyhut. Mehr nicht.

Emma Pearl sprang vor Schreck aus ihrem Stuhl hoch. »Mr. Jackson«, schrie sie laut und zeigte auf Muffin. »Diese Frau ist völlig nackt.«

»Das sehe ich auch«, gab Jackson gelassen zurück.

Emma Pearl hörte ihm überhaupt nicht zu. »Schaffen Sie die Frau hinaus, bevor Little Marty hereinkommt und sie in dieser Aufmachung sieht.«

Jetzt war Jacksons Geduld am Ende. Er ging mit ein paar energischen Schritten auf Emma Pearl zu, packte sie unsanft am Arm und brachte sie hinaus zu dem Chauffeur, mit dem sie zu dem Atelier gefahren waren. Dann setzte er sie in den Wagen und gab dem Chauffeur Anweisung, Emma Pearl zum Hotel zurückzufahren.

Bevor die Frau verstanden hatte, was um sie herum geschah, war der Wagen bereits abgefahren. Jackson ging aufatmend in das Studio zurück.

Muffin war in der Zwischenzeit in ihre Garderobe gegangen. Als Jackson sie nicht mehr sah, fragte er Jon: »Haben Sie die Frau hinausgeworfen?«

Jon schüttelte lachend den Kopf. »Nackte Frauen gehören hier zum Alltag.«

Jackson trat näher an ihn heran. »Zieht die Frau sich immer nackt aus?«

Jon nickte. »Für mich ja. Aber nicht für Sie. Wir wollen nämlich bald heiraten.«

»Verzeihung«, sagte Jackson und bekam einen roten Kopf. »Das konnte ich nicht wissen.«

»Keine Ursache«, bemerkte Jon. »Ich bin es gewöhnt, daß jeder Mann mit ihr ins Bett gehen will. Sie ist auch ein tolles Weib, oder nicht?«

»Ganz tolles Weib«, stammelte Jackson verwirrt. »Ist sie Schauspielerin?«

Jon blickte ihn verärgert an. »Ich nehme an, daß Sie alles über sie wissen. Sonst wären Sie doch nicht auf die Idee gekommen, das Cover mit ihr zu machen.«

Jackson zuckte mit den Mundwinkeln. »Nun ja – nicht im Detail. Und wir sind gerade aus den Staaten gekommen. Natürlich wußten wir, daß Sie hier gute Arbeit leisten. Aber wir wußten nicht, daß Sie so fantastische Modelle bei sich arbeiten lassen.«

Die Antwort wiederum gefiel Jon sehr gut. Es bestätigte ihm seine Meinung über Muffin. Er war jetzt auch sicher, daß sie genausogut in Amerika wie sonstwo auf der Welt als Fotomodell arbeiten konnte.

Jon blickte Jackson an und sagte: »Sie ist das bekannteste Fotomodell in England. Ihr Name ist ein Begriff in der Branche. Wir wollen in diesem Jahr ihre Aktivitäten erweitern und sie auch beim Fernsehen einsetzen.«

»Sind Sie ihr Manager?«

Jon nickte ihm zu. »Ich erledige alle Dinge, die sie betreffen.«

»Haben Sie schon Kontakte in die Vereinigten Staaten?« fragte Jackson.

»Bis jetzt noch nicht. Aber ich will sie gegen Ende des Jahres in die Staaten bringen.«

Jackson grinste ihn an. »Vielleicht kann ich Ihnen dabei behilflich sein.«

Jon dachte einen Moment nach. Dann schüttelte er den Kopf. »Ich glaube, daß wir das auch allein schaffen werden. Hier sind wir auch mit den Problemen fertig geworden, die wir anfangs hatten.«

»Sie stellen sich das in Amerika zu einfach vor. Dort herrschen ganz andere Gesetze auf dem Markt als bei Ihnen in England.«

Jackson dachte einen Moment nach und fuhr dann fort: »Nehmen Sie zum Beispiel Little Marty. Er war ein Junge wie tausend andere auch. Er hatte eine gute Stimme, sah nett aus und war ein guter Junge. Wenn ich ihn nicht aufgebaut hätte, würde er noch heute auf der Farm sein und Hühnerscheiße vom Hof kehren.«

»Und Sie glauben, ohne ein gutes Management geht es in Amerika nicht?«

Jackson schüttelte den Kopf. »Auf keinen Fall. Bei uns gibt es keine Stars, weil sie es sind, sondern weil sie gemacht werden. Am besten wird es sein, wir unterhalten uns nachher noch in Ruhe über dieses Thema. Denn ich könnte aus Ihrer Freundin bei uns etwas machen, womit sehr viel Geld zu verdienen wäre.«

Jon nickte. »Ich bin jederzeit bereit, mich mit Ihnen über Geld zu unterhalten.«

Jackson schlug ihm vor Freude auf die Schulter. »Sie wissen, aus welcher Ecke das Geld zu Ihnen kommt. Kommen Sie doch einfach mit Ihrer Freundin heute nacht zu der Party von Little Marty. Dann können wir alles in Ruhe besprechen und lernen uns besser kennen.«

»Einverstanden. Wir kommen.«

Jackson beugte sich dichter an Jon heran. »Hören Sie, Junge: Sie brauchen nicht Ihr Leben damit zu vertun, daß Sie immerzu solche Bilder machen müssen. Ich weiß, daß Sie viel von Ihrem Beruf verstehen. Aber ich kann Sie und Ihre Freundin auch noch anders einsetzen. Und später wäscht dann eine Hand die andere.«

Jon nickte ihm zu. Er mußte sich jetzt auf seine Arbeit konzentrieren und hatte keine Lust mehr, das Gespräch fortzusetzen. Außerdem mochte er Jackson nicht besonders, aber er sagte sich, daß es bestimmt nicht schaden konnte, wenn man nach Amerika eine gute Verbindung hatte.

Muffin erschien wieder im Studio, und Jon stellte sie Jackson vor. Sie hatte jetzt einen Seidenschal um sich gehüllt, um ihre Nacktheit ein wenig zu verbergen. Aber Jackson sah immer noch genug, was seinen Pulsschlag beschleunigte. Muffin war immer noch wütend auf Jon und warf ihm finstere Blicke zu.

»Vielleicht könnte Muffin eine Freundin zu der Party heute nacht mitbringen«, sagte Jackson plötzlich und musterte sie erwartungsvoll.

»Wozu«, fragte Muffin unfreundlich.

Jon hatte schon verstanden, was Jackson meinte. »Soll sie besondere Vorzüge haben?«

»Die üblichen.«

Little Marty erschien aus der Umkleidekabine. Als Muffin ihn sah, ließ sie den Schal von der Schulter gleiten und lächelte ihm zu.

Little Marty blieb einen Augenblick fassungslos stehen. Dann ging er auf die Gruppe zu.

»Hallo«, sagte Muffin und reichte ihm die Hand. »Wie geht's?«

»Gut«, sagte Little Marty und räusperte sich verlegen. »Mir geht's wirklich gut.«

Jackson blickte von einem zum anderen. »Ein großartiges Paar!« rief er begeistert.

Dann gab Jon den beiden Anweisungen, wie sie sich vor die Kamera stellen sollten. Little Marty blickte frontal in die Optik, während Muffin, mit dem Rücken zur Kamera, sich an ihn lehnen und nur den Kopf wenden sollte.

»Fantastisch. Einfach fantastisch«, rief Jackson laut. »Sexy, aber nicht zu vordergründig. Das wird genau das richtige Image, das der Junge braucht.«

Muffin verließ vor Jon das Studio. Er mußte noch ein paar andere Aufnahmen erledigen, zu denen sie nicht mehr nötig war. Sie wollte nach Hause gehen, sich die Haare waschen und sich überhaupt für die Party heute abend schön machen. Wieder dachte sie an Little Marty und bekam ein seltsames Gefühl in der Magengegend.

»Kann ich Sie später noch einmal wiedersehen?« hatte er sie bei den Aufnahmen gefragt.

»Vielleicht.«

Und nach den Fotos hatte er sie vor der Kabine noch einmal angesprochen. »Vielleicht können wir uns nach der Party noch in meinem Hotel treffen.«

»Ich wüßte nicht, was dem im Wege steht«, hatte sie lächelnd geantwortet.

»Streng geheim«, hatte er gesagt und einen Finger auf seine Lippen gelegt.

»Streng geheim«, hatte sie geantwortet und ihn einverständlich angelacht.

Während der Aufnahmen hatte Muffin nur an Little Marty gedacht. Es war für sie ein erregender Moment gewesen, weil sie sein Bild so oft in Magazinen gesehen, seine Stimme häufig auf Platten gehört und immer wieder über ihn gelesen hatte.

Ihre schlechte Laune Jon gegenüber hatte sich durch die Begegnung mit Marty verstärkt. Sie überlegte sich, ob sie nicht auf der Party einen Krach mit ihm anfangen sollte, um dann sofort in das Hotel von Marty abzuhauen.

Der Ärger, den ihr Anthony Private bereitet hatte, war schon fast vergessen. Sollte er von ihr denken, was er wollte, sie wußte selber, wieviel sie wert war. Der Kerl war einfach neidisch. Das war alles.

Sie ging beschwingt durch den Holland-Park und überlegte, was sie am Abend anziehen sollte. Irgend etwas, was auf Marty sexy wirkte. Ihr würde schon etwas einfallen, wie sie dem Jungen den Kopf verdrehen konnte.

Als sie in die Wohnung kam, klingelte das Telefon. Sie hob ab, sagte ihren Namen, aber am anderen Ende der Leitung war nichts zu hören. Wütend kanllte sie den Hörer auf die Gabel und verfluchte die anonymen Anrufer.

Jon hatte einmal zu ihr gesagt: »Diese Leute, die hübsche Mädchen anrufen und sich dann nicht melden, sind meistens verklemmte Typen, die anders nicht zu einem Orgasmus kommen.« Wenn er am Telefon war und sich niemand meldete, brüllte er in die Leitung: »Los, du geiler Bock, mach schneller!«

»Du bist geschmacklos«, hatte Muffin damals geantwortet. Aber diese Reaktion von Jon hatte ihr die Angst vor obszönen Anrufen genommen.

Das Telefon klingelte erneut. Muffin überlegte, ob es Anthony Private sein könnte. Ihm traute sie zu, daß er es nur am Telefon machen konnte.

Sie hob den Hörer ab. »Hier das Heim für unverheiratete Jungfrauen.«

»Ist Jon nicht zu Hause?« Es war die schrille Stimme von Jane.

»Nein.« Muffin haßte es, mit Jane sprechen zu müssen, und sie tat es nur, wenn es nicht zu vermeiden war.

»Spricht dort Muffin?« Das letzte Wort betonte sie so, als hätte sie von Scheiße gesprochen.

»Ja. Wer ist dort?«

»*Mrs.* Clapton.«

»Jons Mutter?« fragte Muffin.

»Nein, meine Liebe. Seine Frau.«

»Verzeihung«, erwiderte Muffin. »Die Stimme klang wie die von Jons Mutter.«

»Das kann schon sein, daß du uns verwechselst. Du bist ja auch bei Jon nur eine Eintagsfliege.«

»Jon ist nicht hier.«

Jane machte einen Moment Pause. Dann sagte sie: »Bestell Jon, daß er mich anrufen soll. Ich habe übrigens die Verlobungsbilder in der Zeitung gesehen. Einfach lächerlich. Aber ihr kleinen dummen Mädchen tut ja alles, was der Publicity dient. Übrigens hat Jon nicht die mindeste Absicht, dich zu heiraten. Das hat er mir neulich gesagt. Er will dich nur in dem Glauben lassen, damit du noch eine Weile stillhältst.«

»Das glaube ich nicht.«

»Dann eben nicht«, erwiderte Jane sarkastisch. »Aber die Scheidung ist noch nicht gelaufen. Und wenn ich nicht will, wird in dieser Richtung auch nichts passieren. Aber mach dir darüber keine Gedanken. Vielleicht werde ich eines Tages meine Meinung darüber ändern.«

»Dumme Gans«, sagte Muffin, aber sie merkte, daß Jane die Leitung bereits unterbrochen hatte. Trotzdem sprach sie weiter: »Du alte Hure, Jon *wird* mich heiraten. Verlaß dich drauf.« Wütend knallte sie den Hörer auf die Gabel. Was für ein Spiel trieb Jon Clapton im Augenblick mit ihr? Sie wollte es ihm zeigen – und wie sie es ihm zeigen wollte!

25

In London schien die Sonne, als Cleo auf dem Flughafen eintraf. Sie hatte die Zeit während des Fluges damit verbracht, einen bissigen Artikel über Sami Marcel zu schreiben. Er war eine einzige Anklage gegen die Sorte von Männern, die in Frauen nur Objekte zur Befriedigung ihrer eigenen Bedürfnisse sahen. Sie hatte Sami Marcel als chauvinistisches Schwein beschrieben, und damit alle Männer angegriffen, die wie er waren. Sie freute sich schon darauf, wenn sie den Artikel abgetippt an Russell schicken konnte.

Sie nahm ein Taxi zum ›Connaught‹-Hotel. Obwohl sie einen Tag früher als vereinbart zurückgekommen war, bekam sie noch ein Zimmer zugewiesen.

Es gab drei dringende Nachrichten für sie. Sie waren alle von Dominique Last, die sie bat, nach ihrer Ankunft anzurufen.

Cleo ging sofort ans Telefon.

Dominique sagte erleichtert: »Gott sei Dank, daß du wieder da bist. Kann ich schnell zu dir kommen?«

»Ich bin eben erst angekommen und habe noch ein paar dringende Sachen zu erledigen.«

»Es ist aber sehr wichtig«, erwiderte Dominique. »Ich muß unbedingt mit dir sprechen.«

»Na, meinetwegen.« Cleo war alles andere als begeistert, aber sie brachte es nicht fertig, nein zu sagen.

Eine Stunde später erschien Dominique im Hotel. Ihr rotes Haar hatte sie unter einem Schal versteckt und die roten, verweinten Augen hinter einer dunklen Sonnenbrille. Es war zu sehen, daß sie in letzter Zeit viel mitgemacht hatte und dringend mit jemandem sprechen mußte.

Cleo fühlte spontan eine Welle von Sympathie für sie, und sie nahm sich vor, die Dinge zu vergessen, die ihr Dominique wenige Tage zuvor gesagt hatte.

»Du siehst ja grauenhaft aus«, sagte Cleo, als Dominique in ihr Zimmer trat. »Was ist denn passiert?«

Dominique nahm die Sonnenbrille ab, und Cleo sah ein geschwollenes Auge. »Sieh dir mal an, was diese alte Sau getan hat.«

»Dayan?« fragte Cleo.

»Nicht Dayan«, erwiderte Dominique bissig. »Dein Freund, dieser widerliche Kerl, mit dem du mich zusammengebracht hast.«

»Shep Stone?«

Dominique nickte. »So heißt der impotente, geile Bock.« Sie schüttelte den Kopf. »Ein Miststück.«

Cleo ließ sich in einen Sessel nieder. »Ich kann bis jetzt unserer netten Unterhaltung kaum folgen. Als ich mit dir das letztemal über ihn sprach, war er der tollste und aufregendste Mann, der dir in deinem ganzen Leben begegnet war. Dann hast du mir noch gesagt, daß du wegen ihm deinen Mann *und* deinen Liebhaber verlassen willst.«

»Kann ich etwas zu trinken haben?« fragte Dominique mit tonloser Stimme.

Cleo blickte auf die Uhr. Es war vier Uhr nachmittags. »Ich weiß nicht, ob die Bar schon geöffnet ist.«

»Der Zimmerservice hat immer offen«, erwiderte Dominique. »Für mich einen doppelten Scotch.«

Cleo ging ans Telefon und bestellte für sich einen Tee und für Dominique den Scotch. Dann wandte sie sich wieder an ihre Freundin. »Kannst du mir jetzt in aller Ruhe erzählen, was zwischen euch passiert ist?«

Dominique seufzte tief. »Wie ich dir schon erzählt habe, wollte

Shep an dem Tag, als wir uns kennengelernt hatten, unbedingt mit mir schlafen. Ich war ein bißchen angeheitert, und den Umstand hat er weidlich ausgenutzt. Wenn du an unserem Tisch geblieben wärst . . .«

Cleo unterbrach sie. »Wenn ich dich daran erinnern darf, dann warst *du* es, die ihn an unserem Tisch haben wollte. Ich wollte überhaupt nichts von ihm.«

Dominique zuckte hilflos mit den Schultern. »Ich hatte angenommen, daß er dein Freund ist.«

»Wenn er das gewesen wäre, hätte ich mich ihm gegenüber höflicher benommen. Um die Wahrheit zu sagen: Ich finde ihn als Mann grauenhaft.«

»Wenn du am Tisch geblieben wärst, wäre alles nicht passiert.«

»Am Telefon klang das alles ganz anders«, sagte Cleo spöttisch. »Du hast mir gesagt, daß du eine herrliche Zeit mit ihm verbracht hast, sprachst von wahrer Liebe und diesen Sachen. Und dann hast du mir gesagt, daß du Dayan wegen ihm verlassen willst.«

Dominique schüttelte heftig den Kopf. »Du mußt mich völlig falsch verstanden haben.«

Cleo sah sie einen Moment ungläubig an. Dann sagte sie laut: »Verdammte Scheiße.«

Es klopfte an der Tür, und ein Mann brachte ihnen die gewünschten Getränke.

Sie warteten, bis er alles auf den Tisch gestellt hatte. Dann sagte Dominique: »Wie dem auch sei. Ich hatte meinen Diamantring in seinem Hotel vergessen. Und als ich am nächsten Tag zu ihm kam, um den Ring zu holen, schrie er mich an, und dann hat er mich geschlagen.«

Cleo blickte auf das geschwollene Auge. »Und das ist das Ergebnis?«

»So ist es.«

Cleo schenkte sich Tee ein. Sie war sprachlos über das, was Dominique ihr auftischte. Zuerst sollte es die wahre Liebe gewesen sein, und dann eine Schlägerei übelster Sorte. Dominique sollte man wirklich einen Preis als größte Lügnerin des Jahres zusprechen. Sie wandte sich wieder an Dominique. »Was soll ich jetzt für dich tun?«

»Kannst du nicht ein Treffen mit ihm arrangieren? Ich möchte mit ihm reden.«

»Mit ihm reden?« fragte Cleo überrascht zurück. »Worüber denn?«

»Ich will mit ihm ein paar Dinge klären. Wenn du ihn anrufst und ihm sagst, daß du dich mit ihm treffen willst, wird er bestimmt kommen. Dann haust du schnell ab, wenn er im Hotel ist, und ich bin dann in deinem Zimmer, wenn er hier eintritt. So einfach ist das.«

Cleo blickte sie verwundert an. »Ich kann nicht verstehen, daß du einen Mann wiedersehen willst, der dich in dieser Weise erniedrigt hat. So sehr ich Shep Stone verachte, kann ich mir nicht vorstellen, daß er ein Mann ist, der Frauen schlägt. Warum hat er das getan?«

»Ich weiß nicht.«

Cleo machte einen Moment Pause. Dann sagte sie energisch: »Wenn du jetzt nicht aufhörst, mich an der Nase herumzuführen, wechseln wir das Thema.«

»Du willst mir helfen?«

»Dir helfen? Wobei?«

Dominique rutschte unbehaglich in ihrem Sessel hin und her. »Was ich dir gerade gesagt habe.«

Cleo schüttelte den Kopf. »Deine Geschichte hat mehr Löcher als ein Schweizer Käse. Tu' mir bitte einen Gefallen und lüg mich nicht dauernd an. Und dann willst du auch noch, daß ich dir helfe.«

Dominique zuckte zusammen. »Ich habe nicht angenommen, daß du mir helfen würdest.« Sie trank ihr Glas mit einem Zug leer und erhob sich dann. »Du bist nur eifersüchtig auf mich, weil du es einfach nicht verwinden kannst, daß Shep Stone mich will und nicht dich.«

»Nimm dich endlich zusammen.«

Dominique stellte das Glas hart auf den Tisch. »Du warst dein ganzes Leben lang eifersüchtig auf mich, weil ich ein Haus habe, einen netten Mann und ein süßes Baby. Immerzu warst du nur eifersüchtig. Besonders auch auf meine schönen Haare, meine Figur und besonders auf . . .«

Cleo erhob sich. »Auf Wiedersehen.« Sie ging zum Badezimmer und knallte die Tür hinter sich zu. Sie blickte sich im Spiegel an und schüttelte den Kopf. Sie hatte immer versucht, den anderen Menschen gegenüber freundlich zu sein. Und jetzt diese hysterische Reaktion.

Das fing mit Susan an. Dann Russell Hayes. Und jetzt auch noch Dominique.

Wenn man so wenig über seine Freunde weiß, was hat das alles dann für einen Sinn?

Das Telefon klingelte, und es dauerte eine Weile, bis Cleo es registrierte. Sie ging in das Zimmer zurück und war froh, daß Dominique gegangen war. Sie hob den Hörer ab. Es war Butch Kaufman.

»Ich wollte dich fragen, ob du Lust hättest, heute abend mit mir auf einige Partys zu gehen?«

Cleo überlegte einen Moment. »Meinetwegen. Wann fängt das Ganze an?«

»Ich hole dich um acht Uhr in deinem Hotel ab. Vielleicht können wir danach noch eine private Party nach unserem eigenen Geschmack machen.«

»Vielleicht.«

»Bis heute abend, Miß Frost.«

»Wiedersehen.« Cleo legte den Hörer auf die Gabel und setzte sich wieder in den Sessel. Sie dachte an Dominique und den Auftritt, den sie erlebt hatte. Aber dann wischte sie den Gedanken beiseite. Heute abend ging sie auf eine Party. Vielleicht brachte sie das auf andere Gedanken.

26

Jon konnte sich nicht entscheiden, welches von den Mädchen er mitnehmen sollte. Also entschloß er sich für Erica und Laurie gleichzeitig.

Sie trafen sich alle im Studio. Muffin grüßte die Gruppe und fragte Jon: »Brauchst du seit neuestem zwei Frauen für dich?«

Jon nickte ihr grinsend zu. »Seit du hier bist, habe ich sogar drei.«

Muffin zuckte mit den Schultern und drehte sich um. Sie wollte jetzt noch nicht das Telefongespräch erwähnen, das sie mit Jane geführt hatte. Dafür gab es einen besseren Platz und eine günstigere Zeit.

Erica trug ein leichtes Sommerkleid, und sie hatte ihre blonden Haare in der Mitte geteilt. Sie blickte Muffin abschätzend an.

Muffin drehte sich nach einer Weile zu ihr hin. »Hast du dir das Kleid ausgesucht, oder ist das mal wieder der Geschmack von Jon?«

»Sieht sie nicht fantastisch darin aus?« fragte Jon. »Es steht ihr ungeheuer gut.«

Laurie hatte sich die Haare im Afrolook legen lassen und blickte gelangweilt von einem zum anderen. Man merkte ihr an, daß sie heute keine Lust hatte, noch lange Zeit Aufnahmen von sich machen zu lassen.

»Ich habe den Artikel gelesen, den Anthony Private über dich geschrieben hat«, sagte Erica und lächelte Muffin an.

»Richtig gemein war das.«

Jon ging zu ihr hin und packte sie am Arm. »Dreh dich weiter zum Licht hin. Über diese Sache mit Private werden wir heute *nicht* sprechen.«

Muffin sah ihnen teilnahmslos zu. Es war eine Routinearbeit, wie sie sie jeden Tag im Studio erleben konnte. Sie setzte sich auf eine Bank und blickte von einem zum anderen. Wenn sie mit den Aufnahmen fertig waren, würden sie alle zu der Party gehen. Muffin war sich nur nicht darüber im klaren, warum Jon Erica *und* Laurie gleichzeitig mitgebracht hatte. Wahrscheinlich wollte er Jackson mit Erica überraschen und ihm Laurie noch als Beigabe mitgeben.

Ihr konnte es egal sein. Sie hatte ihre eigenen Pläne für die Party. Sollten doch Erica und Laurie mit Jackson gleichzeitig ins Bett gehen. Sie würde sich schon etwas ausdenken, um Jon von sich abzulenken. Und dann kam Little Marty an die Reihe.

Mike James verbrachte den Tag damit, daß er von einem Geschäftstermin zum anderen jagte. Er wollte alle Dinge so schnell wie möglich erledigt haben, damit er genügend Zeit für Cleo finden konnte, wenn sie wieder in London war.

Dann hätte er viel freie Zeit. Zeit, um mit Cleo zu reden. Zeit, um mit Cleo ins Bett zu gehen.

Man hatte ihn zu einem Essen nach Chelsea eingeladen, und Mike wunderte sich über sich selber, daß er keine Lust verspürte, mit einem der zwölf oder mehr hübschen Mädchen, die mit an seinem Tisch saßen, eine ausführliche Unterhaltung anzufangen.

Ich habe mich doch geändert, dachte Mike. Ich könnte jetzt mit einem ganzen Saal voll nackter Frauen konfrontiert sein, und ich würde an nichts anderes denken als an Cleo. Vielleicht würde ich ein wenig genauer hinsehen, aber bestimmt nicht zu lange. Das wäre dann alles. Nichts tun, einfach nur hinsehen. Wahrhaft eine starke Richtungsänderung gegenüber seinem früheren Lebensstil.

Er hatte eine lange Unterredung mit Jackson über die Mutter

von Little Marty gehabt. »Sie sollte am besten wieder nach Hause fahren«, hatte er zu Jackson gesagt. »Sie versaut uns doch die Tour.«

Diesmal war Jackson sofort mit seinem Vorschlag einverstanden. »Wird gemacht.«

Am Abend ging er dann zu der Party von Little Marty. Laß dich auf nichts ein, hatte er sich vorgenommen. Fang nicht wieder ein Verhältnis an, das du vielleicht bereuen könntest. Einfach nur rumstehen und nichts tun.

Es waren eine Menge Frauen da. Dicke und dünne. Kleine und große. Aparte und häßliche. Charmante und langweilige. Mike stand einfach zwischen ihnen, hielt ein Glas in der Hand und ließ sich auf keine der Frauen ein. Nicht mal auf die eine, die es offensichtlich auf ihn abgesehen hatte. Als er das merkte, zog er sich zurück.

Er fühlte sich stolz und selbstsicher. Ein treuer Ehemann. Ein Mann, der sich bei anderen Frauen zurückhielt, um sich für die eigene Frau aufzuheben.

Jackson trat auf ihn zu. »Gehst du gleich noch mit uns woanders hin?«

Mike war sich einen Moment lang unschlüssig. »Ich weiß nicht so recht.« Dann musterte er die beiden Frauen an Jacksons Seite. Die Blonde gefiel ihm, ebenso die Schwarze.

Ein anderer Mann kam auf sie zu. Jackson stellte ihn vor. »Das ist Jon.«

»Clapton«, ergänzte Jon.

»Richtig. Clapton«, sagte Jackson und grinste verlegen. »Jon fotografiert das Cover für das Album von Little Marty. Er macht seine Sache ausgezeichnet. Ich habe ihm heute bei der Arbeit zugesehen. Wirklich ausgezeichnet.« Er zeigte auf Mike. »Das ist Mike James. Er ist ein wichtiger Mann in der Plattenbranche, und es ist immer gut, wenn man Mike kennt. Besonders dann, wenn man in Amerika Fuß fassen will.«

Sie gaben sich die Hand und tauschten ein paar Floskeln aus. Dann wandte sich Mike erwartungsvoll an das blonde Mädchen.

»Ich heiße Erica«, sagte sie und hielt die Hand von Mike einen Augenblick zu lang fest.

Jackson legte den Arm um Laurie, um damit zu zeigen, wem sie für diese Nacht gehörte. Er wußte zu gut, wie Mike bei Frauen ankam. Und dann wollte er wenigstens noch Laurie für sich retten.

Es macht wahrscheinlich nichts aus, wenn ich fremdgehe, bevor ich Cleo wiedersehe, sagte sich Mike. Es zählt nicht. Außerdem würde Cleo es sowieso nicht erfahren, und was sie nicht wußte, würde sie auch nicht beunruhigen.

»Laßt uns von hier weggehen«, sagte Mike und blickte Erica an. »Hier fängt es an, langweilig zu werden. Und in einer kleinen Gruppe ist es viel gemütlicher.«

»Du siehst wie immer fabelhaft aus.«

Cleo seufzte. »Vielen Dank, Butch, für dieses Kompliment. Ich fühle mich aber überhaupt nicht so. Ich bin abgespannt, verärgert und gekränkt.«

»Wegen mir?«

»Das hat mit dir nichts zu tun«, erwiderte Cleo.

»Mit wem sonst?«

Cleo lächelte ihm zu. »Vergessen wir am besten die Sache. Sie ist es nicht wert, daß man längere Zeit darüber nachdenkt. Sprechen wir lieber davon, wie wir beide einen schönen und netten Abend verbringen können.«

»Du hast recht«, sagte Butch. »Lassen wir die Alltagsschwierigkeiten hinter uns. Sollen wir die Partys vergessen und den Abend allein verbringen?«

Cleo überlegte einen Moment. Dann sagte sie: »Wir können hingehen, und wenn uns die Sache langweilt, ziehen wir wieder ab. Vielleicht ist es nicht schlecht, wenn wir jetzt ein paar fröhliche Leute um uns haben.«

Wieder fiel ihr Mike ein, und sie zog ärgerlich ihre Augenbrauen zusammen. Er hatte nicht mehr angerufen. Keine Nachricht hinterlassen. Nichts. Er tat so, als würde sie für ihn überhaupt nicht mehr existieren. Es hatte wahrhaftig nicht lange gedauert und er hatte sich an den Umstand gewöhnt, daß sie gegangen war.

Sie würde sich überlegen müssen, wie sie ihre Zukunft ohne ihn gestalten konnte. Sie hatte noch zwei weitere Filmstars zu interviewen. Was sollte sie danach tun? Sie war sich noch nicht einmal darüber im klaren, ob sie wieder nach New York zurückgehen sollte. Im Augenblick hatte sie überhaupt keine Lust, ihre Arbeit bei Russell und ›Image‹ fortzusetzen.

Butch unterbrach sie in ihren Gedanken. »Fahren wir also los. Ich hatte außerdem zugesagt, daß ich meine Nase kurz bei der Party von Little Marty Pearl zeigen würde. Vielleicht gefällt dir der Junge.« Er grinste breit und hob den Zeigefinger. »Aber ich warne dich: Der Knabe ist erst sechzehn Jahre alt und noch Jungfrau.«

Jackson und Jon beobachteten Muffin und Little wie ein Paar stolzer Eltern, als die beiden für die anwesenden Fotografen posierten.

»Sie sind ein gutes Gespann«, flüsterte Jackson Jon zu.

Jon nickte geistesabwesend. Wie dumm, daß sie in aller Öffentlichkeit ihre Verlobung bekanntgegeben hatten. Muffin und Little Marty als Paar. Das hätte eine fantastische Publicity für Muffin gegeben.

»Du mußt aufpassen, daß dich meine Mutter nicht sieht«, sagte Little Marty leise zu Muffin.

»Wie bitte?«

»Warte in der Eingangshalle auf mich«, flüsterte Marty. »Ich komme dann herunter und sage dir, ob die Luft für uns beide rein ist.«

Muffin kicherte. »Sehr geheimnisvoll und sehr romantisch das Ganze.«

Nach einer Pause sagte Marty: »Ich mag dich wirklich sehr gern. Du mich auch?«

»Natürlich.« Sie drückte seinen Arm, streckte ihren unglaublichen Busen vor und lächelte in die Blitzlichter der Fotografen.

Mike faßte Erica am Arm und fragte leise: »Was macht ein so hübsches Mädchen wie Sie mit einem so faden Mann wie dem alten Jackson?«

»Jon ist ein alter Freund von mir, und er hat mir gesagt, daß das Ganze sehr lustig werden wird.« Sie blickte ihn mit hochgezogenen Brauen an. »Sie haben ein so seltsames Flackern in den Augen.«

Mike lächelte. »Ich bin durch das erregt, was ich an Ihnen sehe.«

»Und was sehen Sie?«

Mike tastete mit eindeutigen Blicken ihre Figur ab. »Das müssen Sie schon sagen.«

»Das wäre nur unanständig.«

»Vielleicht.« Er faßte den Stoff ihrer Bluse an. »Schöne Bluse. Verbirgt einen kostbaren Inhalt.«

»Bluse ist ein altmodisches Wort«, erwiderte Erica und lächelte ihn an.

»Ich habe es gebraucht, weil ich mit einem altmodischen Mädchen zusammen bin.«

Erica lachte hell auf. »Daran erkennt man nur, wie schlecht sie mich kennen.«

»Vielleicht kenne ich Sie gar nicht so schlecht. Ich glaube, Sie wollen lieber mit mir allein woanders hingehen, als bei dem langweiligen Haufen zu sein.«

»Keine schlechte Idee.«

Mike nickte ihr zu. »Ich werde das erledigen. Ich muß noch kurz ein paar Worte mit Jackson reden, und dann hauen wir von hier ab.«

Erica blickte ihn überrascht an. »Sie haben eine sehr direkte Art, die Dinge anzugehen.«

»Oh, das war noch gar nichts.«

Butch reichte Cleo die Hand, um ihr beim Aussteigen aus dem Wagen zu helfen. Dann sagte er zu ihr: »Wenn du mal nach Los Angeles kommst, mußt du mich unbedingt in meinem Haus am Meer besuchen. Ich wohne zwar mit einer ständigen Freundin zusammen, aber es macht keine Schwierigkeiten, sie für ein paar Stunden wegzuschicken. Sie kennt das schon und hat Verständnis dafür.«

»Wofür?« fragte Cleo.

Butch Kaufman sah sie lächelnd an. »Damit wir uns eine Weile ungestört unterhalten können. Oder hast du an etwas anderes gedacht?«

Cleo schüttelte den Kopf. »Nein. Woran sollte ich sonst denken.«

»Ich weiß nicht.«

»Ich habe noch keine genauen Pläne für die Zukunft.« Cleo ging auf das Hotel zu. »Deshalb weiß ich heute abend auch nicht, ob ich jemals nach Los Angeles kommen werde. Warten wir es ab.«

In der Eingangshalle wartete eine Menge junger Mädchen, und als Butch Kaufman das Hotel betrat, stürmten sie auf ihn zu, um ein Autogramm zu ergattern.

Cleo blieb an einem Pfeiler stehen und sah sich gelangweilt um. Plötzlich entdeckte sie in einiger Entfernung einen Mann, und im ersten Moment glaubte sie, daß es Mike war, da er den gleichen wiegenden Gang hatte, wie ihr dies bei Mike immer aufgefallen war. Der Mann hatte eine üppige Blondine im Arm, und als die beiden näher kamen, krampfte sich Cleos Magen zusammen. Es *war* Mike.

Mike sprach eindringlich auf Erica ein, flüsterte ihr einige Komplimente über ihre Figur ins Ohr, daß Erica immer wieder glucksend auflachte. Plötzlich sah Mike ein Paar sagenhafter Beine vor sich und stutzte. Und als er hochblickte, um sich anzusehen, wem diese Beine gehörten, stellte er zu seinem Entsetzen fest, daß er vor Cleo stand.

Mike blieb abrupt stehen, aber es war schon zu spät. Cleo hatte ihn bereits erkannt. Er nahm seinen Arm von Ericas Schultern und er sah, wie ein Mann, den er als den Schauspieler Butch Kaufman erkannte, direkt auf Cleo zuging, ihre Hand nahm und mit ihr wegging.

»Verdammter Mist«, sagte Mike wütend.

»Was ist los?« fragte Erica verwirrt. »Warum sind Sie plötzlich stehengeblieben?«

Während Mike noch überlegte, was er tun sollte, drehte Cleo sich um und winkte ihm lächelnd zu. Dann ging sie wortlos weiter.

Mike öffnete den Mund, um ihr etwas hinterherzurufen, aber ihm fiel nichts ein. Er sah nur, daß sie immer noch die Hand von Butch Kaufman hielt, und er dachte bei sich, daß sie nur nach London geflogen war, um mit Butch Kaufman Händchen halten zu können.

Erica sah, wie er Cleo nachblickte und fragte :

»Wer war denn das?«

»Nur meine Frau«, erwiderte Mike verbittert.

27

Der Angestellte an der Rezeption blickte Muffin mißtrauisch an.

»Ich warte auf Mr. Marty Pearl«, sagte Muffin hoheitsvoll.

»Das tun viele Mädchen«, erwiderte der Mann und kratzte sich am Kopf.

»Mr. Pearl hat mich ausdrücklich eingeladen. Ich soll in der Eingangshalle auf ihn warten. Er wird gleich bei Ihnen anrufen, damit ich auf sein Zimmer kommen kann. Sagen Sie mir dann bitte Bescheid? Mein Name ist Muffin.«

»Wie?«

»Muffin. *Muffin.*«

Der Mann schüttelte den Kopf. »Sie können nicht die ganze Nacht hier herumhängen und auf Ihren Anruf warten. Warum warten Sie nicht draußen wie die anderen Mädchen?«

»Ich bin nicht ein Fan. Ich bin eine persönliche Freundin von Mr. Marty Pearl. Sind Sie also so nett und sagen mir, wenn er anruft.« Sie ließ sich in einem Sessel nieder.

Es war für Muffin nicht leicht gewesen, bis zu diesem Punkt zu gelangen. Nachdem die Fotografen ihre Aufnahmen gemacht hatten, war sie auf der Party herumgelaufen, wobei sie immer wieder bemüht gewesen war, Jon aus dem Weg zu gehen. Es waren eine Menge Leute auf der Party, die genau wußten, wer sie war. Von daher gesehen war es einfach für sie gewesen, von einer Gruppe zur anderen zu gehen und da und dort ein paar Worte zu wechseln.

Irgendwann an diesem Abend hatte Jon sie aber doch geschnappt und ihr zugeflüstert: »Kümmer dich ein bißchen mehr um Jackson. Laß deinen Charme bei ihm spielen. Er wird ein wichtiger Mann, wenn wir in Amerika Fuß fassen wollen.«

Muffin hatte den Kopf geschüttelt. »Ich tue mit Jackson überhaupt nichts. Ich bin es endgültig leid, immer nett zu irgendwelchen Leuten zu sein, bloß weil wir sie vielleicht einmal geschäftlich benötigen.«

Jon hatte seine Ruhe bewahrt. »Muffin, sei diesmal vernünftig. Es ist wichtig.«

»Laß mich in Ruhe.«

Jon blickte sie einen Moment resigniert an. Dann sagte er: »Sei nicht so dumm.«

»Ich will aber dumm sein«, hatte Muffin erwidert. »Ich bin dumm und ich bleibe dumm. Und du kannst mir den Buckel runterrutschen.«

Sie hatten sich eine Zeitlang wortlos angesehen. Dann war Jon wieder zu Jackson zurückgegangen, und Muffin hatte die Party verlassen, um sich ein Taxi zu dem Hotel von Marty Pearl zu nehmen.

Morgen konnte sie sich wieder mit Jon versöhnen, wenn ihr danach zumute war. Das hing davon ab, ob er eine brauchbare Erklärung für das merkwürdige Telefongespräch hatte, das sie mit Jane geführt hatte. Heute nacht wollte sie einmal tun, was sie selber für richtig hielt.

Der Mann hinter der Rezeption winkte ihr zu. »Zimmer 404. Vierter Stock.«

»Vielen Dank«, sagte Muffin und erhob sich aus dem Sessel. »Ich habe Ihnen ja gleich gesagt, daß er mich erwartet.«

Sie ging langsam zum Fahrstuhl und spürte die Blicke des Angestellten in ihrem Rücken. Irgendwie hatte sie ein flaues Gefühl im Magen, von dem sie nicht wußte, woher es kam. Es war einfach lächerlich, denn sie konnte sich nicht daran erinnern, wann sie zum letztenmal nervös gewesen war.

Little Marty wartete in der Tür seines Zimmers auf sie. Außer einem weißen Bademantel hatte er nichts an. »Schnell hier rein«, sagte er aufgeregt, als Muffin dicht vor ihm stand. Dann machte er die Tür hinter sich zu, umarmte Muffin und gab ihr einen langen, unerfahrenen Kuß.

Als sie sich von ihm gelöst hatte, sagte sie überrascht: »Ich bin völlig durcheinander.«

»Wir gehen am besten ins Schlafzimmer«, erwiderte er und lächelte. »Dort können wir uns in aller Ruhe meine Schallplatten anhören.«

Sie gingen Hand in Hand in den anderen Raum. Muffin kicherte vor sich hin wie ein Teenager und genoß die Atmosphäre des Verbotenen.

Auf dem Bett lagen eine Unmenge von Plattenhüllen, auf denen Little Marty zu sehen war.

»Ich habe schon zehn Plattenalben gemacht«, sagte er stolz, als er ihren Blick sah. »Zwei von ihnen haben mir eine ›Goldene Schallplatte‹ eingebracht.«

»Fantastisch«, erwiderte Muffin. »Soll ich mich gleich ausziehen?«

Little Marty blickte sie fasziniert an, wie sie ihre Schuhe, ihre Hosen und ihre Bluse auszog.

»Du siehst fantastisch aus«, sagte er und öffnete ihren BH. Dann streichelte er über ihre strammen Brüste und sah Muffin erwartungsvoll an.

Sie öffnete mit einer schnellen Bewegung den Gürtel seines Bademantels. »Mann, hast du 'nen Otto!«

»Was?«

»Na, dein Dingsda!«

»Oh, vielen Dank.« Marty räumte hastig die Platten von seinem Bett. »Soll ich Musik machen?«

»Ja, prima.«

Little Marty legte eine Platte von sich auf, und Muffin legte sich seufzend aufs Bett.

»Sollen wir es gleich tun?« fragte Marty und streichelte erneut ihren Körper.

»Warum nicht?« fragte Muffin zurück. Sie streckte sich der Länge nach aus und machte erwartungsvoll die Beine breit.

Vorsichtig legte sich Marty auf sie, und Muffin ermunterte ihn mit wenigen Worten.

Sie kamen beide sehr schnell. Dann drehte Marty die Platte um, und sie begannen erneut, sich gegenseitig zu erregen. Innerhalb einer Stunde hatten sie die Vorstellung viermal wiederholt. »Du bist fantastisch«, keuchte Muffin und wand sich unter ihm. »Du bist wunderbar. Ich liebe dich.«

Little Marty erinnerte sich an seine sexuellen Erfahrungen mit drei abgetakelten Nutten und sagte dann plötzlich zu ihr: »Ich glaube, wir sollten heiraten.«

»Gute Idee«, erwiderte Muffin und legte sich auf die Seite. »Wir können dieses Problem am besten in der Stellung neunundsechzig diskutieren.«

28

Cleo hatte nie übermäßig viel getrunken. Aber in dieser Nacht entschloß sie sich, sehr viel und ausgiebig zu trinken. Für jemanden, dessen bisheriger Alkoholkonsum sich auf ein paar Gläser Weißwein beschränkte, schüttete sie jetzt ungeheure Mengen Scotch in sich hinein.

Butch sah ihrem Treiben eine Weile zu. Dann sagte er: »Gehen wir doch auf mein Zimmer und lassen uns dort richtig vollaufen.«

»Ich fühle mich sauwohl, und gleich bin ich herrlich betrunken«, erwiderte Cleo mit schwerer Zunge. »Ich zelebriere im Augenblick das Ende meiner Ehe. Und ich will das Ganze mit einem großen Knall enden lassen.«

»Dabei kann ich dir helfen.«

Cleo blickte ihn lange Zeit an. »Du bist ein sexuelles Monstrum.«

Sie fuhren noch zu einer Filmparty nach Fulham, danach zu einer Feier nach Mayfair, wo sie Ramo trafen, der sich von zwei Frauen verwöhnen ließ.

Je weiter der Abend voranging, um so besser ging es Cleo. Die doppelten Scotchs wurden von Whisky abgelöst, dann gab es Sekt, und irgendwann an diesem Abend fanden sie sich in der Hotelsuite von Ramo wieder.

Cleo suchte Butch, aber Ramo erklärte ihr, daß Butch mit den beiden Mädchen im Schlafzimmer liege und irgend etwas mit ihnen tue. Dann versuchte er, Cleo die Kleider auszuziehen, was ihm auch bis zur Hälfte gelang. Dann erkannte Cleo, daß es nicht Butch war, wie sie gedacht hatte, sondern daß Ramo mit seinen

Händen über ihren Körper glitt. Sie erhob sich schnell, zog die Kleider an und sagte, daß sie nach Hause wollte.

»Ich kann doch Butch nicht von den beiden Mädchen herunterholen«, sagte Ramo mit flehender Stimme. »Es sind nur noch wir beide hier, und auf irgendeine Weise müssen wir die Nacht hinter uns bringen.«

»Ohne mich«, erwiderte Cleo bestimmt.

Ramo gab nicht auf. »Ich könnte dir eine Stellung zeigen, die du bestimmt nicht kennst.«

Cleo schüttelte den Kopf. »Für so etwas bin ich viel zu müde.« Sie merkte, wie sie anfing, sich vor Ramo zu ekeln und ging zur Tür.

Sie wünschte sich jetzt nichts sehnlicher, als ein Zuhause zu haben. Aber sie wußte, daß das einzige Zuhause, das sie besaß, in New York war. Und diese Wohnung war ihr in Zukunft auch versperrt.

Vorsichtig ging sie die Treppen des Hotels hinunter, und zu ihrer Überraschung sah sie, daß es draußen fast hell war. Du lieber Himmel! Sie hatte um elf eine Verabredung mit dem englischen Schauspieler Daniel Onel. *Dafür* würde sie jetzt in Form sein.

Sie winkte ein Taxi heran und sagte dem Fahrer die Adresse ihres Hotels. Als sie vor dem Haus ankamen, erkannte Cleo einen Mann, der vor dem Eingang auf und ab ging. Er war bleich und rauchte nervös eine Zigarette.

Als Cleo aus dem Taxi stieg, ging er schnell auf sie zu und schrie sie an: »Es ist bereits fünf Uhr morgens. Wo, zum Teufel, warst du die ganze Zeit?«

Cleo bezahlte den Fahrer des Taxis und versuchte, ihren baldigen Exehemann zu ignorieren. Sie fand es seltsam genug, daß er ihr Vorwürfe machte, denn sie war sich darüber im klaren, daß sie mehr Recht dazu hatte.

»Also, was ist los?« fragte er und tänzelte wütend vor ihr herum.

Sie blickte ihn fragend an. »Irgend etwas vermisse ich im Augenblick bei dir.« Sie faßte sich an den Kopf und nickte. »Jetzt weiß ich es wieder. Wo hast du denn die kleine blonde Mieze gelassen?«

»Bist du betrunken?«

»Und müde. Ich gehe jetzt ins Bett.« Sie ging an ihm vorbei auf das Hotel zu.

Als sie merkte, daß er ihr folgte, blieb sie stehen und drehte sich um. »Verschwinde jetzt.«

»Ich muß mit dir reden.«

»Verschwinde jetzt und rede mit der Blonden. Ich will dich dabei nicht aufhalten. Ich will dich überhaupt bei nichts mehr aufhalten.«

»Cleo, mein Liebling . . .«

Sie fühlte, wie der Ärger und die Wut der vergangenen Tage wieder in ihr hochstiegen. Diese ganze verlogene Scheiße. »Mike, tu mir den Gefallen und verschwinde. Fick von mir aus deine blonde Bettgefährtin. Aber hau ab.«

Sie ging in das Hotel, stieg in den Fahrstuhl und fuhr in die Etage, wo ihr Zimmer war. Dort übergab sie sich sofort. Das hatte sie nun vom Trinken.

Mike hatte es an diesem Abend nicht leicht. Zuerst überlegte er sich, wieso Cleo Hand in Hand mit einem Mann wie Butch Kaufman ging, dann besuchte er mit Erica eine Bar, die voller Freunde von ihr war.

Er versuchte mit ihr ein Gespräch anzufangen, wurde aber immer wieder von Leuten an den Nachbartischen unterbrochen, die mit Erica kurz sprechen wollten. Und irgendwann an diesem Abend hatte er genug von seiner neuen Errungenschaft, und er sagte ihr, daß er schnell mal weg müsse.

Mike stand vom Tisch auf, ging zum Kellner hin, bezahlte die Rechnung und verließ das Lokal. Er wollte unbedingt Cleo wiederfinden.

Er fuhr zu der Party zurück, fand aber einen fast leeren Raum vor, in dem nur noch ein paar völlig betrunkene Journalisten herumlallten.

Darauf durchstreifte er das ganze Hotel, aber es war keine Spur mehr von Cleo zu finden. Also nahm er an, daß sie in ihrem eigenen Hotel war. Er fuhr mit dem Taxi dorthin, aber man sagte ihm, daß Mrs. James heute abend noch nicht eingetroffen sei.

Den Rest des Abends verbrachte er in der Hotelbar, bis sie schloß. Dann wartete er in der Eingangshalle des Hotels, bis man ihn um zwei Uhr höflich bat, die Halle zu verlassen.

Dann stand er auf der Straße, marschierte vor dem Hotel hin und her wie ein aufgeregter Liebhaber, aber es tat sich stundenlang nichts, außer daß ein paar Autos am Hotel vorbeifuhren. Er rauchte eine Zigarette nach der anderen, warf sie dann in den Rinnstein, um sich sofort die nächste Zigarette anzuzünden.

Fünf Minuten nach fünf Uhr in der Frühe kam sie dann mit einem Taxi angerauscht, betrunken, sarkastisch und grob. Und nun hatte sie auch noch die Freundlichkeit besessen, ihm zu sagen, er solle seine blonde Bettgefährtin ficken. Das war ein Ausdruck, den sie gewöhnlich nicht gebrauchte, außer wenn sie sehr erregt war. Wahrscheinlich lag es daran, daß sie betrunken war. Aber es war keine Entschuldigung dafür, ihn die ganze Nacht warten zu lassen.

Jetzt war sie in ihr Zimmer verschwunden. Einfach weggegangen, ohne ihm eine gute Nacht zu wünschen. Er hatte ohnehin nicht viel Lust gehabt, ihr zu folgen, denn sie war in einer ungewöhnlich schlechten Laune. Jedes Gespräch wäre schon im Ansatz zum Scheitern verurteilt, weil Cleo nicht den Eindruck machte, als wollte sie ihm verzeihen.

Dabei hatte er sich alles so schön ausgedacht. Susan? hätte er gefragt. Du meinst deine Freundin Susan? Das war eigentlich überhaupt nichts mit ihr. Rein körperlich. Nicht mehr. Mir tut das Ganze natürlich sehr leid, aber es bedeutete wirklich nichts. Außerdem habe ich die Angelegenheit schon längst vergessen.

Als Mike in seinem Zimmer war, ließ er sich einfach aufs Bett fallen, um wenigstens noch ein paar Stunden zu schlafen, bevor er wieder zu Cleo ging. Er würde ihr ein schönes Geschenk mitbringen, denn er wußte, daß sie Geschenke gerne mochte. Nachdem sie ihm dann vergeben hatte, würde er sie fragen, was sie mit Butch Kaufman bis morgens um fünf getrieben hatte.

29

Irgendwann fand Jon sich in einem Restaurant mit Erica, Laurie und Jackson wieder. Nicht die idealste Situation. Muffin wäre bestimmt nicht vor Begeisterung an die Decke gesprungen. Aber Jon sagte sich, daß das Ganze *ihr* Fehler war, denn sie war während der Party wie ein aufgescheuchtes Huhn herumgerannt und dann plötzlich verschwunden.

Sie saßen im gemütlichen ›San Lorenzo‹. Jackson war ganz damit beschäftigt, Laurie zu gefallen, und er führte eine flüsternde Unterhaltung mit ihr, die sich dadurch auszeichnete, daß er alle möglichen Stellen ihres Körpers anfaßte und sie dann jedesmal kicherte.

Erica saß ein wenig zurückgezogen und blickte kühl um sich.

Sie hatten sie hier gefunden und wunderten sich anfangs, wieso sie allein am Tisch saß.

»Mike James mußte plötzlich geschäftlich weg«, hatte sie erklärt. »Aber ich warte hier so lange auf ihn, bis er von seinen Geschäften wiederkommt.«

Im ›San Lorenzo‹ verkehrten viele Journalisten und besonders viele Vertreter von Klatschspalten. Jon war sich also sicher, daß er am nächsten Tag in irgendeiner Zeitung lesen konnte, daß man ihn hier im Kreis von hübschen Mädchen gesehen habe. Aber ohne Muffin. Wo steckte sie bloß? Wahrscheinlich war sie nach Hause gegangen und lag mit übelster Laune im Bett. Es hatte noch ein wenig Zeit damit, zu ihr zu gehen und sie zu beruhigen. Jetzt mußte er sich erst einmal um Jackson kümmern, damit er später mit ihm über geschäftliche Dinge sprechen konnte. Er war der Mann, der ihm in Amerika eine Menge Möglichkeiten eröffnen sollte.

»Wo ist Muffin?« fragte Erica und warf Jon einen spöttischen Blick von der Seite zu.

»Ich habe keine Ahnung«, erwiderte Jon. »Sie ist alt genug, um auf sich allein aufzupassen.«

Jon nickte ihr wortlos zu und dachte daran, wie er es einmal mit Erica getan hatte. Sie war nicht mehr wiederzuerkennen, wenn sie sich sexuell mit einem Mann einließ. Sie raste, tobte und schrie wie eine Wahnsinnige. Sie hatte ihn gebissen und gekratzt, daß er sich tagelang nicht mehr vor Muffin nackt zeigen konnte. Sie hatte ihn zerschunden, und sein Körper tat ihm noch zwei Wochen danach weh. Aber bereut hatte er es nicht.

Jon war froh, daß Jackson Laurie genommen hatte. Nicht daß er Jackson nicht auch in den Genuß von Ericas Wildheit kommen lassen würde. Aber Jon fürchtete, daß Jackson vielleicht nicht der richtige Mann war, um Ericas Geilheit zu ertragen. Laurie war in dieser Beziehung sanfter. Das wußte er von Muffin, weil die Modelle Stunden damit verbrachten, sich gegenseitig ihre sexuellen Begegnungen und Spielereien bis in die kleinsten Einzelheiten zu berichten. Kein Detail war zu gering, um nicht erzählt zu werden. Wer was und in welcher Weise mit wem in welcher Zeit getan hatte.

Dazu kamen noch die Gerüchte und Klatschereien über die anderen Männer und Frauen, die man kannte. Jon war in der Lage, über die meisten von ihnen sagen zu können, wie sie sich im Bett benahmen, ohne daß er ein Wort mit ihnen darüber gewechselt hatte.

»Ich frage mich nur, warum Muffin schon gegangen ist?« hörte Jon auf einmal wieder die Stimme von Erica.

»Sie wird müde gewesen sein«, erwiderte Jon. »Es war ein anstrengender Tag für sie. Ich habe ihr gesagt, sie soll nach Hause gehen.«

»War sie sehr verärgert über den Artikel, den Anthony Private über sie geschrieben hat?«

Jon runzelte die Stirn. »Wärst du nicht auch verärgert, wenn ein völlig unqualifizierter Journalist in dieser Weise über dich schreibt? Bei allem Respekt vor deiner Person muß ich doch fragen, wann eigentlich überhaupt einmal ein Artikel über dich geschrieben worden ist.«

»Ich brauche diese Publicity nicht.«

Jon grinste sie an. »Aber Muffin braucht sie. Weil sie nämlich mehr ist als nur ein ganz gewöhnliches Fotomodell. Sie ist sogar viel mehr.«

»Wenn du dir das einredest, wird es vielleicht stimmen«, erwiderte Erica. Dann trommelte sie mit den Fingernägeln auf der Tischplatte herum. »Sollen wir beide nicht noch auf einen Sprung zu mir gehen?«

»Heute nicht.«

Erica zog spöttisch die Augenbrauen in die Höhe. »Willst du zu deinem Juwel nach Hause?«

»Nein. Zu meiner Freundin.«

Erica verzog beleidigt den Mund. »Wenn die Sache so liegt, ziehe ich es vor, mich nach ein paar Freunden umzusehen, mit denen man den Abend verbringen kann.« Sie erhob sich, blieb aber noch für einen Moment am Tisch stehen. »Wenn du deine Meinung ändern solltest, dann weißt du ja, wo du mich erreichen kannst. Für dich habe ich immer ein weiches Plätzchen frei, wenn du verstehst, was ich meine.« Sie nickte ihm noch einmal zu und ging dann ein paar Tische weiter, wo sie sich zu einer Gruppe Männer setzte.

Jackson und Laurie kicherten und gackerten noch immer vor sich hin. Jon erkannte, daß er an diesem Abend Jackson kaum dazu bewegen könnte, in eine größere geschäftliche Besprechung einzusteigen. Er erhob sich deshalb, klopfte Jackson auf die Schulter und verabredete sich mit ihm für den nächsten Tag im Studio.

Jackson nickte ihm zu. »Morgen ist besser als jetzt. Wir haben dann mehr Zeit.«

Jon klopfte ihm noch einmal auf die Schulter. Er hatte sich dazu entschieden, in Zukunft in Amerika das große Geld zu machen.

Jackson war genau der richtige Mann, um ihm dabei behilflich zu sein. Wenn er erst mal seinen Fuß im Geschäftsleben stehen hatte, würde sich alles übrige von selbst erledigen.

In Amerika konnte sich Muffin dann auch erneut profilieren. Vielleicht konnte man dann auch Jackson am Erfolg finanziell mitbeteiligen, denn er hatte ja die guten Verbindungen im Showgeschäft. Und er sah nicht so aus, als ob er eine Gefälligkeit umsonst tat.

Jon hatte noch etwas anderes im Sinn, als er an Amerika dachte. Dort würde er endlich auch von Jane den nötigen Abstand gewinnen. Seine Kinder allerdings würde er bestimmt vermissen, aber sie konnten in gewissen Zeitabständen immer wieder zu ihm über den Atlantik kommen, um ihn zu besuchen.

Bis es erst einmal soweit war, konnte er sich bestimmt ein Kindermädchen leisten, die die Kinder zu ihm nach Amerika brachte und auch dort auf sie aufpassen würde. Es würde alles ganz großartig werden. Eine Villa mit einem Swimming-pool. Verschiedene Wagen. Ein paar Bedienstete, und dazu eine Menge Partys.

Jon grinste zufrieden vor sich hin. Das Leben begann für ihn gut auszusehen. Er gab Laurie noch einen Kuß in den Nacken. »Sei lieb heut nacht zu meinem Freund«, sagte er leise und klopfte ihr auf die Schulter.

Laurie drehte sich zu ihm um und rollte mit den Augen. »Geh schön in dein Bettchen, Milchgesicht. Ich habe hier einen Mann bei mir.«

Jon lachte kurz auf. Die Sache schien sich gut für Jackson zu entwickeln. Er hatte für diese Nacht, was er brauchte, und war dazu noch Jon zu Dank verpflichtet.

Er blickte sich nach Erica um, die bei einigen Freunden saß, und winkte ihr flüchtig zu. Es schmeichelte ihm, daß sie noch immer ein Auge auf ihn hatte, aber, um ehrlich zu sein, sie reizte ihn überhaupt nicht mehr.

Nach Hause zu Muffin, ging es Jon durch den Kopf. Die liebe, gute, dumme Muffin. Eigentlich war sie gar nicht dumm, dachte Jon. Das wäre ihr gegenüber nicht fair gewesen, wenn er sie in dieser Weise abqualifizieren wollte. Sie hatte nur häufig noch das Verhalten und die Einstellung eines kleinen Mädchens, das dem Leben gegenüber optimistisch ist. Und diese Haltung war weder schlecht noch dumm.

Mit sechsundzwanzig Jahren war Jon Frauen gegenüber sehr zynisch. Mit vierzehn Jahren hatte er seine ersten intimen Erfahrungen gemacht, und seit dieser Zeit hatte er sexuell sehr viel erlebt. Als er Jane heiratete, begann er seine Karriere als Fotograf. Am Anfang war es unglaublich schwer gewesen, sich gegenüber den etablierten Leuten durchzusetzen. Aber im Laufe der Zeiten hatte Jon herausgefunden, wie er schneller und leichter Karriere machen konnte.

Mabel Curson war die Redakteurin einer Frauenzeitung. Sie war in mittleren Jahren, als Jon sie traf. Sie nahm viele Arbeiten von Jon an, wenn er sich einmal in der Woche zu ihr ins Bett legte und mit ihr schlief. Mit der Zeit fand Jon dann heraus, daß es in der Unterhaltungsindustrie viele Mabel Cursons gab.

Man könnte sagen, daß er die Leiter zum Erfolg durch die Betten der betreffenden Frauen hochgeklettert war. Dies war der Fall bis zu der Zeit, als er Muffin traf. Erst da wurde ihm klar, daß er bessere Sachen tun mußte, um weiter nach oben zu kommen. Zusammen hatten sie es dann versucht und nach einer gewissen Zeit auch geschafft. Schon zwei Jahre war es nicht mehr nötig gewesen, Mabel Curson willig zu sein.

Jon schlenderte gemütlich durch den Holland-Park. Wenn Muffin ihre schlechte Laune erst mal ausgeschlafen hatte, würde sie am nächsten Morgen wieder die alte Muffin sein, die er kannte und liebte.

Er ging in die Wohnung, begrüßte den Hund Scruff und gab ihm eine Kleinigkeit zu essen. Dann zog er im Bad seine Kleider aus und schlich auf Zehenspitzen ins Schlafzimmer.

Erst als er ins andere Bett hinüberfaßte, merkte er, daß Muffin nicht da war.

30

Das Klingeln des Telefons weckte Cleo früh am Morgen. Sie richtete sich langsam im Bett auf, blickte zur Uhr und erkannte mit Schrecken, daß es viel später war, als sie geglaubt hatte. Zehn Minuten nach zehn Uhr. Entweder hatte der Wecker nicht geklingelt oder sie hatte ihn einfach überhört. Wie dem auch war, sie fühlte sich schrecklich.

Sie hob den Hörer ab und hörte eine amerikanische Telefonistin, die ihr sagte, daß sie am Apparat bleiben sollte. Cleo seufzte und hielt sich den schmerzenden Kopf.

Nach einer Weile sagte sie ärgerlich ins Telefon: »Ich kann nicht den ganzen Tag an der Leitung hängen.« Als sie keine Antwort bekam, knallte sie wütend den Hörer auf die Gabel, stand aus dem Bett auf und ging ins Badezimmer.

Einige Augenblicke des vergangenen Abends gingen ihr durch den Kopf.

Ramo – nackt und scharf. Butch trieb es gleichzeitig mit zwei Frauen. Mike – wütend. War das Wirklichkeit oder nur ein schlechter Traum?

Sie hatte jetzt keine Zeit, um weiter darüber nachzudenken. Um elf Uhr war die Verabredung. Keine Zeit mehr zum Frühstück, nur schnell das Make-up auflegen. Anziehen. Haare kämmen. Beschissen aussehen.

Sie raffte Kassettenrecorder, Tasche, Notizbuch und ein paar Kugelschreiber zusammen. Zehn Uhr fünfundvierzig. Das Telefon klingelte erneut. Diesmal hörte sie die Stimme von Russell Hayes laut und deutlich. Sie wunderte sich nur, warum er so früh anrief.

»Die Story über Kaufman und Kaliffe ist großartig«, schwärmte Russell.

Meinetwegen, dachte Cleo. Ich könnte dir noch so viel Stories über beide liefern, daß dir Hören und Sehen vergeht. Zum Beispiel über Ramo Kaliffe, der einen so ungeheuer großen Schwanz hat, daß er ihr in Erinnerung geblieben war.

Aber sie sagte nur: »Vielen Dank, Russell. Nett von dir, deswegen anzurufen.«

»Ich bin der Meinung, wir sollten die Geschichte mit Kaufman als Aufhänger für die anderen Stories nehmen. Vielleicht schicke ich noch Jerry nach England hinüber, um ein paar Bilder zu machen.

»Wie du willst.«

»Hast du Mike schon getroffen?«

Cleo blickte auf ihre Uhr, und sie merkte, daß sie sowieso schon zu spät dran war. »Hör mal, Russ: Ich muß gleich zu einem Termin.«

»Mach dir keine Sorgen wegen irgendwelcher Sachen. Wenn du mich brauchst, rufst du einfach an. Du weißt, wo du mich immer erreichen kannst. Und wenn du mich persönlich brauchst, fliege ich einfach nach London.«

Das würde mir noch fehlen, dachte Cleo. Laut sagte sie: »Ich muß mich jetzt beeilen, sonst schaffe ich das Interview nicht.«

»Schon gut«, erwiderte Russell. »Ich wollte auch nur sagen, daß du immer auf mich zählen kannst, wenn du mich einmal brauchst.«

»Ich weiß. Vielen Dank.« Cleo knallte den Hörer auf die Gabel.

Wenn Russell wüßte, daß ich nach diesem Auftrag nicht mehr für sein Magazin schreiben werde, dachte Cleo, dann würde er bestimmt nicht so reden. Eigentlich war es schade, aber es war auch unvermeidlich.

Es würde schon irgendwie weitergehen. Wie auch immer. Irgendwo konnte sie bestimmt wieder anfangen.

Sie ging zur Rezeption und bat darum, daß man ihr ein Taxi rief. Zehn Uhr fünfundfünfzig. Wenn sie Glück hatte, würde sie nur ein paar Minuten zu spät kommen.

Daniel Onel lebte in einem kleinen Haus in einem Vorort von London. Als Cleo klingelte, öffnete eine blonde Dänin und führte Cleo dann in ein unordentliches Wohnzimmer. »Er wird gleich kommen«, sagte sie und lächelte dabei. »Wollen Sie Kaffee oder Tee?«

»Kaffee bitte. Ohne Zucker.«

Die blonde Frau verschwand, und Cleo ging im Wohnzimmer auf und ab, blickte hin und wieder aus dem Fenster, setzte sich dann in einen der vielen Ledersessel und musterte das Zimmer. Viel Leder, viel Glas, viel Chrom.

Daniel Onel hatte in der letzten Nacht offensichtlich viel gefeiert. Die Aschenbecher standen noch mit überquellenden Zigarettenkippen herum. Halbleere Gläser waren auf den Tischen zu sehen, Schallplattenhüllen verteilten sich zwanglos im Zimmer.

»Warum willst du unbedingt Daniel Onel interviewen?« hatte Russell sie gefragt.

Cleo hatte gelächelt. »Weil er ein sehr talentierter Mann ist und Frauen ihn attraktiv finden.«

»Dann geh zu ihm.«

Aber warum hatte sie sich wirklich für Daniel Onel entschieden? Weil sie ihn kennenlernen wollte. Weil er ihr Lieblingsschauspieler war. Und weil er klein war, eine Brille trug und fast fünfzig Jahre alt war und trotzdem eine unwiderstehliche Ausstrahlung auf Frauen hatte.

Cleo wünschte sich, daß es ihr besser ging. Sie wünschte sich, heute den ganzen Tag lang im Bett bleiben zu können. Manchmal hatte sie sich auch gewünscht, daß sie wie ihre Mutter sei und niemals einen einzigen Tag in ihrem Leben hätte arbeiten müssen.

In ihrer Ehe mit Mike war ihr niemals die Idee gekommen, mit der Arbeit aufzuhören. Und Mike hatte auch immer akzeptiert, daß es einen Bereich gab, für den Cleo allein verantwortlich war. Er glaubte an die Gleichheit der Frau, und er hatte nie viel Sympathie für die Frauen übrig, die ihr Leben mit Nichtstun verbrachten.

»Langweilen sie sich nicht fürchterlich?« hatte Mike sie gefragt, als sie von ihren untätigen verheirateten Freundinnen sprachen. »Was tun sie eigentlich den ganzen Tag? Liegen die im Bett und schlafen?«

Cleo hatte den Kopf geschüttelt. »Sie haben auch sehr viel zu tun. Sie müssen zum Friseur, sie müssen einkaufen und auch Essen machen.«

»Eine ungeheure Leistung.«

Cleo hatte sich oftmals gefragt, wie Mike sich fühlen würde, wenn sie Kinder hätten. In diesem Zusammenhang hatte sie auch überlegt, daß sie ihre Arbeit aufgeben würde. Denn sie war nicht der Typ von Frau, die ihre Babys einer Kinderfrau übergeben würde. Aber dieses Problem hatte sich in ihrer Ehe niemals gestellt.

Daniel Onel trat ins Zimmer. Er war größer und schlanker, als sie erwartet hatte.

Er grinste und sagte zu ihr: »Entschuldigen Sie bitte die Unordnung.« Dann gab er ihr die Hand und setzte sich ihr gegenüber.

Cleo stellte sich kurz vor, und während sie mit ihm sprach, stellte sie fest, daß er fast genauso aussah wie in seinen Filmen.

»Sie werden wahrscheinlich wissen, daß ich Interviews hasse«, sagte Onel. »Ich finde sie für alle Beteiligten äußerst langweilig. Für Sie genauso wie für mich. Und noch schlimmer ist es dann für den Leser, der hören muß, was ich über dieses oder jenes zu sagen habe.«

»Ich verstehe.«

Er hielt eine Hand hoch, als Zeichen, daß er zu diesem Thema noch etwas sagen wollte. »Ich muß jedoch einschränkend sagen, daß ich neulich in ›Image‹ ein Interview gelesen habe, daß Sie mit Senator Ashton geführt hatten. Es hat mir außerordentlich gefallen, weil es ungezwungen und frech war. Deshalb hatte ich mir gedacht, daß es wahrscheinlich für Sie und mich interessant sein könnte, zusammenzukommen.« Er nahm seine Brille ab und starrte sie an. »Verbal meine ich.«

»Natürlich«, erwiderte Cleo und merkte, wie sie Daniel Onel gegenüber immer unsicherer wurde.

Plötzlich sagte Onel barsch: »Damit wir uns gleich richtig verstehen: Ich möchte mit Ihnen keine meiner vielen Ehefrauen diskutieren.« Er überlegte einen Moment und fuhr dann fort: »Meine erste Frau können wir von dieser Regelung allerdings ausnehmen. Zu den Scheidungen will ich auch nichts sagen. Besonders nicht zu der letzten, denn sie war eine krasse Fehlentscheidung.«

Die blonde Frau kam in das Zimmer und stellte das Tablett mit dem Kaffee auf den Tisch.

Onel blickte sie an. »Habe ich dir Cleo James schon vorgestellt?«

Sie nickte. »Das haben wir selber getan, als Mrs. James vorhin ankam.«

Daniel Onel blickte zu Cleo. »Sie denken vielleicht, daß Heidi mein Dienstmädchen ist. Aber das stimmt nicht. Sie ist eine Prinzessin. Prinzessin Heide Walmerstein. Über sie sollten Sie schreiben und nicht über mich. Sie ist eine verarmte Adelige, die nur mit ein paar Kleidern und einigen Telefonnummern nach England kam. Eine davon war meine eigene, sonst säße sie noch immer auf der Straße.«

Cleo spürte auf einmal, wie die Atmosphäre im Zimmer gespannt wurde.

»Ich gehe jetzt weg«, sagte die blonde Frau.

Onel nickte. »Mach dir einen schönen Tag. Gib ein wenig von meinem Geld aus, oder hol dir mit jemandem anderen den Spaß, den du mit mir nicht hast.«

Die Frau wurde plötzlich wütend. »Treib nicht immer deine Scherze mit mich.«

»Ich treibe keine Scherze mit dich«, erwiderte Onel und zuckte mit den Schultern. »Du bist jetzt seit sechs Monaten in England, aber du kannst die Sprache immer noch nicht.«

Die Blonde ging wortlos aus dem Zimmer.

»Sie ist doch sehr nett«, sagte Cleo, als die Tür ins Schloß gefallen war.

Onel nickte. »Sie ist richtig nett, und sie ist richtig dumm. Sie ist wahrscheinlich noch zu jung, um unsere Sprache richtig zu lernen.«

»Das kommt mit der Zeit.«

»Vielleicht haben Sie recht. Aber sie ist immerhin eine richtige Prinzessin.«

Cleo begann sich bei dem Thema zu langweilen, weil sie nicht wegen einer richtigen Prinzessin gekommen war, sondern um ein Interview mit Daniel Onel zu machen. Sie trank einen Schluck von dem Kaffee und hätte ihn im gleichen Augenblick fast ausgespuckt, weil er schrecklich schmeckte. Sie verzog angewidert das Gesicht und stellte die Tasse zurück.

»Der Kaffee ist ungenießbar«, sagte Onel und grinste. »Sie kann einfach keinen Kaffee kochen. Wir werden jetzt beide in die Küche gehen und neuen Kaffee machen. Heidi hat ihre eigenen Ansichten, wenn es darum geht, für andere Frauen Kaffee zu kochen. Eine meiner Frauen hätte sie damit fast vergiftet, das können Sie mir glauben.«

»Das kann ich mir vorstellen«, erwiderte Cleo und folgte ihm in die Küche.

Onel machte eine wegwerfende Handbewegung. »Sehen Sie sich nur die Küche an. Sie sieht bestenfalls aus wie bei anderen Leuten das Klo.«

»Haben Sie kein Dienstmädchen, das Ihnen hilft?«

»Ich habe eine Frau, die hin und wieder kommt. Aber meistens bleibt sie weg. Und wie Sie selber sehen können, ist sie diesmal weggeblieben.«

Cleo blickte ihn fragend an. »Warum nehmen Sie nicht einen stellenlosen Schauspieler, der Ihnen im Haushalt hilft? Sie könnten damit gleichzeitig Ihren Berufskollegen helfen, die Pech gehabt haben.«

Onel lachte kurz auf. »Was glauben Sie, was ein stellenloser Schauspieler bei mir machen würde? Er würde mich den ganzen Tag lang überzeugen wollen, daß er das größte Genie ist, das frei herumläuft.«

Das Telefon klingelte, und Cleo wurde Zeuge eines einseitigen Dialogs, der von Daniel geführt wurde.

»Sie versteht sehr viel davon.« Onel lauschte in die Telefonmuschel. »Ich habe es ihr vorher gesagt.« Pause. »Sie spricht nicht nur davon, sondern sie tut es auch.« Pause. »Ich weiß, ich weiß.« Pause. »Es ist immer wieder das gleiche. Wenn ich etwas anderes wollte, könnte ich gleich nach Soho gehen und mir jemanden vom Strich holen.« Pause. »Bis später, meinetwegen.«

Daniel Onel wandte sich an Cleo und sagte: »Ich habe gerade Miß Walmerstein klargemacht, daß sie sich ihre Sachen holen und gehen kann.«

Cleo seufzte. »Halten Sie es nicht für das beste, wenn ich gehe und später wiederkomme?«

Er schüttelte den Kopf. »Dazu besteht überhaupt kein Grund. Ich habe Ihnen doch gleich gesagt, daß eine Unterredung mit mir langweilig ist. Später wird es auch nicht anders sein.«

»Wie Sie wollen«, erwiderte Cleo. »Dann mache ich am besten einen neuen Kaffee.«

Nach einer Weile gingen sie ins Wohnzimmer zurück. Der Kaffee war diesmal genießbar.

»Erzählen Sie mir von Senator Ashton.«

»Sie haben in dem Artikel von mir alles gelesen, was sich über den Senator berichten ließe.« Cleo war froh, daß sie diesen Artikel geschrieben hatte, weil er einer ihrer besten Arbeiten auf dem Gebiet des Journalismus war. Sie war mit dem Senator eine Woche lang in Washington gewesen, hatte ihn bei seinen Amtsgeschäften begleitet und ihn dann noch sechs Stunden lang interviewen können. Für Ashton war es damals sehr ungewöhnlich gewesen, soviel Zeit für einen Journalisten dranzugeben, aber er hatte es im Falle von Cleo getan. Russell hatte sie damals besonders gelobt, weil der Umsatz von ›Image‹ in der Woche, in der das Interview erschien, sprunghaft in die Höhe gegangen war.

Mike war richtig stolz auf sie gewesen. Außerdem hatte noch ein Fernsehproduzent ihr angeboten, eine Sendung im Fernsehen zu machen. Sie könnte sich die Art und den Umfang der Sendung selber aussuchen.

»Sind Sie verheiratet?« fragte Onel plötzlich und lehnte sich im Sessel zurück.

»Das bin ich.«

»Sind Sie auch glücklich?«

Cleo runzelte die Stirn. »Ich dachte, daß *ich Ihnen* Fragen stelle.«

Daniel Onel breitete die Arme aus. »Interviewen Sie mich, soviel Sie wollen. Stellen Sie mir irgendwelche Fragen, die Ihnen am Herzen liegen. Aber stellen Sie mir bitte nicht die üblichen stupiden Fragen.«

Cleo musterte ihn einen Moment und sagte dann: »Warum erzählen Sie nicht einfach, wovon Sie reden wollen, was Sie gerne mögen.«

Onel überlegte eine Zeitlang. Dann sagte er: »Worüber soll ich sprechen? Was mag ich gerne? Ich bin mir gar nicht mehr so sicher. Ich mache dauernd Sachen, die ich nicht mag. Ich habe ein paar schlechte Ehen hinter mir, schlechte Beziehungen zu meinen Mitmenschen, und ich habe ein paar schlechte Filme gemacht.«

»Was erwarten Sie vom Leben?«

»Nicht viel. Ich will ein hübsches Mädchen haben, das sich um mich kümmert. Oder eine reifere Frau, das ist mir egal. Aber sie soll dabei in erster Linie nicht immer sich selber sehen, sondern an mir interessiert sein. Außerdem muß ich Vertrauen zu ihr haben, sonst hat alles überhaupt keinen Sinn. Meinetwegen kann sie ein mütterlicher Typ sein, und sie muß gut kochen können. Die Dame muß selbstverständlich viel Humor besitzen, sonst würde ich sie sowieso nicht nehmen. Glauben Sie, daß es so eine Frau gibt?«

Cleo lächelte. »Wenn es eine solche Frau gibt, wünsche ich mir den gleichen männlichen Partner.«

»Auch Probleme?« fragte Onel.

»Wer hat sie nicht.«

Daniel Onel beugte sich zu ihr vor. »Das Leben könnte so einfach und so herrlich sein, wenn wir nicht gezwungen wären, mit anderen Menschen zusammenzuleben.«

»Warum leben Sie dann mit der kleinen Dänin zusammen, wenn Ihnen die Beziehung nicht zusagt?«

»Gewohnheit. Verzweiflung. Vergessen Sie nicht, wie alt ich bin. Ich weiß auch nicht, ob Sie das Gefühl kennen, wenn man abends in ein leeres Haus kommt.«

Cleo runzelte die Stirn. »Sie müssen doch eine Menge Freunde haben.«

»Bekannte und flüchtige Begegnungen«, verbesserte Onel sofort. »Wirkliche Freunde sind in dieser Branche sehr selten. Die meisten Menschen wollen nur mit einem zusammen sein, wenn der letzte Film ein Erfolg war.«

»Und engere Freunde haben Sie nicht?« fragte Cleo neugierig.

»Haben Sie welche?«

Cleo dachte an Dominique und Russell und Susan. »Ich glaube, ich verstehe, was Sie meinen.«

»Vielleicht habe ich ein paar männliche Freunde«, sagte Onel nachdenklich. »Männer, die von Beginn meiner Laufbahn mit dabei waren und nicht erst unterwegs dazugestiegen sind. Aber sie haben jetzt ihre eigenen Familien und führen ein eigenes Leben.«

»Sie haben doch auch Kinder«, erwiderte Cleo. »Mit ihnen müßten Sie doch eng verbunden sein.«

Daniel Onel blickte sie nachdenklich an. »Als meine Kinder aufgewachsen sind, haben sie sich selbständig entwickelt, und das war auch gut so. Meine Kinder sind jetzt so alt, daß sie ein eigenes Leben führen können, und sie tun dies auch. Ich bin jetzt neunundvierzig Jahre alt, und ich habe mein Privatleben versaut und lebe jetzt mit dieser dänischen Mieze zusammen, die ich ganz gewiß nicht liebe. Nein, ganz gewiß nicht, aber es ist gut für mein Image – Sie verstehen, was ich meine?«

Cleo nickte. »Ich glaube schon. Haben Sie es aufgegeben, die richtige Frau fürs Leben zu finden?«

»Sie können mir ja helfen, die richtige zu finden«, erwiderte Onel.

Sie lächelte. »Ich bin davon überzeugt, daß diese Frau irgendwo herumläuft.«

»Sicher«, sagte Onel zynisch.

Cleo räusperte sich. Sie merkte, wie sie in seiner Gegenwart nervös war, und sie erkannte, daß sie für Onel nicht mehr war als ein Kassettenrecorder, der Fragen stellte und die Antworten auf Band aufnahm. Er hatte ihr während des ganzen Gesprächs nicht das Gefühl gegeben, eine Frau zu sein. Und diese Haltung war sie bisher von Männern ihr gegenüber nicht gewohnt. Vielleicht war sie deshalb so nervös.

»Können Sie jetzt über Ihren letzten Film sprechen?« fragte Cleo. »Stimmt es, daß Sie Ihrem Produzenten ein Telegramm geschickt haben, in dem zu lesen war, daß Sie nicht mehr für ihn arbeiten wollen?«

»Es stimmt«, erwiderte Onel. »Ich glaube, Sie fangen jetzt mit dem Interview richtig an.«

31

Little Marty schüttelte Muffin heftig hin und her. »Wach endlich auf. Meine Mutter steht draußen vor der Tür, und wenn sie dich sieht, ist der Teufel los.«

Langsam öffnete Muffin ihre Augen. Sie brauchte einen Moment, bis sie wußte, wo sie sich befand. »Guten Morgen«, sagte sie dann. »Ist es schon spät?«

»Es ist noch früh. Aber meine Mutter steht draußen vor der Tür.«

»Das macht nichts«, erwiderte Muffin und zog sich die Decke über den Kopf.

Little Marty fing jetzt an nervös zu werden. »Wir müssen dich hier im Zimmer verstecken. Es wird nur ein paar Minuten dauern.«

Jetzt hörten sie beide, daß jemand heftig gegen die Tür klopfte, und in dieses Geräusch mischte sich die durchdringende Stimme von Emma Pearl.

»Komm aus dem Bett raus«, flüsterte Little Pearl ängstlich. »Ich verstecke dich im Badezimmer. Mach die Tür dann von innen zu und öffne erst wieder, wenn ich es dir ausdrücklich sage.«

»Ich friere«, erwiderte Muffin und krabbelte langsam aus dem Bett heraus.

»Du kannst dich im Bad in viele Handtücher einwickeln. Aber jetzt mußt du verschwinden.«

Gähnend ging Muffin ins Bad.

Marty eilte zur Tür und öffnete sie.

Emma Pearl ging schnell an ihm vorbei und blickte sich mißtrauisch im Zimmer um. »Ist jemand hier drin?« fragte sie scharf.

»Hier ist niemand«, gab Little Marty zurück. »Nur wir beide.«

Sie blickte ihn argwöhnisch an. »Warum hat es dann so lange gedauert, bis du die Tür aufgemacht hast?«

»Ich habe ganz tief geschlafen. Es ist erst acht. Warum weckst du mich jetzt schon?«

Sie ging nicht auf seine Frage ein, sondern näherte sich langsam dem Schlafzimmer. Dann machte sie die Tür auf, blickte hinein und, zufrieden, daß es leer war, ließ sie sich aufs Sofa fallen.

»Was willst du mir denn erzählen, weil du so früh auf den Beinen bist?«

Sie schüttelte wütend den Kopf. »Man will mich nach Amerika zurückschicken. Sie haben gesagt, daß eine Mutter schlecht für dein Image ist.«

Little Marty zuckte mit den Schultern. »Sie werden schon wissen, was für mich am besten ist.«

»Und wer wird sich um dich kümmern, wenn ich nicht mehr hier bin? Wer sorgt dafür, daß du immer vernünftig ißt? Wer kümmert sich darum, daß du ausreichend Schlaf hast? Wer spricht dir in den Pausen von deiner Show immer wieder Mut zu?«

»Jackson wird bestimmt gut für alles sorgen«, antwortete Little Marty.

»Und was tut er mit den Mädchen?«

»Welchen Mädchen?«

Sie blickte ihn streng an. »Ich spreche ganz allgemein von den Mädchen. Du darfst dich nicht mit ihnen einlassen, hörst du?«

»Ja, ich höre.«

Sie stand abrupt auf und stellte sich vor ihn hin. »Du bist ein guter Junge, das weiß ich. Ich muß jetzt gehen. Denk immer daran, was ich dir gesagt habe.«

»Ich denke daran.«

Sie umarmte ihn. »Denk auch an deine Mutter und denk vor allem daran, dir dreimal am Tag die Zähne zu putzen. Deine Zähne sind für deinen Beruf sehr wichtig. Vergiß das nicht. Deshalb darfst du auch nicht soviel Zucker essen. Denk daran, mein Junge.«

»Ich denke daran. Auf Wiedersehen.«

Auf einmal strömten Tränen ihre Wangen hinunter. »Auf Wiedersehen, mein Junge. Es wird nur eine kurze Trennung für uns sein.«

Marty gab ihr einen flüchtigen Kuß, dann verschwand Emma Pearl. Kaum war die Tür hinter ihr zu, als er zum Badezimmer lief und gegen die Tür schlug. »Du kannst wieder herauskommen. Sie ist weg.«

Muffin hatte sich auf der Badematte zusammengerollt und war wieder eingeschlafen.

»Bitte laß mich ins Bad«, flehte Marty. »Sei lieb und laß mich hinein.«

»Wenn du mich doch nicht dauernd wecken würdest«, brummte Muffin, erhob sich aber doch und schloß die Tür auf.

Marty schmiß sie schier um. »Jetzt hab' ich dich!«

Mike wachte spät auf, fluchte laut vor sich hin und rief sofort Cleos Hotel an. Dort sagte man ihm, daß Mrs. James das Hotel bereits verlassen habe.

Er stellte sich lange Zeit unter die Dusche, rasierte sich dann, blickte in den Spiegel und stellte fest, daß er heute sehr unzufrieden aussah. Und das war er auch. Die Sache mit Cleo war völlig anders verlaufen, als er es sich gedacht hatte.

Gleichzeitig sagte er sich, daß er selber nicht schuldlos an dieser Entwicklung war. Schließlich hatte er Cleo betrogen, und jetzt wartete die gerechte Strafe auf ihn.

Als er sich angezogen hatte, hörte er ein Klopfen an der Tür. Für den Bruchteil einer Sekunde glaubte er, daß es Cleo sei. Er öffnete die Tür, und Jackson stand vor ihm.

»Du darfst mir gratulieren«, sagte Jackson gut gelaunt. »Emma Pearl sitzt in einem schönen Flugzeug und fliegt Richtung New York.«

»Sehr gut.«

Jackson trat ins Zimmer und legte einen Stapel Zeitungen auf den Tisch. Dann breitete er sie einzeln vor Mike aus. Fast auf jeder Titelseite war ein Bild von Little Marty und Muffin.

»Das haben wir gut gemacht«, sagte Jackson nachdenklich. Dann zeigte er auf Muffin. »Sieht gut aus, die Kleine, und paßt auch irgendwie zu Marty.«

»Du hast recht.«

»Ich habe eine tolle Nacht hinter mir«, sagte Jackson und fuchtelte mit den Händen in der Luft herum. »Einen knackigen englischen Arsch mit Pfeffer in allen Bewegungen. Ein unglaublich feuriges Weib.«

»Soso«, bemerkte Mike desinteressiert. Jacksons Sexualleben interessierte ihn im Augenblick wirklich am allerwenigsten. »Wie läuft der Vorverkauf fürs Konzert?«

»Großartig, wahrscheinlich bis heute nachmittag alles ausverkauft.«

Mike nickte zufrieden. »Was macht unser Wunderknabe heute?«

»Ich habe ihm gesagt, daß er lange schlafen kann. Dann essen wir mit einem Knaben zu Mittag, der ein Interview für eine der führenden Tageszeitungen machen will. Dann machen wir noch Aufnahmen in einem Park, und am Nachmittag kommen noch mal ein paar Interviews mit einigen Musikzeitschriften.«

»Gut gemacht.«

Die beiden verabschiedeten sich voneinander. Als Jackson gegangen war, zog Mike sich fertig an. Er hatte sich für den heutigen Tag einen genauen Plan zurechtgelegt. Er wollte zu Cleos Hotel gehen und dort so lange warten, bis er sie sprechen konnte. Dann würde er Cleo direkt auf ihre Probleme ansprechen. Ohne Umschweife und ohne Schnörkel.

Als er an die vergangene Nacht dachte, faßte er sich an den Kopf. Wie konnte er nur so dumm gewesen sein und sich von ihr wegschicken lassen wie ein kleiner Junge. Heute hatte er die Chance, alles wieder zu regeln.

Jackson summte gutgelaunt vor sich hin und klopfte an die Tür von Little Martys Zimmer. Er war mit sich selbst heute sehr zufrieden. Er hatte es geschafft, die Mutter von Little Marty wegzubekommen, er hatte die Tournee gut angekurbelt, und er hatte eine fantastische Nacht mit der temperamentvollen Laurie hinter sich. Einen bitteren Nachgeschmack hatte die Geschichte allerdings, und deswegen war er ein wenig über Jon Clapton verärgert. Denn Jon hatte ihm nicht gesagt, daß Laurie für ihre Liebeskünste bezahlt werden wollte.

»Kannst du es nicht nur wegen der Liebe tun?« hatte Jackson sie gefragt.

»Ich scheiß auf die Liebe«, hatte Laurie geantwortet. »Ohne Geld geht nichts.«

Er hatte schließlich bezahlt und am Ende festgestellt, daß sich der Betrag gelohnt hatte.

Marty erschien an der Tür und öffnete sie einen Spalt breit. Jackson wollte sofort ins Zimmer gehen, aber Marty ließ ihn nicht.

»Was ist los?« fragte Jackson. »Du brauchst keine Angst zu haben. Deine Mutter ist weg.«

»Ich weiß«, erwiderte Marty. »Sie ist vorbeigekommen und hat es mir gesagt. Kannst du nicht später wiederkommen?«

»Später?« Jackson blickte verwundert auf seine Uhr. »Hör zu: Es ist schon über zwölf Uhr mittags. Um ein Uhr haben wir eine Verabredung. Bis du dich angezogen hast und wir im Auto sind, vergeht wieder einige Zeit.«

»Ich bin in der Hotelhalle, bevor es losgeht. Sagen wir zehn Minuten vor eins.«

Jackson stand verwirrt vor ihm und wußte nicht, was er sagen sollte. Dann sagte er: »Willst du nicht die Zeitungen sehen?«

Marty nickte und nahm ihm die Zeitungen aus der Hand. Dann wollte er die Tür schließen.

»Was ist denn los mit dir?« fragte Jackson und stellte einen Fuß in die Tür. »Hast du dir eine Mieze für heute nacht geholt und sie liegt noch in deinem Bett?«

Marty zuckte mit den Schultern.

Jetzt wurde Jackson ärgerlich. »Schmeiß sie aus deinem Zimmer raus. Wir müssen an die Arbeit denken, sonst geht uns der Tag in den Eimer. Am besten regele ich in Zukunft dein sexuelles Leben, sonst bringst du uns noch alles durcheinander. Du brauchst dann nur noch zu mir zu sagen: ›Los Jackson, besorg mir für heute nacht eine Rothaarige‹, und ich werde den Rest besorgen.«

»Kurz vor eins bin ich in der Halle«, sagte Marty und knallte die Tür zu.

32

Ein Tag mit Daniel Onel war anstrengend. Besonders – so entschied Cleo – wenn man einen Mordskater und zu wenig geschlafen hatte. Sie wünschte, daß sie sich für einen Mann wie diesen mit mehr Sorgfalt zurechtgemacht hätte.

Er war eine komplizierte Person und ein talentierter Schauspieler, und sie fühlte sich stark zu ihm hingezogen. Gleichzeitig bedauerte sie ihn, weil sie das Gefühl hatte, er wußte im Augenblick nicht, was er mit seinem Leben anfangen sollte. Irgendwie hatte er die Richtung verloren und suchte eine Lösung.

Ihr Zusammensein wurde beendet, als Heidi mit einer Gruppe von Freunden am späten Nachmittag zurückkam.

Daniel verzog das Gesicht. »Ich muß heute mal wieder die Vereinten Nationen unterhalten. Heidi bringt immer eine Gruppe von Dänen mit oder einen wirr schnatternden Haufen anderer Nordländer, die ich auch nicht verstehe. Aber die Hauptsache ist, daß es ihr Spaß macht.«

Cleo lächelte. »Ich hatte vorgehabt, nur eine Stunde bei Ihnen zu bleiben, und jetzt ist ein ganzer Tag daraus geworden. Ich habe dadurch natürlich viel guten Stoff für meine Story über Sie.« Sie zögerte einen Moment und sagte dann: »Im allgemeinen gebe ich den Leuten, die ich interviewt habe, meine Geschichte nicht zu lesen, bevor sie nicht auch gedruckt worden ist. Aber ich kann Ihnen die Story gerne vorher geben, wenn Sie wollen.«

Daniel nickte ihr zu. »Ich würde mich freuen, wenn Sie das täten.« Er gab ihr die Hand. »Ich habe die Unterhaltung mit Ihnen sehr genossen. Und ich kann nur hoffen, daß Sie sich dabei nicht gelangweilt haben.«

»Überhaupt nicht.«

Er hielt noch immer ihre Hand, und Cleo machte auch keinen Versuch, freizukommen.

»Wo hast du den Sekt versteckt?« fragte Heidi, die ins Zimmer getreten war.

»Bis bald«, sagte Daniel zu Cleo.

Sie nickte. »Bis bald.«

Sie lächelten einander zu, und Daniel Onel zog seine Hand zurück, bevor sie es tat.

»Ich werde Sie anrufen«, versprach Cleo.

»Ich freue mich darauf.«

Ich werde ihn natürlich nicht anrufen, dachte Cleo, als sie in einem Taxi zu ihrem Hotel zurückfuhr. Ich muß verrückt gewesen sein, ihm das zu versprechen. Jeder Mensch weiß, daß man einem Schauspieler nicht zeigen kann, was man geschrieben hat, bevor es in Druck geht, weil er es bestimmt völlig verändert haben will.

Als sie den Fahrer bezahlt hatte und sich zum Hotel hinwenden wollte, stand plötzlich jemand hinter ihr und hielt ihr mit den Händen die Augen zu. Eine Schrecksekunde lang glaubte sie an eine Entführung.

»Du wirst niemals erraten, wer hinter dir steht«, hörte sie eine schrille weibliche Stimme.

»Ginny?« fragte Cleo überrascht. »Was machst du denn hier in London?«

Ginny ließ Cleo los. »Ich arbeite ein wenig. Aber in der Hauptsache vögele ich mich durch die Betten.«

»Mit wem?« fragte Cleo.

»Ich bin unsterblich in einen verheirateten Mann verliebt. Aber er läßt sich wahrscheinlich bald wegen mir scheiden. Es ist die wahre Liebe, die mit unglaublicher Leidenschaft gekoppelt ist. Ich hätte niemals gedacht, daß so etwas möglich ist oder ausgerechnet mir passiert.«

»Wer ist es denn?«

Ginny trat nervös von einem Bein auf das andere und kicherte. Dann sagte sie zu Cleo: »Sollen wir nicht in eine kleine Bar irgendwo hingehen? Dann werde ich dir alles in allen Einzelheiten erzählen.«

»Meinetwegen.«

»Ich habe schon ein paarmal versucht, dich anzurufen. Warst du nicht im Hotel?«

Cleo schüttelte den Kopf. »Ich habe keine Nachricht erhalten. Wann bist du angekommen?«

»Erst heute. Ich muß wegen einer geschäftlichen Sache mit Ramo Kaliffe reden. Aber das interessiert mich gar nicht besonders.« Sie stellte sich vor Cleo in Positur. »Sehe ich nicht fabelhaft aus? Ich habe in kurzer Zeit über fünf Pfund abgenommen.«

»Du siehst wirklich gut aus, Ginny. Jetzt erzähl mir, wer der Mann ist.«

Ginny genoß eine Weile Cleos gespannte Erwartung. Dann sagte sie lächelnd: »Halt die Luft an und sei für eine gute Überraschung bereit. Es ist der Sexexperte persönlich: Dr. Richard West.«

Cleo nickte. »Jetzt brauche ich wirklich einen Drink. Komm mit hinauf in mein Zimmer und erzähl mir, wie alles gekommen ist.«

»Ich wollte gerade einkaufen gehen, aber das hat jetzt natürlich Zeit. Ich wollte nämlich ein schwarzes, seidenes Nachthemd kaufen, weil Richard ganz verrückt wird, wenn er mich in Schwarz sieht.«

»Tatsächlich?«

»Wenn ich es dir sage.« Sie blickte Cleo nachdenklich an. »Und wie geht es mit dir und Mike? Seid ihr wieder auf der Höhe oder tief unten?« Sie schüttelte unwillig den Kopf. »Ich komme immer noch nicht darüber hinweg, daß Susan derart lügen kann.«

Cleo ging nicht auf ihre Fragen ein. »Das ist wirklich eine nette Überraschung, dich hier zu sehen. Wie lange bleibst du in London?«

»Drei tolle Tage voller Knutschereien und Fickereien. Dieser Bursche hat doch über Sex und ihre Gründe und Auswirkungen geschrieben. Dann soll er mir auch jeden Zentimeter meines Körpers genau erklären.«

Cleo lächelte. Ginny war auf der einen Seite ordinär, aber sie war gleichzeitig ein Original. »Wie bist du eigentlich mit Richard West zusammengekommen?«

»Du selbst hast uns einander auf der Party vorgestellt, als er sein Buch erklärte. Ich habe Einzelheiten daraus mit ihm diskutiert, weil ich auf sexuellem Gebiet auch ein halber Experte bin. Dabei blieben natürlich ein paar Kleinigkeiten ungeklärt, und ich habe ihn in meine Wohnung eingeladen, damit wir weiter darüber sprechen konnten. Dann gab ich ihm Rauschgift, und der arme Kerl wurde ganz high, weil er das Zeug noch nie probiert hatte. Sechsundvierzig und noch eine Pot-Jungfrau.«

»Und wie ging es weiter?«

»Ganz einfach. Wir sind uns immer näher gekommen, und ich konnte ihm dann ein paar Dinge zeigen, die nicht in seinem Buch standen.«

»Das kann ich mir vorstellen.«

Ginny kicherte wieder los und sagte dann: »Wir sind also gemeinsam nach London gefahren, damit er noch ein wenig ausprobieren kann, was er noch nicht kennt. Nebenbei macht er Werbung für sein Buch, und ich kann die Geschichte mit Ramo Kaliffe erledigen.«

»Wie ich dich kenne, wirst du mit Kaliffe nicht nur geschäftliche Dinge erledigen.«

Ginny war beleidigt. »Cleo, wie kannst du so etwas von mir denken? Ich habe dir doch erzählt, daß ich unsterblich in Richard verliebt bin. Und ich werde das erstemal in meinem Leben treu sein.«

»Das kann ich mir nicht vorstellen.«

»Es ist aber wahr.«

Sie gingen ins Hotel. Als Cleo an der Rezeption vorbeikam, wurde ihr gesagt, daß Mike dreimal angerufen habe. Sie nahm es schulterzuckend zur Kenntnis. Dann fuhren sie mit dem Fahrstuhl in den dritten Stock.

Cleo bestellte die Getränke, und Ginny plapperte ununterbrochen von Susan, Mike und Richard West. Alles, was sie sagte, interessierte Cleo mit einemmal nicht mehr. Sie wollte viel lieber für sich allein sein, und sie stellte sich vor, wie schön es wäre, jetzt mit einem guten Buch im Bett zu liegen und an nichts denken zu müssen. Dann eine ganze Nacht durchschlafen zu können, war ihr zweiter Wunsch. Am nächsten Morgen hätte sie dann einen klaren Kopf, um die Sache mit Mike überdenken zu können.

Was sollte sie mit Mike tun?

Was wollte sie überhaupt noch von ihm?

Es war eine schwierige und auch schmerzliche Entscheidung, die ihre gesamte Zukunft beeinflussen würde. Konnte sie den Rest ihres Lebens mit jemandem verbringen, der sie nur anlog und hinterging? Oder sollte sie diese Chance nutzen, um allein weiterzuleben?

Sie wußte es jetzt nicht.

»Wie dem auch sei«, sagte Ginny in munterem Plauderton, »ich möchte gerne, daß du heute abend mit uns irgendwohin zum Essen gehst. Du kennst ja Richard schon, und bei dieser Gelegenheit kannst du von ihm persönlich erfahren, was für ein prachtvolles Weib ich bin. Er ist ganz verrückt nach mir, aber ich mag's, wenn er total ausflippt – verstehst du?«

Cleo schüttelte den Kopf. »Ich bin todmüde, Ginny. Verschieben wir das Essen auf morgen.«

Ginny gab noch nicht auf. »Wenn du keine Lust hast, nur mit Richard und mir essen zu gehen, kann ich für dich Ramo Kaliffe einladen. Wie gefällt dir das?«

»Überhaupt nicht. Ich kenne Ramo vom Interview, und ich kenne ihn, wenn er nackt herumläuft und eine Frau fürs Bett sucht. Ich bin also von ihm bedient.«

Ginny lachte laut auf. »Jetzt hast du mir aber etwas vorgeschwindelt.«

Cleo blickte sie lächelnd an. Wenn Ginny wüßte, was sie mit Ramo und Butch erlebt hatte. Aber sie hatte keine Lust, mit ihr darüber zu sprechen, sonst wüßte es am nächsten Tag bereits halb London.

Es klopfte an der Tür.

»Das werden die Getränke sein«, sagte Ginny und öffnete.

Vor ihr stand Mike.

Sie starrten sich beide einige Sekunden lang erstaunt an. Dann sagte Mike: »Guten Tag, Ginny.«

Cleo wich zurück, als er mit ausgestreckten Armen auf sie zuging. Sie blieb an der hinteren Wand stehen und blickte Mike mit zusammengezogenen Augenbrauen an.

»Du siehst blendend aus«, sagte Ginny zu Mike. »Warst du im Urlaub?«

Mike schüttelte den Kopf. »Ich bin geschäftlich in London. Und auch ein wenig privat, wie du siehst. Wieso bist du denn hier?«

Ginny setzte sich wieder in einen Sessel. »Du weißt also auch nicht alles, was auf der Welt passiert. Ich gehöre jetzt zum Jet-set.«

»Wie schön für dich.«

Mike blickte sie unwirsch an, und Cleo stand noch immer an der Wand und grub ihre Fingernägel in die Haut.

Nach einer Weile sagte Ginny: »Ich glaube, daß ihr euch eine Menge zu erzählen habt. Es wird wohl besser sein, wenn ich gehe.«

»Das kommt überhaupt nicht in Frage«, erwiderte Cleo hastig. »Wir waren gerade in einer wichtigen geschäftlichen Besprechung, die wir unbedingt fortführen müssen.«

Mike trat einen Schritt auf sie zu. »Ich habe den ganzen Tag darauf gewartet, dich zu sehen.«

»Das ist nicht meine Schuld. Ich habe dich nicht hierhergebeten.«

Mike zögerte einen Moment. »Ich denke, wir sollten miteinander reden.«

»Ich wüßte nicht, worüber wir beide sprechen könnten«, erwiderte Cleo.

»Über uns beide.«

»Ich muß jetzt wirklich gehen«, sagte Ginny und erhob sich aus dem Sessel.

»Ja«, sagte Mike.

»Nein«, sagte Cleo.

Mike holte tief Luft. »Sei bitte nicht so halsstarrig, Cleo.«

»Halsstarrig?« Sie schüttelte den Kopf. »Ich will nur jetzt und in aller Zukunft das tun, was mir Spaß macht und was ich gerne möchte. War das bisher nicht die grundlegende Linie unserer Ehe? Jedenfalls, was dich betraf.«

Mike zeigte auf Ginny. »Ich möchte mit Cleo allein sprechen. Und ich glaube nicht, daß das zuviel von einem Ehemann verlangt ist.«

Cleo schüttelte erneut den Kopf. »Du kommst hier hereingeplatzt und sprichst mit mir, als ob ich dir gehöre. Ruf das nächstemal vorher an, wenn du mich besuchen willst.«

»Mit wem soll ich denn eine Verabredung treffen? Willst du allein sein, um dich mit fremden Männern zu treffen? Soll ich diese Typen dann um Erlaubnis fragen?«

»Wenn du jetzt zynisch wirst«, bemerkte Cleo stirnrunzelnd, »dann gibt es nichts, worüber wir sprechen könnten.«

»Du machst es mir nicht leicht, Cleo«, erwiderte Mike mit belegter Stimme.

»Das tut mir natürlich sehr leid.«

Mike wandte sich zur Tür. »Ich komme später noch einmal wieder, wenn du allein bist. Es ist nicht fair, Ginny mit in unsere Probleme zu ziehen.«

»Unsere Probleme?« fragte Cleo spöttisch zurück. »Du meinst *deine* Probleme.«

»Ich komme später wieder.«

»Gib dir keine Mühe.«

Jetzt wurde Mike wütend. »Du kannst dich nicht die ganze Zeit wie eine beleidigte Henne aufführen.«

»Hau ab, Mike.«

Mike ging grollend aus dem Zimmer. Wer war diese fremde, verärgerte Frau, die ihn nun schon wieder angeschrien hatte, daß er abhauen sollte? Das war nicht Cleo, wie er sie kannte. Und auch nicht mehr die schöne, ruhige Frau, die er einmal geheiratet hatte. Die Dame mit Stil. Was hatte er dazu beigetragen, daß sie sich derart verwandelt hatte?

Ihm war jetzt klar, daß sie im Moment nicht einmal in der Lage war, die einfachsten Dinge mit ihm zu besprechen. Alles, was er getan hatte, war, mit einer fremden Frau zu schlafen. War das gleich ein Verbrechen?

Er ging direkt in die Bar des Hotels. Er wollte ihr eine Stunde Zeit lassen, damit sie sich wieder beruhigte und damit sie endlich

Ginny loswerden konnte. Dann würden sie miteinander sprechen und alles würde gut werden.

»Warst du schon einmal mit Mike im Bett?« fragte Cleo in energischem Ton.

»Wie bitte?« fragte Ginny erstaunt.

»Die Frage ist klar genug. Hast du mit ihm geschlafen oder nicht?«

Ginny schmollte. »Du weißt genau, daß ich deine Freundin bin. Wie kannst du mich dann so etwas fragen?«

»Das ist ganz einfach: Wir beide wissen, daß du nicht zur vestalischen Jungfrau geboren bist. Du liebst die Männer, und sie lieben dich. Mike ist ein *sehr* attraktiver Mann, deshalb wäre es nicht verwunderlich, wenn ihr beide zusammen geschlafen hättet.«

»Cleo, ich . . .«

Cleo machte eine Handbewegung. »Laß uns offen darüber sprechen, sonst hat es keinen Sinn.«

»Ich weiß überhaupt nicht, warum du mir diese Art von Fragen stellst.«

»Vielleicht aus dem Grund, weil ich annehme, daß du mir eine ehrliche Antwort gibst.« Sie blickte Ginny erwartungsvoll an und dachte dabei, daß Mike sie eine beleidigte Henne genannt hatte. Dann wollte sie sich auch wie eine beleidigte Henne benehmen. »Hör zu, Ginny«, sagte sie, »Mike hat, seitdem er hier ist, mit mir über verschiedene Dinge gesprochen, die *er* getan hat. Vielleicht willst du auch mit mir über verschiedene Dinge sprechen, die *du* getan hast.«

»Dieser Hurensohn«, rief Ginny plötzlich. »Das letztemal, als ich mit Mike im Bett war, ist über drei Jahre her!«

Cleo hatte mit einemmal ein Gefühl in der Magengegend, als ob ihr jemand einen Tritt versetzt hätte. Eine vage Vermutung hatte sich mit einem Schlag in häßliche Realität verwandelt. Sie hatte eine sogenannte Freundin zu einem Geständnis getrieben, das sie überhaupt nicht hören wollte.

»Ich weiß überhaupt nicht, warum Mike dir davon berichtet hat«, sagte Ginny niedergeschlagen. »Wir haben es damals noch einmal getan, aber es sollte nicht mehr als eine Erinnerung an alte Zeiten sein.« Sie blickte Cleo verlegen an. »Wir beide sind ja auch erst nach dieser dummen Geschichte wirkliche Freundinnen geworden. Außerdem habe ich Mike schon lange Zeit vor dir gekannt.«

Cleo nickte ihr zu. »Jetzt haben wir also schon dich und Susan in Mikes Sammlung. Ich möchte zu gerne wissen, welche von meinen Freundinnen es noch mit meinem treuen Ehemann getrieben hat.«

»Ich weiß es nicht.«

»Du weißt es doch. Du kennst dich über alle Sachen aus, die irgendwie laufen. Und ich bin der Meinung, daß du mir eine kleine Information schuldig bist.«

Ginny faßte sich an den Kopf. »Also, mir ist wirklich nicht wohl dabei zumute. Ich dachte, du wüßtest Bescheid über Mike.«

»Worüber soll ich Bescheid wissen?«

»Also, laß uns die Angelegenheit klar sehen: Mike liebt es, mit allen möglichen Frauen herumzuvögeln. Ich glaube auch, daß du die meisten Seitensprünge von ihm kennst, aber diese Tatsache nicht wahrhaben willst. Auf Susan und mich bist du nur sauer, weil es zufällig zwei Freunde getroffen hat.«

»Er liebt es, alle möglichen Frauen herumzuvögeln«, wiederholte Cleo mit tonloser Stimme. »Alle Welt weiß es, nur ich nicht. Ich komme mir schon vor wie eine dumme Frau in einem Lustspiel, die immer erst als letzte von allen Beteiligten erfährt, was eigentlich passiert.«

»Ich meine damit ja nicht, daß Mike dich nicht liebt«, sagte Ginny zögernd. »Im Gegenteil: Er ist völlig verrückt nach dir. Das weiß jeder Mensch.«

»Das ist wirklich sehr nett: Jeder Mensch weiß, daß er herumvögelt, und jeder Mensch weiß, daß er nach mir verrückt ist.«

»Du weißt doch selber, wie das ist: Manche Männer können niemals genug kriegen.«

»Das klingt so, als ob Mike eine männliche Ausgabe von dir ist.«

Ginny schüttelte den Kopf. »Daran ist überhaupt nichts Schlimmes. Ich schäme mich nicht dafür, daß ich den Sex mit Männern genieße.«

»Auf Wiedersehen, Ginny.«

»Du brauchst überhaupt nicht böse auf mich zu sein, Cleo. Ich habe nichts getan.«

Cleo lachte bitter auf. »Du bist nur ein blondes Dummchen, das auf die bösen Sprüche eines Mannes hereingefallen ist, nicht wahr? Wahrscheinlich sollte ich dich noch umarmen und mich bei dir bedanken.«

»Es tut mir leid, wenn ich dich aufgebracht habe. Aber es ist vorbei und vergessen.«

»Du hast mich nicht aufgeregt«, erwiderte Cleo. »Du hast mich nur überrascht. Und was mich noch mehr überrascht, ist die Tatsache, daß Mike einen so schlechten Geschmack hat.«

Beim letzten Satz zuckte Ginny zusammen. »Ich bin nicht hergekommen, um mich von dir beleidigen zu lassen. Wenn du schon jemanden beleidigen willst, denke bitte an die drei schwarzen Mädchen, die Mike für Hampton unter Vertrag genommen hat. Er hat das bestimmt nicht nur wegen ihrer schönen Augen getan. Dann denk auch noch an die reizende Fanny Mason, von der er dir als reizendes Geschenk einen kleinen Tripper mitgebracht hat. Denk auch an . . .«

Cleo ging langsam zum Badezimmer und schloß sich darin ein. Sie hatte keine Lust mehr, sich Ginnys Plappereien noch länger anzuhören. Vor allem wollte sie nicht noch mehr von Mikes Seitensprüngen erfahren, als sie ohnehin schon wußte. Es war schlimm genug, daß sie existierten.

Sie setzte sich auf den Fußboden und dachte darüber nach, daß sie schon zum zweitenmal innerhalb kurzer Zeit Zuflucht im Badezimmer nehmen mußte. Zuerst Dominique und jetzt Ginny. Fast zum Lachen.

Ginny klopfte gegen die Badezimmertür und schrie: »Es überrascht mich überhaupt nicht, daß Mike in der Gegend herumfickt. Du bist so eiskalt, daß ihm wahrscheinlich sein Schwanz von allein stehenbleibt, wenn ihr beide vögelt.«

Es ist wirklich schön, Freunde zu haben, dachte Cleo bei sich. Menschliche und ehrliche und nette Individuen, die immer zur Stelle sind, wenn man sie braucht.

Tatsache war, daß sie im Moment keinen Menschen hatte, mit dem sie reden konnte. Ihre Mutter nicht. Dominique nicht. Susan erst recht nicht. Ginny auch nicht. Nicht einmal mehr Russell. Die Männer, die sie kannte, waren ihr gegenüber genauso mies wie ihre Freundinnen.

In einem Anfall von Wut dachte Cleo ernsthaft daran, das nächste Flugzeug nach New York zu nehmen, zu Russell zu gehen und sofort mit ihm ins Bett zu steigen. Damit könnte sie Mike schon einiges zeigen. Vor allem wäre es eine süße Revanche. Aber es war ein kindischer Gedanke, und Cleo schob ihn bald resignierend weg.

Sie überzeugte sich, daß Ginny gegangen war und legte sich ins Bett. Sie wollte eine Nacht nur durchschlafen. Sie rief die Rezeption an, daß man ihr keine Gespräche mehr durchstellen sollte.

Dann schloß sie noch ihre Zimmertür zu. Als sie wieder im Bett lag, nahm sie zwei Schlaftabletten, und dann fiel sie in tiefen Schlaf.

33

Marty überreichte Muffin die Zeitungen. »Wir sind auf allen Titelseiten drauf«, sagte er voller Stolz. Muffin quietschte vor Vergnügen und betrachtete begeistert die Bilder.

Nach einer Weile wurde Marty nervös. »Mein Manager war vorhin hier, und er war leicht sauer. Ich wollte ihm nichts über uns erzählen, weil die Fans solche Geschichten nicht mögen.«

Muffin nickte verständnisvoll.

Marty ging im Zimmer auf und ab. »Ich habe heute einen Tag mit lauter Publicity-Veranstaltungen vor mir. Und heute abend noch das große Konzert. Wir könnten morgen ganz früh aufbrechen und heiraten, bevor irgend jemand etwas davon merkt. Dann können sie nichts mehr dagegen unternehmen. Wie heiratet man hier? Ist es einfach?«

»Das weiß ich selber nicht.«

Marty runzelte die Stirn. »In den Staaten muß man Blutuntersuchungen machen lassen und erst eine Unmenge Formulare ausfüllen. Ich glaube, es dauert eine Weile.«

Muffin überlegte einen Augenblick. »Am besten rufen wir ›Caxton Hall‹ an. Dort heiraten doch alle Stars, und sie können uns am besten sagen, was wir tun sollen.«

»Großartige Idee«, rief Marty. »Was bin ich froh, daß sie meine Mutter von hier weggebracht haben. Mit ihr wäre das Ganze hinderlich und undurchführbar, weil sie dauernd hinter mir her ist. Sie verfolgt mich überall hin, sogar ins Badezimmer.«

Er rief die Rezeption an und sagte, daß er mit ›Caxton Hall‹ verbunden werden wollte. Muffin setzte sich auf seinen Schoß und kraulte ihn im Nacken. Was würden die anderen Mädchen sagen, wenn sie über ihre Hochzeit mit Marty lesen würden? Was würde Jon dazu sagen?

Die Verbindung war hergestellt, und Marty fragte in das Telefon: »Entschuldigen Sie bitte, ich möchte heiraten. Was brauche ich dazu?«

Als er auflegte, fragte Muffin: »Was haben sie dir alles erzählt?«

Marty rümpfte die Nase. »Du brauchst eine Geburtsurkunde, und ich brauche einen gültigen Paß. Du mußt zu deinem Meldeamt gehen und ihnen sagen, daß wir heiraten wollen. Dann mußt du ihnen noch sagen, daß wir seit mindestens vierzehn Tagen ununterbrochen zusammenleben. Du bekommst dann die Bescheinigung, und wir können heiraten.«

Sie legte ihre Hände um seinen Hals. »Das wird herrlich werden, Marty.«

Er trug sie auf das Bett, und sie legten sich eng zusammen und küßten sich.

Nach einer Weile löste sich Marty von ihr. »Ich muß mich jetzt anziehen und gehen. Du kannst dann deine Unterlagen besorgen. Geht das?«

»Natürlich.«

»Wir müssen sehr vorsichtig sein, damit niemand Verdacht schöpft. Du gehst am besten nach Hause und benimmst dich wie immer. Wir können dann morgen früh miteinander telefonieren. Wenn du in der darauffolgenden Nacht herkommst, können wir am nächsten Morgen gleich heiraten.«

»Und was soll ich Jon sagen?«

Marty überlegte einen Moment. »Sag ihm überhaupt nichts. Tu das, was du immer tust.«

»Als ob nichts geschehen wäre?«

»Ganz genau«, erwiderte Marty grinsend. »Wir haben uns seit der Party nicht gesehen.«

»Dann habe ich die Nacht bei einer Freundin verbracht?« fragte Muffin.

»Das kannst du ihm sagen.« Marty runzelte die Stirn. »Und jetzt fährst du am besten zu deinem Meldeamt und erledigst die Formalitäten.«

»Hoffentlich klappt das.«

»Du wirst bald Mrs. Pearl sein.«

Muffin seufzte tief. »Ich weiß nicht, wie ich die kommende Nacht ohne dich aushalten soll.«

»Vielleicht kannst du Jon dazu bringen, mit dir in mein Konzert zu gehen.«

»Dann sehe ich dich wenigstens auf der Bühne. Wahrscheinlich werde ich nasse Hosen kriegen.«

Marty gab ihr einen langen Kuß. »Du bist einfach Klasse, Muffin.«

»Wo, zum Teufel, hast du bloß die ganze Zeit gesteckt?« fragte Jon wütend. »Ich habe mir den Kopf zerbrochen, wo du sein könntest, und überhaupt nicht geschlafen.«

Muffin kraulte Scruff im Fell und ignorierte seine Frage. Sie schien Jon gar nicht zu hören.

»Was ist?« fragte Jon.

»Mir geht es gut.«

»Das sehe ich auch«, erwiderte Jon verärgert. »Ich habe alle Krankenhäuser in der Umgebung angerufen und gefragt, ob du eingeliefert worden bist.«

»Ich war bei einer Freundin.«

»Wie heißt sie?«

Muffin blickte zu ihm hoch. »Sie hat nichts mit unserem Geschäft zu tun.«

»Sei nicht albern.«

»Sei nicht so neugierig.«

Jon holte tief Luft, dann sagte er: »Ich bin für eine Unterzeichnung verabredet, und ich bin schon viel zu spät dran. Du hättest um elf Uhr im Studio sein sollen, um dich für ein paar Aufnahmen fertigzumachen. Ruf an und geh dann gleich hin. Wir können über diese Geschichte zwischen uns beiden auch noch später reden. Ich will dir nur sagen, daß ich mich beschissen fühle.«

Muffin warf ihm einen verdrießlichen Blick zu, aber sie sagte nichts.

»Ich bin wieder gegen fünf Uhr zurück«, fuhr Jon fort. »Wir beide werden uns dann mit Jackson treffen, denn er ist ein großes Tier in seiner Branche in den Vereinigten Staaten. Versuch also ein wenig netter und freundlicher zu ihm zu sein als in der vergangenen Nacht. Er könnte viel für uns tun. Sieh dir nur an, was er aus Marty Pearl gemacht hat.«

»Sollen wir in das Konzert von Marty gehen?«

»Ich weiß nicht.«

Muffin stand vom Fußboden auf und blickte Jon an. »Ich möchte gerne hingehen.«

»Wie du willst.«

Als Jon aus dem Haus war, rief Muffin ihre Mutter an. »Ich brauche dringend meine Geburtsurkunde.«

»Die liegt in dem Album mit den süßen Kinderbildern von dir. Ich habe erst neulich mit deinem Vater mir die Bilder angesehen, als du laufen lerntest.«

»Kannst du mir die Urkunde herauslegen?«

»Natürlich, mein Kind. Erst vor ein paar Tagen habe ich deiner Tante Hildy gesagt . . .«

Muffin legte den Hörer auf und nahm sich ein Taxi, das sie nach Wimbledon brachte. Sie ließ den Wagen warten, während sie die Urkunde von ihrer Mutter holte. Dann fuhr sie weiter zu ihrem Meldeamt und erklärte dort, daß sie so schnell wie möglich heiraten wollte.

In London fuhr sie dann direkt zu ›Harrods‹ und kaufte sich für einen halben Monatsverdienst Kleider ein. Sie hatte das Gefühl, daß sie das mal wieder brauchte.

Zum Schluß ging sie noch in die Schallplattenabteilung des Kaufhauses und besorgte sich die letzte Single von Marty Pearl. Dann fuhr sie nach Hause.

Anthony Private blickte sein Gegenüber streng an. »Erzählen Sie mir bitte, wie Sie sich fühlen, wenn elf- und zwölfjährige Mädchen in Ihrem Konzert völlig außer Kontrolle geraten und Dinge tun, die sie sonst nicht tun würden?«

Marty blickte verängstigt zu Jackson hinüber und erhoffte sich von ihm eine Antwort.

Jackson schaltete sich auch sofort ein. »Wir fühlen, daß die Mädchen ihre Zeit bei uns sinnvoll verbringen, denn sie können endlich einmal das tun, was sie wollen und was ihnen Spaß macht.«

Anthony Private blickte Marty durchdringend an. »Und wie denken Sie darüber?«

»Wir fühlen . . . ich meine, ich fühle . . .« Er räusperte sich, blickte hilflos von Private zu Jackson und wieder zu Private und sagte dann: »Wir fühlen dann, daß die Mädchen ihre Zeit bei uns sinnvoll verbringen.«

»Meinen Sie nicht auch, daß das manchmal gefährlich sein kann? Denn die Erfahrungen bei Konzerten dieser Art haben bewiesen, wie gefährlich sie sein können. Manchmal werden Menschen zu Tode getrampelt.«

»Das war aber nicht bei einem Konzert von Marty Pearl«, warf Jackson ein.

»Ich weiß, aber . . .«

Jackson schaltete sich wieder ein. Er zeigte auf Marty, der hilflos an einem Cocktail nippte. »Er würde sofort sein Konzert stoppen, wenn es Verletzte dabei gegeben hätte. Wir gehen eben kein Risiko ein.«

»Würden Sie das tun, Marty?«

»Natürlich würde ich das tun.«

Anthony Private kaute einen Moment auf den Lippen und schrieb dann etwas in sein Notizbuch »Was halten Sie von Sex, Marty?«

»Was hältst du von Sex, Marty?« fragte Jackson sofort nach.

Anthony Private schaltete sich gleich wieder ein. »Vielleicht könnte Marty uns von seinen ersten sexuellen Erfahrungen berichten?«

Wieder schaltete sich Jackson ein. »Marty ist ein sehr religiöser Mensch. Und er glaubt auch, daß er noch zu jung ist, um derartige Erfahrungen zu machen. Er trifft sich noch nicht einmal mit Mädchen. Sein Herz gehört all seinen Fans.«

»Wollen Sie damit sagen, daß Marty noch nie eine Frau berührt hat?«

»Gibt es daran etwas auszusetzen?« fragte Jackson unwillig zurück.

»Keineswegs.«

Marty schob seinen Cocktail beiseite. Er hatte keine Lust zu essen und keine Lust zu trinken. Das Bild der nackten Muffin tanzte vor seinen Augen.

»Vermissen Sie es nicht, eine Freundin zu haben?« fragte Private.

Marty schüttelte automatisch den Kopf. »Ich habe Tausende von Freundinnen unter meinen Fans. Sie schreiben mir, kommen in meine Konzerte und senden mir Fotos von sich. Diese Briefe sind mir Liebe genug.«

»Ich verstehe«, sagte Anthony Private und wußte nicht mehr, was er fragen sollte.

34

Ginny Sandler traf Mike in der Bar. Sie setzte sich auf den Stuhl neben ihn. »Ich muß dich gleich vor mir warnen«, sagte Ginny. »Ich bin in den Augen mancher Menschen durch und durch eine Nutte.«

»Wie bitte?«

Ginny rutschte auf dem Stuhl herum. »Ich habe deine Geschichte bestätigt.«

»Welche Geschichte?«

»Über uns beide.«

Mike wußte noch immer nicht, woran er war. »Was haben wir beide denn getan?«

»Hast du denn Cleo nichts davon erzählt?« fragte Ginny überrascht zurück. Dann zuckte sie gleichgültig mit den Schultern. »Aber das ist auch egal. Cleo und ich *waren* einmal Freundinnen. Jedenfalls weiß sie, daß wir beide vor drei Jahren zusammen ins Bett gegangen sind.«

»Sie weiß das?«

Ginny nickte. »Das mußte ich ihr zugeben. Natürlich habe ich ihr nichts davon gesagt, daß wir außerdem noch einmal im Monat zusammen vögeln. Ich hielt es nicht für nötig, diese Tatsache zu erwähnen.«

»Wie nett von dir.«

»Nicht wahr?« Ginny blickte Mike lächelnd an. »Das ist jetzt leider auch vorbei, Mike. Ich bin nämlich unsterblich verliebt. Und diesmal ist es die wirklich ganz große Liebe. Also werde ich auch treu sein.«

»Das wäre neu.«

»Einmal fängt jeder damit an.« Sie blickte sich um. »Bestellst du mir bitte einen Martini?«

Mike blickte sie durchdringend an. »Dann hast du ihr also doch über uns erzählt.«

»Kein Wort habe ich gesagt.«

Mike schüttelte verärgert den Kopf. »Dann hat sie es eben auf andere Weise aus dir herausbekommen, und du bist darauf hereingefallen.« Er blickte sie abschätzend von Kopf bis Fuß an. »Du hast nicht mehr Verstand als ein hirnloser Spatz.«

»Aber eine reizvolle Möse, oder? Jedenfalls hast du bei deinen monatlichen Besuchen nichts gegen sie einzuwenden gehabt.«

Mike vergrub seinen Kopf in beide Hände. »Cleo wird mir die Sache mit dir niemals verzeihen.«

Ginny erhob sich mit beleidigtem Gesicht. »Du und deine Ehefrau, ihr habt vielleicht eine reizende Art, die Dinge anzugehen. Vergiß den Drink für mich.« Sie wandte sich abrupt um und verließ den Raum.

In Mikes Kopf ging alles durcheinander. Am besten würde es sein, wenn er alles abstritt. Die Sache mit Susan und die Sache mit Ginny. Bei Susan hatte sie ihn erwischt. Aber das konnte man vielleicht irgendwie erklären.

Cleo, wollte er sagen, glaubst du wirklich, daß ich mit einer so blöden Frau ins Bett gehe? Was konnte Cleo darauf antworten? Mike wußte es nicht. Aber er wußte, daß er mit Ginny ins Bett ging, seit sie siebzehn Jahre alt war. Der Grund für diese Gewohnheit war einfach: Mit ihr trieb er die ungehemmteste Fickerei, die in seinen Augen möglich war. Sie hatte ein Spatzenhirn und war unsäglich dumm. Aber bei dem Gedanken an ihre gemeinsamen Bettszenen leuchteten Mikes Augen auf, und er wünschte sich, mehr Frauen von der Art von Ginny Sandler zu kennen.

Vielleicht konnte er diesen Umstand Cleo schildern und sie Verständnis für seine Handlungsweise haben. Aber bei längerem Nachdenken glaubte er nicht daran. Und die vielen anderen Frauen würde sie genauso wenig begreifen wie sein Verhältnis mit Susan oder Ginny. Cleo konnte er auch keine Vorwürfe deswegen machen. Also mußte er alles leugnen.

Er stand auf und ging zum Haustelefon. Von dort aus rief er ihr Zimmer an. Keine Antwort. Er stieg in den Fahrstuhl und stellte sich vor ihr Zimmer. Dann hämmerte er mit den Fäusten gegen die Tür. Wieder keine Antwort. Aber das überraschte ihn nicht. Er zog einen Zettel aus der Tasche und schrieb ihr eine Nachricht darauf. Dann schob er den Zettel unter ihre Tür. Morgen würde vielleicht sein Glückstag sein.

Eine große Menschenmenge wartete vor dem Theater, in dem Little Marty Pearl kurz vor seinem Auftritt stand. Junge Mädchen drängten sich noch zum Eingang und kreischten und schrien hysterisch durcheinander. Die meisten von ihnen trugen T-shirts, auf denen sein Kopf zu sehen war, andere bekundeten ihre Liebe zu ihm mit Transparenten.

Mike traf mit Jackson vor dem Eingang des Theaters ein, und sie wurden sofort von kräftigen, uniformierten Männern umringt, die ihnen Einlaß verschafften.

Dann gingen sie schnell hinter die Bühne und sahen Little Marty, der an einem Tisch saß und hastig eine Kleinigkeit aß. Seine weiße Kleidung hatte man vorsichtshalber mit ein paar Tüchern bedeckt.

»Wie geht es?« fragte Mike.

»Ich bin froh, wenn alles vorbei ist«, erwiderte Little Marty.

»Das kann ich verstehen«, gab Mike grinsend zurück. Dann blickte er in den Spiegel, der dicht vor ihm hing, und schloß für einen Moment die Augen. Er sah grauenhaft aus.

Jackson kam geschäftig vorbei. »Bis jetzt sieht alles gut aus. Habe ich recht?«

»Ja. Alles ist prächtig.«

»Der Saal ist knallvoll, die Karten alle verkauft, und die lieben Kleinen hier lieben unseren Marty über alles. Ich gehe jetzt schnell in den Presseraum und nehme einen Drink zu mir. Sehen wir uns nach dem Konzert zum Essen?«

»Vielleicht«, erwiderte Mike.

»Ich habe Gäste.«

»Wen denn?«

Jackson grinste vor sich hin. »Du erinnerst dich doch an Laurie, diesen kleinen, geilen Teufel. Dann kommt noch der Fotograf, der die Bilder von Marty und Muffin gemacht hat. Außerdem noch die Blonde, die du gestern sitzengelassen hast.«

»Erica?«

Jackson zuckte mit den Schultern. »Ich kann mir Namen einfach nicht merken.«

Jetzt mischte sich Marty in das Gespräch. »Ich möchte auch einen Drink haben.«

»Nach der Show«, befahl Jackson.

»Warum nicht jetzt?« fragte Marty zurück. »Meine Mutter sieht es doch nicht.«

Jackson griff sich an den Kopf. »Wenn ich das gewußt hätte, wäre sie jetzt hier.«

»Nur einen Scotch mit ein wenig Cola«, sagte Marty in flehendem Ton.

Jackson schüttelte den Kopf. »Willst du nachher vielleicht auf die Bühne pissen?«

»Natürlich nicht.« Marty erhob sich.

»Wohin gehst du jetzt?« fragte Jackson und trat zu ihm.

»In den Presseraum.«

Jackson legte eine Hand auf seine Schulter. »Setz dich. Ich hole dir den Drink.«

»Ich möchte aber gerne die Leute dort sehen«, beharrte Marty.

»Nach der Show.« Jackson drückte ihn auf den Stuhl zurück. »Du kannst gerne mit uns essen gehen, wenn du nicht zu müde bist.«

Marty grinste ihn an. »Danke.«

Mike ging in den Presseraum und blickte sich um. Er konnte Erica nirgends entdecken. Er schlenderte herum und sah dann, wie sie zu einer Tür hereinkam. Sofort ging er auf sie zu. In manchen verzwickten Situationen empfand Mike es als wohltuend, daß es eine Sache wie Sex gab.

»Da bin ich wieder«, sagte er zu ihr.

»Sie sind ein Scheißkerl«, sagte sie, aber es klang wie das Gegenteil. »Wo sind Sie in der letzten Nacht geblieben? Bei einer anderen Frau?«

Mike schüttelte den Kopf. »Ich habe Sie verlassen, weil ich so scharf auf Sie war. Ich hätte Sie gestern abend bestimmt quer über den Tisch gelegt, aber ich weiß nicht, ob es Ihnen vor den vielen Leuten gefallen hätte.« Er legte ihr eine Hand auf die Schulter. »Kann ich dich heute abend ficken?«

Erica zog die Augenbrauen in die Höhe. »Verlierst du immer so wenig Zeit?«

»Manchmal.«

»Du bist sehr direkt.«

Mike zuckte mit den Schultern. »Du bist eine schöne Frau und ein modernes Mädchen. Was ist daran falsch, wenn wir beide ficken, weil wir es wollen?«

»Daran ist nichts falsch. Aber . . .«

»Aber was?«

Erica verzog den Mund und fuhr sich mit der Zunge über die Lippen. »Woher weißt du überhaupt, ob ich es auch mit dir tun will?«

»Willst du es nicht?«

»Vielleicht.«

Mike drückte mit der Hand ein wenig zu und spürte die Haut unter ihrem Kleid. »Wir beide wissen genau, daß du es gerne mit mir tun willst.«

»Leute«, hörten sie die Stimme von Jackson, »das Konzert geht los.«

Mike verstärkte seinen Griff. »Wir beide bleiben hier in diesem Raum.«

»Warum?«

»Kannst du dir das nicht denken?«

Erica sah ihn fragend an. »Ich möchte mir gerne die Show ansehen.«

»Wir machen selber die Show.«

Sie lachte plötzlich auf. »Du bist ein gemeiner Schuft. Aber du gefällst mir.«

Sie warteten, bis sich der Presseraum geleert hatte. Dann schloß Mike die Türen zu und blickte Erica an.

»Hier gibt es noch nicht einmal ein Sofa«, wandte Erica ein.

Mike legte beide Hände auf ihre Schultern und löste hastig die Träger ihres Kleides. Sie trug keinen BH, und Mike streichelte über ihre Brüste. Nach einer Weile spürte er, wie sich ihre Brustwarzen aufrichteten.

Erica öffnete seine Hose und faßte hinein. »Mein Gott, bist du schon weit«, sagte sie erregt und zog ihm die Hose ganz aus.

Dann küßten sie sich, und Mike spürte, wie ihre Zunge suchend in seinem Mund herumfuhr. Er knetete ihre Brüste immer stärker durch und spürte, wie sich seine Erregung auf Erica übertrug

»Der Fußboden ist hart«, sagte Erica und atmete schwer zwischen den einzelnen Worten.

»Ich weiß, wer noch hart ist«, erwiderte Mike.

Sie zogen sich hastig aus, und dann sagte Erica: »Ich will oben liegen. Dann bleibt der Fußboden für dich.«

Sie rutschte auf ihn, öffnete plötzlich die Beine, und er stieß hart in sie hinein. Dann bewegten sich ihre Körper im gleichen Rhythmus.

»Bist du soweit?« fragte sie keuchend.

»Jederzeit.«

»Dann los.«

Sie kamen fast zusammen, und es dröhnte in ihren Ohren. Wie von weitem hörten sie das Johlen und Schreien und Kreischen der Fans, die bei dem Konzert von Little Marty ihren Gefühlen freien Lauf ließen.

»Ich tue es auch immer wie eine große Huldigung«, murmelte Erica in Mikes Ohr.

35

Muffin ging in dem Geschrei der Fans unter, und sie merkte immer mehr, wie sie von der Ekstase der Menschen mitgezogen wurde. Die Mädchen in dem großen Saal hatten die Kontrolle über sich schon längst verloren.

Little Marty stolzierte auf der Bühne herum, präsentierte sich in allen möglichen Stellungen, schrie und brüllte ins Mikrofon und machte mit seiner Gitarre obszöne Bewegungen.

»Der Kerl ist ja ungeheuer sexy«, schrie Laurie. »Der bewegt seine Gitarre wie seinen Schwanz.«

Jon blieb ungerührt. Jackson mochte aus dem Knaben auf der Bühne vielleicht einen Star gemacht haben, aber was hatte das Wunderkindchen denn wirklich zu bieten? Er sah ganz gut aus, aber nicht anders als viele Jungen in seinem Alter aus dem amerikanischen Mittelstand auch. Von Talent keine Spur. Nur eingepackt in weißen Stoff und hochhackige Stiefel. Seine Stimme war durch das Gekreisch im Saal kaum noch zu hören, und was er auf der Gitarre anstellte, glich dem Gezupfe eines Anfängers.

Aber die Mädchen hier liebten ihn, sie waren verrückt nach ihm, und Ausgeflipptheit war der Name des Spiels, das hier getrieben wurde.

Es kam Jon in den Sinn, daß Muffin das gleiche tun konnte. Sie war ebenso wie Little Marty in der Lage, eine Gitarre zu halten und mit dem Instrument obszöne Bewegungen durchzuführen. Es kam Jon wie ein großartiger Gedanke vor. Die Jungen würden verrückt nach Muffin sein. Er mußte unbedingt mit Jackson darüber sprechen und ihm die Sache nahebringen. Vielleicht konnte er es organisieren, daß von Muffin bald eine Platte aufgenommen würde. Dann brauchte sie nur noch in der Hitliste aufzutauchen . . .

Little Marty kam allmählich zum Schluß der Vorstellung. Sein Make-up lief ihm schon in Bächen das Gesicht hinunter, aber das schien niemanden im Saal zu stören. Ebensowenig der schweißdurchtränkte, ehemals weiße Anzug.

Muffin sprang immer wieder von ihrem Sitz auf und schrie mit der Menge der Fans, und Laurie setzte sich schon lange nicht mehr, sondern schrie und brüllte ununterbrochen zur Bühne hin.

Jon beobachtete die beiden eine Zeitlang und schüttelte dann verwundert den Kopf. Er kannte die beiden Frauen schon sehr lange und glaubte, sie zu kennen. Aber er mußte sich eingestehen, daß er eine derartige Verzückung und Rage bei ihnen bisher noch nicht gesehen hatte.

Schließlich war alles vorbei. Aber plötzlich ging der ohrenbetäubende Lärm wieder los, weil fast alle im Saal nach Zugaben von Little Marty schrien.

»Können wir nicht endlich gehen?« rief Jon den beiden Frauen zu.

»Wo ist Jackson?« brüllte Laurie zurück.

»Wir treffen uns alle im ›Tramp‹.«

»Oh, prima, dort geh ich gerne hin.« Laurie war begeistert.

»Können wir nicht noch hinter die Bühne gehen?« fragte Muffin.

Jon blickte sie entgeistert an. »Damit wir mitten in den Haufen voller Verrückter geraten? Da weiß ich, wie ich den Abend vernünftiger herumbringe.«

Muffin blickte ihn schmollend an. »Ich möchte aber Little Marty sagen, wie toll seine Show war.«

»Ich bin überzeugt davon, daß sein Umkleideraum mit hysterischen Mädchen überfüllt ist, die ihm alle das gleiche sagen. Du kannst ihn nachher sowieso sehen, weil Jackson ihn zum Essen mitbringt.«

Laurie sprang vor Freude noch einmal hoch. »Wow, dann kann ich diesen sexgeladenen Jungen mit meinen eigenen Händen anfassen und umarmen!«

Muffin schaffte es, eine passende Antwort hinunterzuschlukken. Oh, wie neidisch wäre Laurie, wenn sie wüßte, was in der vergangenen Nacht passiert war. Und jetzt würde es nur noch einen Tag dauern, und *alle* wären neidisch.

Jon gegenüber fühlte sie sich ein wenig schuldig. Gleichzeitig war sie sicher, daß er sie verstehen konnte. Wahrscheinlich würde er sich sogar amüsieren, wenn er das Geschehen begriffen hätte. Denn tief in ihrem Inneren wußte Muffin, daß er niemals bereit gewesen war, nochmals eine Ehe einzugehen. Der Anruf von Jane hatte ihre letzten Zweifel nur noch einmal bestätigt. Alles andere waren Kompromisse, die Jon aus Gefälligkeit ihr gegenüber einging.

Jon würde sie bestimmt im Geschäft behalten. Dann waren sie Geschäftspartner und konnten weiterhin gute Freunde bleiben.

Muffin war schließlich sogar überzeugt davon, daß alles zum Besten von Jon geschah. Sie beide hatten in der Vergangenheit viel Spaß miteinander gehabt, aber das war jetzt vorbei. Sie hatte Little Marty Pearl getroffen, und es war nicht ihr Fehler gewesen, daß sie sich beide unsterblich ineinander verliebt hatten. Es zeigte nur, daß sie Jon nicht mehr so liebte, wie dies am Anfang ihrer Beziehung der Fall gewesen war. Außerdem wollte Jon sie nicht heiraten, aber Little Marty war dazu sofort bereit gewesen. Das wai eben der Unterschied zwischen diesen beiden Männern.

Das Restaurant ›Tramp‹ war überfüllt, aber der Besitzer hatte einen großen Tisch für Jon und den ganzen Anhang in einer Ecke reserviert. Jon ließ sich mit Muffin und Laurie dort nieder.

»Ich hoffe, daß ich nicht pleite gehe, wenn erst die Rechnung kommt«, sagte Jon grinsend.

»Sei nicht albern«, giftete Muffin zurück.

Jon blickte sie stirnrunzelnd an. »Ich weiß zwar immer noch nicht, wo du in der vergangenen Nacht warst, aber wer es auch immer gewesen ist, sie haben dich nicht in der besten Laune nach Hause geschickt.«

»Es war eine Freundin von mir.«

Jon schwieg einen Moment. Dann sagte er: »Ich weiß nicht, warum du mich in dieser Beziehung anlügst. Aber du solltest deine Laune wechseln. Schließlich haben wir eine Verabredung, auf die du dich freust.«

In diesem Punkt hatte er recht, aber er wußte nicht, wie sehr er im Recht war. Denn sie waren zu einem Punkt in ihrer Beziehung gekommen, an dem sich alles ändern sollte, aber in anderer Weise, als Jon es dachte. Für ihn war bisher alles in Ordnung mit Muffin gewesen, aber für sie nicht mit ihm. Aber Jon dachte sich, daß er vieles klären konnte, wenn er erst den geschäftlichen Teil mit Jackson erledigt hatte. Er konnte sich dann in aller Ruhe mit Muffin zusammensetzen und über alles reden.

Laurie deutete auf einmal in den Raum. »Sitzt dort nicht Butch Kaufman?«

Muffin nickte. »Das ist er wirklich. Der Mann ist einfach umwerfend.«

»Völlig umwerfend«, bestätigte Laurie.

Jon beugte sich zu Muffin hin. »Tu mir bitte heute abend einen Gefallen und konzentriere dich voll und ganz auf Jackson. Es ist wichtig für uns.«

Laurie hatte seine Worte mitbekommen. »*Ich* habe mich in der letzten Nacht auf ihn konzentriert.«

Jon blickte sie an. »Dann konzentriere dich heute nacht noch einmal auf ihn, und ich werde eine Menge neuer Bilder von dir machen.«

»Wirklich?« fragte Laurie zurück. »Das ist genau, was ich brauche. Wann machen wir die Bilder?«

Sie kamen in einer Gruppe. Little Marty, Jackson, Mike James und Erica.

Jon schaffte es, daß Jackson direkt neben ihm saß, und deshalb war *er* zufrieden. Muffin gelang es, Marty neben sich zu bekommen, und deshalb war *sie* glücklich.

»Du bist so still geworden«, sagte Erica zu Mike. »Wolltest du nicht mit hierherkommen?«

»Ich wollte hier nur essen.«

Erica blickte ihn von der Seite an. »Sehr charmant und sehr unterhaltsam.«

»Wenn du dich mit mir langweilst, sitzt du mit dem falschen Mann hier.«

Erica legte eine Hand auf sein Knie. »Wenn das vorhin nur ein Beispiel für weitere Taten dieser Art war, sitze ich nicht neben dem falschen Mann. Ich könnte mir sogar denken, daß es dir gefallen würde, die Nacht in meiner Wohnung zu verbringen. Und ich glaube nicht, daß wir beide uns dabei sonderlich langweilen werden.«

Mike nickte ihr stumm zu. Die Idee war gut. Er würde bei Erica genug zu tun bekommen, damit seine Gedanken nicht immer um Cleo kreisten.

Muffin beugte sich zu Marty. »Ihr Konzert war wirklich fantastisch.«

Marty grinste sie an, und sie rieben sich unter dem Tisch die Beine aneinander.

Jon sagte zu Jackson: »Mir ist bei dem Konzert von Little Marty etwas eingefallen, was ich für eine gute Idee halte. Können Sie sich vorstellen, daß Muffin ebenso mit der Gitarre umgehen kann wie Marty?«

»Kann sie überhaupt singen?« fragte Jackson und blickte Jon überrascht an.

»Natürlich kann sie das.«

Jackson nickte. »Dann ist die Idee tatsächlich sehr gut. Ich muß nur versuchen, sie irgendwie ins Fernsehen zu bekommen. Dann könnte etwas aus der Sache werden.«

Laurie schlang plötzlich ihre Arme um Jackson und küßte ihn lange auf den Mund.

Jon blickte sie stirnrunzelnd an. Auf diese Weise hatte er sich Jacksons Betreuung durch sie nicht vorgestellt. Später, Laurie, später, dachte er. Ich muß mich jetzt auf den geschäftlichen Teil konzentrieren.

Butch Kaufman erschien an ihrem Tisch. Groß, schlank und blond stand er vor ihnen. Er trug verwaschene Jeans und ein buntes Hemd.

»Hallo, Marty«, sagte er und nickte ihm zu. »Ich freue mich, dich hier in London zu treffen.« Dann nickte er Jackson zu. »Hallo, Jackson. Wie schafft ihr das nur, daß ich keine Zeitung aufschlagen kann, ohne in das Gesicht von Little Marty zu blicken?«

»Vergiß die Frauen nicht«, erwiderte Jackson und grinste Kaufman an.

Butch nickte. »Ihr habt euch dabei eine Menge hübscher Mädchen geangelt.«

»Willst du dich nicht zu uns setzen?« fragte Jackson erfreut.

»Gerne.« Kaufman drehte sich zu dem Kellner hin. »Bringen Sie noch drei Stühle und meine beiden weiblichen Begleiter hierher.«

Die Stühle wurden bald gebracht, und mit ihnen erschienen die beiden Frauen, die Kaufman begleiteten. Die eine war die Frau eines bekannten Popsängers, die andere war eine Schwarze mit blonden Haaren. Sie schienen aber mehr aneinander interessiert zu sein als an Butch Kaufman.

»Was macht dein neuer Film?« fragte Jackson, als Kaufman sich gesetzt hatte.

»Die Sache wird allmählich langweilig. Ich bin schon über drei Monate hier und fange langsam an, mich nach meinem Haus in Amerika zurückzusehnen. Wenn ich dort morgens aufstehe, kann ich den Ozean sehen. Und ich stürze mich dann jeden Morgen in die Wellen, gehe lange Zeit am Strand spazieren und verspeise danach ein riesiges Frühstück.«

Jackson nickte verständnisvoll. »Kennst du übrigens alle Leute hier am Tisch? Das ist Laurie, Jon, Muffin, Erica, und neben ihr sitzt Mike James von ›Hampton Records‹.«

Butch blickte Mike nachdenklich an. Dann gab er ihm die Hand. »Wir kennen uns noch nicht. Dafür kenne ich Mary Ellen besser.«

Laurie befeuchtete ihre Lippen. »Sie meinen den Film ›Romantisch‹. Ich habe ihn fünfmal gesehen. Er hat mich jedesmal völlig verrückt gemacht.«

»Ich habe ihn zweimal gesehen«, sagte Muffin. Dann stieß sie mit dem Knie gegen das Bein von Marty, zum Zeichen, daß sie ihn nicht vergessen hatte.

Butch grinste sie an. »Ich habe für diesen Film nur einen Klacks erhalten. Dabei wurde der Streifen einer der größten finanziellen Erfolge aller Zeiten. Natürlich bin ich bald zum Produzenten gegangen und habe ihn gefragt, ob ich nicht mehr Geld bekomme, weil er doch Millionen daran verdient hat. Aber er hat nur den Kopf geschüttelt und gesagt, daß er das unternehmerische Risiko trage.«

Laurie blickte ihn fasziniert an. »Es war so traurig, wie Sie am Ende gestorben sind. Es hat mich mitgenommen, weil es so echt aussah.«

»Daher hatte der Film auch einen solchen Erfolg«, erwiderte Butch.

Jackson schlug mit der Hand auf den Tisch. »Du solltest eine Platte machen, Butch.«

»Ich kann überhaupt nicht singen.«

»Kann Lee Marvin singen? Oder Rex Harrison? Oder Telly Savalas?« Er blickte Mike an. »Wie denkst du darüber? Ist das keine gute Idee von mir? Butch Kaufman singt eine ›Hampton‹-Single. Hört sich doch gut an. Sollen wir ihm einen Vertrag geben?«

Mike blickte Butch kalt an. »Sie waren letzte Nacht mit meiner Frau zusammen.«

»Wie bitte?« fragte Kaufman, weil er glaubte, sich verhört zu haben.

»Sie waren mit meiner Frau zusammen«, wiederholte Mike mit eisiger Stimme.

Am Tisch verstummten augenblicklich die Gespräche. Butch überlegte sich, mit welcher Frau er in den letzten Tagen im Bett gewesen war, aber er konnte sich nicht mehr genau daran erinnern. Er überlegte sich, wie die beiden Mädchen hießen, die er letzte Nacht gehabt hatte, aber er wußte ihre Namen nicht mehr.

Er blickte Mike grinsend an. »Sind Sie sicher, daß ich Ihre Frau überhaupt kenne?«

»Sie heißt Cleo.«

»Cleo«, rief Butch erleichtert aus. »Sie ist eine wirkliche Dame. Sie will einen Artikel über mich für das Magazin ›Image‹ schreiben.«

»Ich weiß«, sagte Mike. »Sie hat mir alles davon berichtet.«

»Das ist nett von Ihrer Frau«, sagte Butch und überlegte sich, was Cleo alles ihrem Mann erzählt haben könnte. Dann wandte er sich wieder an Mike. »Sie ist wirklich eine fantastische Frau. Wie lange sind sie beide schon verheiratet, wenn ich fragen darf?«

»Vier Jahre.« Mike blickte ihn noch immer verbissen an, aber er war sich seiner Sache nicht mehr so sicher. »Hat Sie Ihnen das nicht erzählt?«

»Kein Wort hat sie davon erwähnt.« Er machte eine weitausholende Handbewegung. »Sie wissen doch, wie wir Schauspieler bei Interviews sind: Wir erzählen die ganze Zeit nur von uns selber. Außerdem habe ich mich mit Cleo gar nicht über persönliche Dinge unterhalten.« Er blickte Jackson an. »Kann ich mit deiner Freundin eine Runde tanzen?«

Jackson nickte. »Ich habe nichts dagegen.«

Sofort sprang Laurie von ihrem Stuhl auf, und kurz darauf war sie mit Butch in der Menschenmenge verschwunden.

»Ich wußte gar nicht, daß ich einen so eifersüchtigen Ehemann neben mir habe«, flüsterte Erica zu Mike.

»Ich bin nicht eifersüchtig«, gab Mike ruhig zurück. »Ich wollte diesem Sonnyboy nur zeigen, daß er nicht der einzige Mann auf der Welt ist.«

»Sonst nichts?«

Mike schüttelte den Kopf. »Nein.«

»Leben deine Frau und du getrennt?«

»Nein.«

»Aber du gehst deine eigenen Wege«, sagte Erica und blickte ihn fragend an.

»Tue ich nicht. Meine Frau ist müde, und sie hat sich ins Bett gelegt. Deshalb kann ich heute nacht tun und lassen, was ich will.«

»Das können wir gerne zusammen tun.«

Mike nickte. Er ärgerte sich noch immer über Butch Kaufman, der ihn grinsend angesehen hatte, als ob er die ganze Sache nicht ernst nahm. Mike war sich sogar sicher, daß Cleo nichts mit ihm angefangen hatte, denn sie mochte diesen Typ von Mann überhaupt nicht. Aber ihm war gleichzeitig klar, daß Kaufman es bei Cleo versucht hatte. Denn jeder Mann wollte gerne mit Cleo ins Bett.

»Wenn wir beide zusammen ins Bett gehen, warum kann deine Frau dann nicht auch mit einem anderen Partner ins Bett gehen?« wollte Erica wissen.

Mike blickte sie verärgert an. »Was ich tue, ist allein meine Sache. Mit Cleo ist das ganz anders. Sie ist nicht daran interessiert, mit irgendeinem Affen ins Bett zu gehen. Sie hat dazu mich.«

»Sehr eingebildet.«

»Nenn es meinetwegen eingebildet. Cleo würde sich nicht für so etwas hergeben, weil sie zuviel Stil hat.«

Erica lachte laut auf. »Was bist du doch für ein rührender, altmodischer Junge.«

»Soll ich dir mal was sagen?«

»Was?«

Mike blickte sie mit zusammengezogenen Augenbrauen an. »Auf dem Fußboden, als wir beide gebumst haben, warst du ganz gut. Es ist aber eine ganz andere Sache, mit jemandem am Tisch zu sitzen und seine Meinung über Dinge zu äußern, von denen man keine Ahnung hat.«

Seit Butch mit Laurie tanzte, war Jon mit Jackson in eine geschäftliche Diskussion getreten. Muffin nahm die Gelegenheit wahr und flüsterte in Martys Ohr: »Ich habe alles Nötige vorbereitet.«

»Dann wird die Bombe bald platzen, und sie wissen dann alle Bescheid.«

»Darauf freue ich mich«, gab Muffin leise zurück, legte ihre Hand auf seinen Oberschenkel und krabbelte mit den Fingern höher.

Marty zuckte kaum merklich zusammen. »Ich würde damit aufhören, denn du weißt genau, was dann passiert.«

»Deswegen tu ich's doch«, gab Muffin leise zurück. »Leg deine Serviette auf deinen Schoß.«

Er tat das, was sie wollte, und Muffin öffnete seine Hose. Dann hielt sie seinen harten Penis in der Hand und streichelte sanft darüber.

»Wenn du so weiter machst, passiert noch ein Unglück«, flüsterte Marty.

»Wäre das schlimm?«

»Überhaupt nicht.«

Marty lehnte sich in seinem Stuhl zurück. »Sollen wir nicht bis morgen abend warten?«

Muffin kicherte. »Morgen abend machen wir weiter. Das hier ist so herrlich unanständig.«

Jon blickte sie überrascht an. »Was ist hier unanständig?« fragte er verwirrt.

Sofort zog Muffin ihre Hand zurück. »Überhaupt nichts. Ich habe nur laut gedacht.«

Jon kümmerte sich nicht um ihren Einwand. »Ich habe mit Jackson über einen Kalender gesprochen, den wir zusammen machen wollen. Er meint, daß wir auf Barbados einige Aufnahmen mit dir machen sollten.«

»Gute Idee.«

»Wir könnten in der nächsten Woche damit anfangen«, sagte Jon.

»Herrlich ist das«, erwiderte Muffin laut und wandte sich an Marty. »Ist das nicht eine tolle Idee? Aufnahmen auf Barbados?« Und sie brachen beide in schallendes Gelächter aus.

Jon wandte sich wieder an Jackson. Er ärgerte sich jedesmal darüber, wenn Muffin in ihre albernen und kindischen Stimmungen verfiel.

36

Cleo erwachte früh am Morgen. Sie fühlte sich frisch und munter und bestellte sich gleich ein ausgiebiges Frühstück aufs Zimmer. Dann setzte sie sich an den kleinen Schreibtisch und verfaßte den Artikel über Daniel Onel.

Nach einer Stunde war sie mit ihrer Arbeit fertig und rief die Rezeption an, daß die Anrufe für sie wieder durchgestellt werden konnten. Dann bestellte sie sich noch eine Sekretärin, die den Artikel abschreiben sollte.

Das Telefon klingelte nach einer Weile, und Cleo hob den Hörer ab. Zu ihrer Überraschung war ihre Mutter Stella am anderen Ende.

»Wir möchten gerne, daß du uns besuchst«, sagte Stella. »Nikai ist wieder von Athen zurückgekommen, und wir wollen eine kleine Party geben.«

»Das ist nett«, log Cleo. »Wann soll die Party stattfinden?«

»Heute abend gegen acht Uhr.«

Cleo sagte zu und legte den Hörer auf die Gabel. Kurz darauf ging das Telefon erneut. Diesmal war es Mike. Er wirkte zerknirscht und reumütig.

»Ich möchte dich an die Verabredung erinnern, die du mir versprochen hast«, sagte er.

»Das war, *bevor* ich mich mit *deiner* Freundin Ginny unterhalten habe.«

»Cleo, wir müssen miteinander reden.«

»Warum?«

»Ich muß dir einiges erklären.«

Cleo lachte auf. »Erklären? Was willst du mir denn erklären?«

»Du weißt genau, was ich meine. Die Dinge, die du gehört hast.«

Cleo machte einen Moment Pause. »Und was ist mit den Dingen, die ich gesehen habe?«

»Niemand ist perfekt.«

»Ich bin nicht scharf auf einen Mann, der perfekt ist. Aber ich will jemand, auf den man sich verlassen kann. Und ich bin nicht der Meinung, daß du zu dieser Sorte von Männern gehörst.«

Jetzt zögerte Mike mit der Antwort. »Aber ich kann dir das geben, was du brauchst.«

»Jetzt spielst du schon wieder auf Sex an. Aber damit sind die Probleme nicht aus der Welt zu schaffen. Auch wenn du dir das so vorstellst.«

Wieder entstand eine längere Pause. Dann sagte Mike leise: »Ich brauche dich, Cleo. Ich kann ohne dich nicht sein.«

»Du hast es auch geschafft, bevor du mich kennengelernt hast.«

»Du kannst manchmal ein stures Huhn sein«, sagte Mike.

»So etwas Ähnliches hast du mir schon einmal gesagt«, erwiderte Cleo.

Wieder entstand eine Pause, die Mike schließlich brach. »Ich habe viel über uns beide nachgedacht, Cleo. Und ich bin zu der Überzeugung gekommen, daß wir beide es noch einmal versuchen sollten.«

»Ein neuer Anfang?«

»Ja. Wir fangen einfach wieder ganz von vorn an.«

»Du meinst, wir sollen so tun, als ob nichts gewesen wäre?«

»Ja.«

»Dazu ist es jetzt zu spät«, sagte Cleo. »Das hätte dir früher einfallen müssen.«

»Es ist nie zu spät, wenn wir beide das wirklich wollen«, gab Mike verzweifelt zurück. »Wir könnten all die Dinge tun, die du immer gerne tun wolltest.«

»Zum Beispiel?«

»Wir könnten eine Familie gründen.«

»Tut mir leid, Mike«, sagte Cleo kalt. »Die Dinge haben sich geändert.«

»Wir können sie aber wieder so ausrichten, wie wir das gerne wollen.«

»Ich nicht, Mike. Ich nicht.«

Er hängte auf, und Cleo seufzte laut. Die Sache mit Mike nahm ein bitteres Ende. Was gab ihm eigentlich das Recht, all seine Lügen und Entschuldigungen vor ihr anzuführen, als ob nichts passiert wäre? Wenn sie es hinter sich gebracht hatten, waren sie beide um eine schmerzliche und traurige Erfahrung reicher. Und es war jetzt auch besser, wenn er sie für ein stures Huhn hielt. Die Trennung würde dann für beide einfacher sein. Sollte er von ihr denken, was er wollte. Er konnte dann seine eigenen Schuldgefühle ihr gegenüber besser verdecken.

Das Telefon klingelte erneut.

»Cleo? Hier spricht Shep Stone. Du tätest mir einen großen Gefallen, wenn du dich wieder um deine reizende Freundin kümmern würdest.«

»Wovon sprichst du überhaupt?«

»Von deiner Freundin Dominique. Ich glaube, daß sie nicht

ganz richtig im Kopf ist. Sie beschuldigt mich allen Ernstes, daß ich ihr einen goldenen Diamantring gestohlen haben soll. Kannst du dir das vorstellen?«

»Gestohlen sagst du?«

»Sie behauptet es jedenfalls. Um das zu verstehen, muß ich dir aber die ganze Geschichte erzählen. Kann ich dich nachher zum Essen sehen?«

»Meinetwegen.«

Shep Stone atmete sichtlich erleichtert auf. »Ich bin in zwanzig Minuten bei dir.«

Cleo legte den Hörer auf und ging ins Bad. Sie legte ihr übliches Make-up auf, als das Telefon erneut klingelte. Cleo schüttelte verärgert den Kopf. Sie würde nach diesem Gespräch an der Rezeption Bescheid sagen, daß sie nicht mehr gestört werden wollte.

Sie nahm den Hörer auf. »Ja?«

»Hier ist Butch. Ich spreche aus dem Studio. Warum hast du mir nicht erzählt, daß du einen eifersüchtigen Ehemann hast?«

»Du hast nicht danach gefragt.«

»Wirklich reizend. Ich bin ihm in der letzten Nacht begegnet, und er war sehr aufgebracht. Hast du ihm irgend etwas von uns beiden erzählt?«

»Bis jetzt noch nicht.«

Butch Kaufman fragte verärgert: »Was soll das heißen: ›bis jetzt noch nicht‹? Er gehört zu den Männern, die einem gleich in die Eier treten, wenn man sich mit ihrer Frau einläßt. Und das kann ich nicht zulassen, weil ich meine noch brauche.«

»Wo hast du ihn denn getroffen?«

»Im ›Tramp‹«, erwiderte Butch. »Er hatte eine scharfe Blonde dabei. Und er war furchtbar wütend darüber, daß wir beide zusammen gewesen sind.«

Cleo sagte zynisch: »Es tut mir leid, wenn dich so etwas nervös macht.«

»Ich bin nicht nervös«, schrie Butch in den Hörer. »Ich wollte dir nur über deinen Mann Bescheid sagen.« Als er sich wieder etwas beruhigt hatte, fragte er: »Was ist denn los mit euch beiden?«

»Ich lebe mit ihm in Scheidung.« Es war das erste Mal, daß sie das Wort Scheidung im Hinblick auf ihre Person aussprach, und sie fühlte sich danach irgendwie befreit. Ihre Gefühle Mike gegenüber hatten sich fast völlig abgekühlt. Was sie jetzt besonders verletzte, war die Tatsache, daß er sich sofort eine Blonde genommen hatte, als sie ihm entschieden gegenübergetreten war.

»Das ist ja großartig«, hörte sie die Stimme von Butch Kaufman. »Wollen wir heute abend zusammen zum Essen gehen?«

»Heute abend ist Familientreffen.«

Butch lachte kurz auf. »Du bist die einzige Frau in England, die mich gegen ihre Familie eintauscht, wenn vom Bett die Rede ist.«

»Das kann schon sein.«

»Wie ist es mit morgen?« fragte Butch Kaufman. »Oder mußt du dann für einen Freund den Babysitter spielen?«

Cleo überlegte einen Moment. Dann sagte sie: »Morgen würde gut passen. Es kann aber sein, daß ich nach Rom fliegen muß.«

»Für ein Interview?«

»Ja. Paulo Masserini.«

»Interessant.« Er machte eine kleine Pause und sagte dann: »Du weißt, daß ich nicht nur mit dir ins Bett will, sondern auch echte Gefühle für dich habe.«

Cleo stutzte. Spielte Butch jetzt den Verliebten, nur um mit ihr schlafen zu können?

Wieder hörte sie seine Stimme. »Weißt du übrigens, daß Ramo vollkommen niedergeschlagen ist? Er ist fast am Boden zerstört, weil es das erstemal in seinem Leben war, daß eine Frau seinen Schwanz gesehen hat und nein, danke sagte.«

»Ich habe keine Ahnung, was an dem Abend alles passiert ist, weil ich ziemlich betrunken war.«

»Ich auch«, erwiderte Butch. »Glaubst du, daß ich sonst mit zwei Nutten ins Bett gegangen wäre?«

»Dazu kenne ich dich zu wenig.«

»Wir holen das alles nach«, gab Butch zurück. »Morgen rufe ich wieder an.«

Cleo legte mit einem Seufzer den Hörer auf die Gabel. Dann rief sie in der Rezeption an, daß man ihr keine weiteren Gespräche mehr auf das Zimmer durchstellen sollte. Wenig später erschien die Sekretärin, und Cleo sagte ihr, daß sie drei Kopien von dem Manuskript brauche. Eine für New York, eine für sich selber und eine für Daniel Onel, wie sie es ihm versprochen hatte.

In der Halle des Hotels wartete Shep Stone. »Ich fliege schon morgen wieder ab«, gestand er ihr. »Deshalb bin ich auch so nervös. Außerdem macht mir deine Freundin das Leben nicht sehr leicht.« Er faßte sie am Arm und zog Cleo zur Tür. »Ich habe einen Wagen mit Fahrer gemietet. Wir können im ›Terrazza‹ essen.«

»Ich habe nicht viel Zeit.«

Als sie das Hotel verließen, kam Mike vorgefahren.

Cleo tat so, als ob sie ihn nicht erkennen würde, aber er war mit wenigen Schritten bei ihr.

Sie drehte sich zu Stone um. »Shep, ich möchte dir gerne meinen Mann vorstellen.«

»Hallo, Mike«, sagte Shep Stone erfreut. »Ich habe dich Jahre schon nicht mehr gesehen. Ich wußte gar nicht, daß Cleo deine Frau ist.«

»Ganz richtig: Sie ist meine Frau. Wo wollt ihr beide hinfahren?«

»Wir essen zusammen, weil ich ein Problem, das mich betrifft, mit ihr besprechen will.«

»Dann begleite ich euch.«

Cleo mischte sich in das Gespräch ein. »Das kommt überhaupt nicht in Frage.«

Shep blickte sie hilflos an. »Aber Mike ist doch dein Mann.«

»Das ist egal.«

Shep Stone ging auf Mike zu und legte ihm einen Arm um die Schulter. »Wie geht es dir, du altes Haus? Wir haben uns wirklich eine Ewigkeit nicht mehr gesehen, dabei sind wir früher eine Zeitlang zusammen im Geschäft gewesen.« Er schüttelte verwundert den Kopf. »Ich habe tatsächlich nicht gewußt, daß du verheiratet bist.«

Cleo überlegte sich, ob es für Shep einen Unterschied gemacht hätte, wenn ihm dieser Umstand bekannt gewesen wäre. Vielleicht wäre ihr dann lediglich der Anblick seines erigierten Penis erspart geblieben und das flehentliche Bitten, daß sie weitermachen sollte.

Mike blickte Cleo an. »Schreibst du jetzt auch über Sänger?«

Sie schüttelte den Kopf. »Nein. Wir überlegten uns gerade, wo die nächste Bürocouch steht, auf der wir vögeln können.«

Jetzt schaltete Shep sich ein. »Ich habe Cleo zufällig im Flugzeug nach London getroffen, und wir sind beide ins Gespräch gekommen. Sie hat mir über meine Flugangst hinweggeholfen, das war alles. Du weißt doch, wie empfindlich ich beim Fliegen bin.«

Mike ignorierte ihn. »Ich will jetzt mit Cleo allein sprechen.«

Shep ließ sich nicht abschütteln. »Sie hat mich mit einer reizenden Freundin von sich bekannt gemacht. Aber das hat Probleme gegeben. Und die wollte ich mit Cleo besprechen.«

»Wenn wir hier nicht zusammen reden, werde ich euch überall hin begleiten, wohin ihr auch geht«, sagte Mike und blickte Shep wütend an.

»Dann laß uns zusammen essen gehen«, sagte Cleo schulterzuckend.

Mike blieb störrisch. »Ich will nicht essen, ich will mit dir reden.«

»Dann heute abend«, erwiderte Cleo. »Wir können zusammen reden, und das ist dann auch alles. Keine weiteren Telefongespräche mehr, keine Besuche und keine weiteren Kontakte.«

»Du wirst anders darüber denken, wenn wir uns erst ausgesprochen haben.«

»Mag sein. Aber jetzt will ich endlich mit Shep über sein Problem reden.«

Mike nickte ihr zu. »Und wann sehen wir uns heute abend und wo?«

»Um acht im Hotel.«

»In Ordnung.«

»Soll Mike nicht doch mit uns essen gehen?« lenkte Shep ein.

»Kommt nicht in Frage«, erwiderte Cleo kalt. »Wir sollten jetzt endlich fahren, Shep. Wenn du wirklich Probleme hast, müssen wir die jetzt besprechen, weil ich heute noch andere Dinge zu erledigen habe.«

»Wir sehen uns dann später«, sagte Mike nun milder gestimmt. Dann wandte er sich an Shep. »Paß gut auf sie auf. Sie ist wertvoll und zerbrechlich.«

Cleo runzelte die Stirn, und sie ärgerte sich über das lasche Verhalten von Shep Stone. Dann stiegen sie beide in den Wagen ein.

Während der Fahrt sagte Shep vorwurfsvoll zu Cleo: »Du hast mir nicht erzählt, daß du mit Mike verheiratet bist.«

»Hättest du gefragt, ob ich verheiratet bin, hätte ich es dir erzählt. Wenn ich mich richtig an unser erstes Zusammentreffen erinnere, warst du krank vor Angst. Und danach warst du nur noch betrunken und hast die ganze Zeit von dir erzählt.«

»Du hättest es mir trotzdem sagen sollen«, beharrte Shep.

Cleo blickte ihn gelangweilt an, als er dann anfing zu erzählen, wie Mike und er sich zum erstenmal getroffen und gemeinsam gearbeitet hatten. Sie sah nur auf seinen Mund, der sich ununterbrochen bewegte und Worte und Sätze heraussprudelte.

Natürlich war es notwendig, daß sie und Mike sich zusammensetzten und über sich und ihre Zukunft sprachen. Man konnte nicht auseinandergehen, ohne über sich selbst und den anderen gesprochen zu haben. Besonders dann nicht, wenn man vier Jahre miteinander gelebt hatte. Viele Dinge waren zu klären. Einige Besitztümer mußten geteilt werden. Eine Scheidung mußte eingereicht werden.

Sie wollte keinen Pfennig von ihm haben. Wenn es nach ihr ging, konnte er auch die Wohnung behalten und alle Möbel. Das meiste davon gehörte sowieso ihm. Bei den anderen Sachen würde man sich gütlich einigen müssen, sonst würde sie ihm alles überlassen. Denn sie war sich darüber im klaren, daß sie sich nicht kleinkariertem Gezänk um irgendwelche Nippsachen preisgeben würde. Das einzige, was sie wollte, waren ein paar Plattenalben. Mehr nicht.

Wäre es nicht schön, wenn sie mit nur einem Koffer aus dem Haus gehen könnte, in dem sich alles befand, was sie brauchte? Dann wäre sie frei genug, um ein neues Leben anzufangen. Sie konnte dann gehen, wohin sie wollte, konnte tun, was ihr im Augenblick gefiel. Geld hatte sie genügend, das war kein Problem. Sie konnte dann Interviews machen, die ihr gefielen. Und die würde sie dann an Russell und sein ›Image‹ für viel Geld weiterverkaufen. Wenn er sie nicht haben wollte, war dies auch nicht schlimm, denn es gab genügend andere Magazine, zu denen sie noch Kontakt hatte. Nach dem Interview mit dem Senator hatte sie genügend Angebote bekommen.

Im Restaurant machte Shep viel Wirbel um sich. Er genoß offensichtlich den Umstand, daß jedermann ihn dort kannte.

Sie bestellten sich beide Spaghetti und eine Flasche Weißwein, und endlich kam Shep auf den Kern der Sache zu sprechen: »Ich habe deine Freundin gevögelt, wie sie dir sicher erzählt hat.«

Cleo nickte.

Shep fuhr fort: »Das Ganze ging von ihr aus. Sie sieht gut aus, und sie war irgendwie scharf auf mich. Und ich bin nicht der Mann, der in einer solchen Situation nein sagt. Wir sind also zu meinem Hotel gefahren und sofort zusammen ins Bett gegangen. Das war dann auch alles.«

»War das nicht genug?«

Shep nickte. »Vielleicht. Denn ich bin ein verheirateter Mann und kann mir nicht erlauben, negativ in die Schlagzeilen der Presse zu kommen.«

»Natürlich nicht.«

»Nachdem wir es also zusammen getan hatten, begann Dominique mich mit einem Bombardement von Telefonanrufen zu belästigen. Ich habe am Anfang versucht, sie auf freundliche Weise loszuwerden, aber sie wurde immer dreister. Eines Tages platzte sie dann in mein Zimmer, als ich gerade mit meiner Frau telefonierte.«

»Wie peinlich«, erwiderte Cleo sarkastisch und trank einen Schluck Wein.

»Nicht wahr?« erwiderte Shep Stone, ohne die Ironie zu bemerken. »Ich mußte sie also mit Gewalt von mir fernhalten, denn sie wollte unbedingt an den Apparat gehen, um meiner Frau alles über uns zu erzählen. Ich habe sie immer wieder von mir gestoßen, und sie hat dann im Eifer des Gefechtes ein blaues Auge abbekommen.«

»Das Auge war fast zugeschwollen.«

Shep zuckte mit den Schultern. »Das habe ich nicht absichtlich getan. Es war ein bedauerlicher Unfall, denn sie hat sich wie eine wilde Katze benommen.« Shep trank einen Schluck Wein und beruhigte sich wieder ein wenig. Dann fuhr er fort: »Dominique jedenfalls war völlig außer sich und fing an, in meinem Zimmer ihre Kleider zu zerfetzen. Ich merkte, daß sie nicht bei sich war und habe ihr nichts getan. Jedenfalls nicht das, was sie offensichtlich von mir wollte.«

»Sehr zurückhaltend.«

Shep schüttelte den Kopf. »Das machte sie dann noch verrückter, denn sie fing auf einmal an zu schreien und zu brüllen und wollte immer wieder einen Diamantring von mir haben, den ich ihr angeblich gestohlen haben sollte. Dabei habe ich niemals einen solchen Ring an ihren Fingern gesehen.« Er blickte Cleo hilflos an, und als sie schwieg, fuhr er fort: »Irgendwie konnte ich sie schließlich beruhigen. Als sie sich dann wieder aufregen wollte, bin ich mit ihr ins Bett gegangen, weil ich Angst davor hatte, daß sie wieder einen Krach anfängt. Aber kaum waren wir damit fertig, wollte sie, daß ich es noch einmal täte. Sie drohte mir, sonst meiner Frau und der Presse über mich Bescheid zu sagen. Und das konnte ich mir natürlich nicht erlauben, weil ich das Image des glücklich Verheirateten habe.«

Cleo nickte. »Du stellst eben deine Familie über dein privates Glück.«

»Das sollte ich tun.«

»Aber du hast es nicht getan. Und dein großer Fehler war, daß du mit einer Frau ins Bett gegangen bist, die mehr von dir wollte als einen schnellen Fick.«

»Ich brauche von dir keine moralischen Belehrungen«, erwiderte Shep verärgert. »Ich habe meine Lektion auch so erhalten. Ich habe ihr ein paar neue Kleider kommen lassen, und dann ist sie gegangen, nachdem sie mir versprochen hatte, mich nicht mehr telefonisch oder persönlich zu belästigen.« Er griff in seine Jacketttasche und holte ein Telegramm hervor. »Heute morgen schließlich kam dieser Wisch in mein Hotel.« Er überreichte das Telegramm Cleo, die es langsam las:

RUF MICH UM SECHS UHR AN ODER ICH WERDE DIE POLIZEI UND DEINE FRAU UND DIE PRESSE BENACHRICHTIGEN! DOMINIQUE

Shep blickte Cleo verzweifelt an. »Meine Frau liegt im Krankenhaus, weil sie in der nächsten Woche ein Kind erwartet. Sie hatte schon zwei Fehlgeburten bisher, deshalb haben ihr die Ärzte absolute Ruhe verordnet. Keine Aufregungen, keine Ärgernisse, wie sie zu mir gesagt haben. Wenn sie das Telegramm in die Hände bekommt, wird sie bestimmt durchdrehen.«

»Du hättest ein wenig früher an deine Frau denken sollen«, bemerkte Cleo.

»Ich wollte sie nicht verletzen.«

Einen Moment lang ging es Cleo durch den Kopf, daß das auch die Worte waren, die Mike häufig zu gebrauchen pflegte, wenn er etwas getan hatte, wovon er genau wußte, daß es falsch war.

»Du mußt mir helfen, Cleo.«

Cleo blickte ihn nachdenklich an. »Das scheint mir fast auch so zu sein. Aber nicht *dir* muß geholfen werden, sondern deiner Frau. Wenn ich dir gegenüber ehrlich sein soll: Dein Selbstmitleid macht mich krank.«

Shep glaubte, seinen Ohren nicht mehr trauen zu können. Er blickte Cleo an, als habe er sie noch nie in seinem Leben gesehen.

»Ich kann dir natürlich nicht versprechen, daß ich tatsächlich etwas erreichen werde«, sagte Cleo. »Aber ich will es wenigstens versuchen.« Sie erhob sich von ihrem Platz. »Ich werde mit Dominique über die ganze Sache sprechen. Mehr kann ich nicht tun.« Sie blickte ihn fragend an. »Kann ich den Wagen und den Fahrer eine Zeitlang haben?«

Shep nickte wortlos.

37

»Ich nehme an, daß wir jetzt gut im Geschäft drin sind«, sagte Jon, als sie vom ›Tramp‹ wieder zu Hause in ihrer Wohnung waren.

»Wie bitte?« fragte Muffin gähnend.

»Ich habe mit Jackson über die Amerikapläne gesprochen. Das geht alles in Ordnung. Sie werden dir einen roten Teppich auslegen, wenn du drüben arbeitest.«

»So?«

Jon nickte lebhaft. »So ist es.« Er blickte sie irritiert an. »Ist das alles, was du zu meinen Plänen zu sagen hast? Ich habe gedacht, du würdest vor Freude an die Decke springen. Statt dessen sagst du lediglich ›So?‹. Die Sache mit Jackson ist eine Angelegenheit, nach der ich schon seit Jahren suche.« Er ging auf sie zu und wollte ihr den Bikini abstreifen.

»Hör damit auf«, sagte Muffin scharf.

Jon lachte, weil er an einen Spaß glaubte, und zog an dem Oberteil.

Muffin stellte sich steif hin. »Ich habe dir gesagt, daß du damit aufhören sollst.«

Jon schüttelte den Kopf. »Bist du noch immer über den Artikel von Anthony Private verärgert? *Ich* habe ihn nicht geschrieben.«

»Ich bin weder wütend noch verärgert. Ich bin lediglich müde.«

»Nachdem du die ganze Nacht gevögelt hast?« fragte Jon wütend.

»Ich habe nicht gevögelt«, erwiderte Muffin. »Ich war bei einer Freundin.«

»Jetzt kommt schon wieder diese alte Platte.« Jon faßte sich an den Kopf. »Ich verstehe dich einfach nicht mehr.« Er dachte daran, wie in letzter Zeit alles so gut gelaufen war. Seine Scheidung. Der Schuman-Kalender. Die Sache mit Jackson.

»Laß uns wenigstens ein paar Bilder machen«, schlug er ihr vor.

»Was für Bilder?«

»Einfach nur so. Für uns beide zum Spaß«, erwiderte Jon und ließ sie los.

»Ich habe keine Lust.«

»Warum nicht?«

Sie schüttelte den Kopf. »Ich will im Moment einfach nicht.«

Jon sah sie fragend an. »Wo sind die letzten Polaroidbilder, die wir gemacht haben?«

»Ich habe sie weggeworfen.«

»Was hast du getan?«

Sie zuckte mit den Schultern. »Ich habe die Bilder in kleine Stückchen zerrissen und sie dann ins Klo geschmissen. Jetzt sind sie weg.«

»Und warum?«

»Es waren perverse Bilder.«

»Pervers?« fragte Jon ungläubig nach. »Sie waren einfach lustig. Und schließlich waren sie nur dazu bestimmt, daß wir sie uns ansehen.«

Sie schüttelte den Kopf. »Ich will nicht dazu herhalten, daß du einen stehen hast, wenn du dir die Bilder ansiehst. Das ist alles.«

»Es hat dir aber gefallen, als wir die Bilder gemacht haben.«

»Das ist etwas anderes.«

Jon ließ sich in einen Sessel nieder und blickte sie an. »Laß uns die Bilder noch einmal machen.«

»Nein.«

»Warum nicht?«

Sie schüttelte den Kopf. »Ich habe dir bereits gesagt, daß ich nicht will.«

Jon versuchte das Thema zu wechseln. »Was hat Laurie dir über Jackson erzählt?«

»Nichts.«

»Was heißt das, ›nichts‹? Du warst mit Erica und ihr über zwanzig Minuten in der Damentoilette.«

Muffin lachte kurz auf. »Erica hat uns über ihr Liebesleben mit Mike erzählt.«

»Und?«

»Sie haben es zusammen auf dem Fußboden im Presseraum getrieben, während wir uns das Konzert angehört haben«, erwiderte Muffin und setzte sich ihm gegenüber in einen anderen Sessel.

»Erica ist immer gut in Form, wenn man sie braucht«, sagte Jon spöttisch.

Sie blickten sich eine Weile schweigend an. Dann fragte Muffin: »Was tun wir jetzt?«

»Setz dich zu mir.«

»Warum?«

»Ich möchte mit dir vögeln.«

»Ich habe keine Lust.« Sie griff mit den Händen auf den Rücken, um den Bikini-Verschluß wieder ganz zu schließen. Im gleichen Augenblick sprang Jon von seinem Sessel hoch, packte Muffin um die Hüften und trug sie zum Bett. Sie schrie vor Wut auf.

»Laß mich los«, sagte sie wütend. »Ich bekomme überhaupt keine Luft mehr.«

Jon legte sie aufs Bett und hielt ihren Körper noch immer umfangen. »Du bist jetzt meine Gefangene, auch wenn du es nicht willst.«

Muffin sah ihn kalt an. »Und du bist ein geiles Schwein, wenn du es jetzt willst.«

»Das stimmt«, sagte Jon und öffnete ihr den Oberteil des Bikinis.

»Laß mich los.«

Er schüttelte den Kopf und streifte ihr Höschen ab. »Erst will ich meinen Spaß mit dir haben.« Er zog sich die Hosen aus, und nach einer Weile drang er in sie ein. »Wieviel Stöße soll ich diesmal machen, bis es dir kommt?« Er blickte sie fragend an. »Zwanzig oder dreißig? Oder noch mehr?«

Sie lag reglos unter ihm und starrte ihn kalt an. Sie empfand überhaupt nichts. Weder Zuneigung, noch Zurückhaltung, noch nicht mal Abscheu.

»Wie fühlt man sich als Frau, wenn man von einem Jüngling vergewaltigt wird?« fragte er.

Muffin blieb reglos unter ihm liegen. Sie sagte nichts, sie blickte ihn nur an.

Als er seinen Höhepunkt hatte, sagte sie zu ihm: »Du bist wirklich ein Schwein.«

Verwirrt starrte er sie an. »Was ist los mit dir? Früher hast du es gerne getan.«

»Ich wollte es jetzt nicht.«

Er schüttelte den Kopf. »Früher hast du es gerne getan, und du hast vor allen Dingen auch mitgemacht.«

»Ich bin müde.«

Jon setzte sich an den Rand des Bettes und sah ihr ins Gesicht. »Dann bleib am besten gleich im Bett liegen und schlaf eine Weile.«

»Das werde ich auch tun«, erwiderte Muffin und rollte sich zur anderen Seite.

Jon blickte sie noch eine Zeitlang an. Früher war Muffin ein so nettes Mädchen gewesen.

Jackson, Laurie und Little Marty fuhren gemeinsam zum Hotel zurück. Als sie dort angekommen waren, sagte Jackson zu Marty: »Ich habe eine Überraschung für dich.«

»Danke. Und was ist es?«

»Geh zuerst in dein Zimmer und warte einen Moment. Wenn ich dreimal anklopfe, laß mich hinein.« Jackson grinste ihn an und blickte dann geheimnisvoll zu Laurie. Nach einer Weile sagte er zu Marty: »Es ist etwas, was dich förmlich aus den Pantoffeln hauen wird. Verlaß dich ganz auf deinen alten Onkel Jackson.«

»Ich liebe Überraschungen«, bemerkte Marty. »Als ich noch ein kleiner Junge war, hat mein Vater mich mit einem Klavier überrascht. Das war natürlich zu der Zeit, als er noch lebte.«

Jackson lachte kurz auf. »Es ist diesmal bestimmt kein Klavier. Aber es hat auch Beine. Und was für Beine, du wirst es niemals für möglich halten. Du liebst doch Schokolade, oder nicht?«

»Das weißt du genau, Jackson. Aber ich esse sie wegen meiner Figur nicht.«

Wieder lachte Jackson auf. »Man kann Schokolade auch naschen, ohne sie zu essen.« Er blickte Laurie an. »Habe ich recht?«

»Und wie«, sagte Laurie kichernd.

Marty verließ die beiden und ging in sein Zimmer. Er zog sich seinen Bademantel über und wartete auf die Überraschung, die Jackson ihm versprochen hatte. Innerlich hoffte er, daß es etwas Eßbares sei. Vielleicht brachte er ihm einen Bananensplit mit oder eine kleine Schokoladentorte. Er dachte an Muffin und hoffte, daß sie auch gerne Schokolade essen würde. Dann könnten sie nach ihrer Hochzeit statt der gewöhnlichen Mahlzeiten immer Schokoladenpudding oder Torte essen. Und wenn er erst verheiratet war, konnte Jackson ihm auch nicht mehr vorschreiben, was er essen durfte und was nicht. Das würde er dann mit Muffin regeln.

Es klopfte dreimal kräftig an die Tür. Marty ging hin und öffnete.

Laurie stand vor ihm. Sie hatte den Oberkörper entblößt. Quer über ihre Brüste war mit rotem Lippenstift geschrieben: ›Schokolade von Jackson‹.

»Was ist das denn?« fragte Marty verwirrt.

»Kannst du nicht lesen?« fragte Laurie und trat schnell in das Zimmer ein. Sie ging langsam auf Marty zu, der sie noch immer fassungslos anstarrte. Dann griff sie ihm in den Bademantel. »Jetzt werde ich dir zeigen, wie du ein Star wirst.«

38

Cleo hatte das Haus noch nie gesehen, in dem Dominique wohnte. Aber der Fahrer von Sheps Wagen schien mit der Gegend so vertraut zu sein, daß er die Straße und die Hausnummer sofort fand.

Das Haus sah von außen ansprechend aus. Ein kurzer, mit weißen Kieselsteinen belegter Fahrweg, rechts und links davon kleine Blumenbeete. Zwei Autos parkten vor dem Eingang, und ein kleiner Babywagen stand dicht neben ihnen.

»Warten Sie bitte hier auf mich«, sagte Cleo zu dem Fahrer. »Es wird nicht lange dauern.«

Bis jetzt wußte sie immer noch nicht, was sie Dominique sagen sollte. Vielleicht konnte sie ihr die Lage von Sheps Frau erklären, und Dominique würde dann wieder vernünftig werden. Oder sie mußte Dominique davon überzeugen, was für ein hirnloser Mensch Shep war, und alle ihre Gefühle würden dann schwinden.

Über eines war sich Cleo im klaren: Wenn Dominique sie wieder beleidigen sollte, mußte sie diesmal darüber hinwegsehen. Diesmal ging es nicht um sie, sondern um eine Frau, die hochschwanger war. Außerdem war sie schon so lange Zeit mit Dominique befreundet, daß sie auch darüber hinwegkommen mußte, wenn ihre Freundin eine kritische Phase durchmachte.

Cleo klingelte. Nach einer Weile öffnete Dayan die Tür. Cleo stutzte, als sie ihn sah, denn sie hatte nicht erwartet, daß er zu Hause war.

Aber auch Dayan schien überrascht. Er blickte sie an, als habe er sie noch nie gesehen. Als Cleo in seine Augen sah, hatte sie den Eindruck, als ob er geweint hätte.

»Ich bin Cleo«, sagte sie. »Cleo James, Dominiques Freundin. Wir haben uns neulich abends getroffen.«

Er nickte geistesabwesend. »Richtig. Jetzt erinnere ich mich an Sie.«

Da er keine Anstalten machte, sie hineinzubitten, stand Cleo hilflos auf den Steinstufen vor dem Haus und trat von einem Fuß auf den anderen. Er machte noch immer keine Anstalten, sie in das Haus hineinzulassen. Seine Miene war ausdruckslos.

»Kann ich bitte hineinkommen?« fragte Cleo, als sie genug von der Warterei hatte.

»Woher wissen Sie davon?« fragte Dayan überrascht. »Hat sie es Ihnen erzählt?« Ihm schossen Tränen in die Augen, und er versuchte, sein Gesicht in den Händen zu verbergen.

»Es tut mir leid«, stammelte Cleo. »Ich habe keine Ahnung, wovon Sie sprechen. Ist irgend etwas Schlimmes passiert? Ist Dominique zu Hause?«

In diesem Moment erschien Isaac. Er sah bleich und verstört aus. Er nahm seinen Freund am Arm und führte ihn behutsam ins Haus zurück. Zu Cleo machte er eine Geste, daß sie ruhig sein sollte, und Cleo blieb weiterhin vor dem Haus stehen, während Isaac Dayan wegführte.

Nach einer Minute erschien Isaac wieder vor dem Haus. »Wir sind alle sehr bestürzt«, sagte er. »Dayan hat zusätzlich noch einen Schock erlitten.«

»Was ist denn passiert?«

Isaac sah sie einen Moment verwundert an. »Entschuldigen Sie bitte, aber ich habe gedacht, Sie wüßten, was geschehen ist. Und ich habe angenommen, daß Sie deswegen hergekommen sind.«

»Weswegen?«

Er starrte sie ausdruckslos an. »Dominique hat sich heute morgen umgebracht.«

»Mein Gott, das ist nicht möglich«, rief Cleo aus, und sie fühlte, wie ihre Knie weich wurden und alles Blut aus ihrem Gesicht wich.

Isaac trat einen Schritt vor und faßte sie am Arm. »Ich bringe Sie ins Haus hinein. Setzen Sie sich erst einmal und trinken Sie einen Brandy.«

Sie setzte sich in einen Stuhl im Flur und legte ihren Kopf auf ihre Knie. Sie konnte es immer noch nicht fassen. Eine Frau wie Dominique würde sich niemals umbringen. Dazu hing sie zu sehr am Leben.

Isaac kam mit einem Brandy zurück, und Cleo stürzte das Glas in einem Zug hinunter.

»Warum hat sie das getan?« fragte sie.

Isaac schüttelte den Kopf. »Das weiß niemand. Dominique hatte in letzter Zeit sehr viele Depressionen, und sie hat schon einmal einen Selbstmord versucht.«

»Aber sie war noch so jung. Und sie hatte alles, was sie sich wünschte.«

»Sie hatte alles«, sagte Isaac tonlos.

»Wie hat sie es getan?«

Er blickte sie traurig an. »Es ist besser, wenn ich es Ihnen nicht sage.«

»Wer hat sie gefunden?«

Isaac nickte zum Wohnzimmer hin. »Dayan. Er hat mich sofort

angerufen, und ich bin zur gleichen Zeit angekommen wie die Polizei. Er hat keinen Menschen hier in London, den er näher kennt. Seine Verwandten sind alle in Israel, und ich weiß nicht, was er jetzt tun wird.«

»Wo ist denn das Baby?«

»Das Kindermädchen hat es mit sich nach Hause genommen«, erwiderte er.

»Hat sie keinen Brief hinterlassen? Irgendeine Erklärung, warum sie es getan hat?«

Isaac schüttelte den Kopf. »Überhaupt nichts. Sie nahm schon seit längerem Beruhigungspillen und Schlaftabletten. Jede Kleinigkeit konnte sie sofort in den Zustand bringen, daß sie in tiefste Depression fiel.«

»Ich wünschte, ich hätte mehr von ihrem Zustand gewußt. Ich war beim letztenmal, als wir uns getroffen haben, nicht sehr nett zu ihr. Wenn ich gewußt hätte, daß sie seelisch so krank war, dann . . .«

»Was glauben Sie, wie ich mich fühle?« unterbrach sie Isaac erregt. »Ich hätte ihr mehr helfen können als irgend jemand anders. Aber statt dessen habe ich die Sache nur noch verschlimmert. Wir sind zusammen ins Bett gegangen, wie Sie wissen.«

»Dominique hat es mir erzählt.«

Er lachte bitter auf. »Vor ein paar Tagen habe ich ihr gesagt, daß wir endlich Schluß machen müssen. Ich habe sie zwar geliebt, aber Dayan ist mein bester und engster Freund. Deshalb konnte ich es wegen ihm nicht länger mit ihr tun. Sie war furchtbar wütend, als ich ihr das gesagt hatte, denn sie konnte es nicht ertragen, abgewiesen zu werden. Aber mein Entschluß stand unumstößlich fest.«

»Ich kann mir denken, in welcher Verfassung Dominique danach war.«

»Sie hat mir auch alles über den Amerikaner erzählt. Sie wollte mich mit ihm nur eifersüchtig machen. Was sie auch geschafft hat. Als ich mit ihr das letztemal über ihn gesprochen habe, sagte sie mir, daß sie mit ihm in die Staaten gehen wollte.«

Cleo schüttelte den Kopf. »Er ist ein verheirateter Mann, der ein Abenteuer mit ihr suchte. Mehr steckte bei ihm nicht dahinter. Aber sie fühlte sich erneut abgewiesen. Ich denke, das alles zusammen war es.«

»Das nehme ich auch an. Aber vielleicht hätte ich doch etwas unternehmen müssen. Aber was?«

»Ich weiß es auch nicht. In gewisser Weise fühle ich genauso wie Sie, denn ich habe auch nichts getan, was ihr hätte helfen können. Allerdings wußte ich nicht, daß Dominique unter Depressionen litt.« Cleo erhob sich. »Kann ich noch einmal Dayan sehen?«

»Ich glaube, es ist am besten, wenn man ihn jetzt allein läßt.«

Cleo nickte ihm zu. »Ich werde auf jeden Fall zur Beerdigung kommen. Wenn ich sonst noch etwas tun kann, lassen Sie es mich wissen.«

»Ich werde es Dayan sagen.«

Cleo ging den Weg zum Wagen wie durch einen Nebel. Sie hätte am liebsten geweint, und sie wollte nachfühlen, was Dayan in den letzten Stunden mitgemacht hatte. Aber sie war dazu nicht in der Lage. Keine Träne kam in ihre Augen, sie hatte in sich nur ein taubes Unbehagen und das Gefühl, daß etwas nicht stimmte.

Als sie im Hotel zurück war, rief sie Shep Stone an. »Deine Probleme sind alle beseitigt.«

»Fabelhaft«, rief er aus. »Ich habe gleich gewußt, daß du es schaffen wirst. Was ist denn passiert? Was hat sie dazu gesagt?«

»Sie hat überhaupt nichts gesagt, weil sie sich heute morgen umgebracht hat.« Langsam legte Cleo den Hörer auf die Gabel zurück.

Sie hat sich nicht zuletzt deinetwegen umgebracht, dachte Cleo verbittert. Hoffentlich kriegst du bei der nächsten Frau, auf die du dich legst, einen Schlaganfall.

Stella trug eine modische Kreation von Dior, als sie Cleo und Mike die Tür öffnete. Sie begrüßte die beiden überschwenglich, und dann traten sie ins Wohnzimmer.

Nikai erhob sich aus einem Sessel. »Ihr beide seht wirklich wie zwei Schwestern aus«, sagte er lächelnd. »Ich würde niemals glauben, daß Stella deine Mutter ist, wenn ich es nicht genau wüßte.«

»Sei nicht albern«, sagte Stella zu ihm, aber man merkte doch, daß sie sich durch den Vergleich geschmeichelt fühlte. »Jedermann weiß, daß ich wie eine alte Fregatte aussehe.« Sie faßte Mike unter den Arm. »Und wie geht's dem zweitschönsten Mann, den ich kenne?«

Mike runzelte die Stirn. »Sag mir den Namen des ersten, und ich bringe ihn um.«

»Mein Mann natürlich«, erwiderte Stella lachend und wandte sich an Cleo. »Was hast du bloß mit Mike gemacht? Er sieht einfach fabelhaft aus.«

Cleo wollte zuerst sagen: ›Er hat eine ganze Menge Blondinen gefickt, und das bringt immer seine besten Seiten ans Tageslicht‹, aber sie ließ es dann doch sein. Streit hatte sie in letzter Zeit zur Genüge gehabt. Warum also unnötigen Ärger provozieren?

Statt dessen lächelte sie den anderen zu und bewunderte dann den neuen Diamantring, den ihre Mutter Mike und ihr voller Stolz zeigte.

»Er ist ein Geschenk von Nikai«, sagte Stella kichernd. »Er verwöhnt mich, wo immer er kann.«

Nikai lächelte ihr zu. »Wenn ich dich nicht verwöhnte, wäre sofort jemand anders an meiner Stelle, der dies besorgen würde.«

Es war wirklich ein großer Fehler hierherzukommen, dachte Cleo nach einer Weile. Was für eine dumme und alberne Gans ihre Mutter doch war. Alles, was sie vom Leben erwartete und was für sie zählte, waren blödsinnige Geschenke, die sie von irgendwelchen Männern erhalten hatte. Außerdem wollte sie ununterbrochen bewundert werden und sich in den Komplimenten anderer Leute spiegeln. Zum Teufel mit ihr, und zum Teufel mit Nikai. Und in die allertiefste Hölle mit Mike.

»Du siehst müde aus, mein Schatz«, sagte Stella zu Cleo.

»Ich bin auch müde«, erwiderte Cleo. »Ich habe einen schlechten Tag hinter mir. Kannst du dich noch an meine Freundin Dominique erinnern?«

»Dieses nette und hübsche Mädchen mit den roten Haaren?« fragte ihre Mutter.

»Genau die. Sie hat Selbstmord begangen.«

»Das ist ja schrecklich, Cleo.« Sie wandte sich an Mike. »Kannst du mir bitte einen Martini mit Eis und Zitrone mischen? Alles, was du dazu brauchst, steht dort drüben in der Bar.«

Das ist alles, dachte Cleo. Mehr als ›das ist ja schrecklich‹ hatte ihre Mutter zum Tode eines Menschen nicht zu sagen. Dabei hatte sie Dominique gekannt und konnte sich noch an sie erinnern. Da war sogar Mikes Reaktion menschlicher gewesen, als sie ihm vom Tode ihrer Freundin berichtet hatte. Und ihm war Dominique lediglich dem Namen nach bekannt gewesen. Aber so war Stella schon immer gewesen: oberflächlich, tratschsüchtig und egozentrisch.

»Ich habe einen Vorschlag zu machen«, sagte Stella zu den anderen. »Wenn wir gegessen haben, rufen wir bei ›Annabels‹ an und bestellen uns von ihrem herrlichen Schokoladeneis eine große Portion.«

»Unglaublich«, murmelte Cleo.

»Wie bitte?« fragte Stella.

»Es war nichts«, gab Cleo zurück. »Du würdest es sowieso nicht verstehen.«

»Wollen wir beide nicht eine Partie Backgammon spielen?« fragte Nikai Mike.

»Gerne«, erwiderte Mike und warf einen Blick zu Cleo hinüber, um zu sehen, ob sie einverstanden war.

Cleo nickte ihm zu. »Ihr beide könnt ruhig spielen. Es stört mich nicht.« Sie dachte an den vergangenen Tag. Sie hatte das Haus von Dominique verlassen. Sie hatte Shep angerufen. Dann war sie den Artikel noch einmal durchgegangen, den die Sekretärin abgetippt hatte. Danach hatte sie eine Reihe von geschäftlichen Anrufen erledigt. Dann war sie ins Freie gegangen und herumgelaufen.

Sie hatte Stellas Einladung zum Essen völlig vergessen. Ebenso, daß sie sich mit Mike verabredet hatte, um mit ihm zu reden. Aber Mike war sowieso zu ihrem Hotel gekommen. Also hatte sie sich kurzerhand entschlossen, ihn einfach mitzunehmen. Schließlich war er noch immer ihr Mann, und für Stella würde es nicht seltsam aussehen, da sie nichts von ihren Problemen wußte.

Und jetzt waren sie alle beisammen. Das also war ihre Familie. Cleo fühlte sich elend. Wenn sie nie mehr herkommen und niemand von den dreien jemals wiedersehen würde, wäre das für sie kein Verlust. Denn warum mußte man unbedingt jemanden gern haben, bloß weil er zufällig die eigene Mutter war? Cleo jedenfalls kannte keinen einsichtigen Grund dafür.

Solange sie sich an Stella erinnern konnte, war sie immer einfältig und dumm gewesen. Und immer hatte sie mit ihrer Figur und ihrem Aussehen kokettiert. Nein, was haben Sie für eine junge Mutter, hatte sie von klein auf hören müssen. Sogar ihre Schulfreunde waren immer drauf und dran gewesen, sich in Stella zu verlieben, wenn sie bei ihr zu Hause waren. Und nach solchen Besuchen hatten sie ihr immer wieder voller Bewunderung von ihrer Mutter vorgeschwärmt.

Stella tat auch alles, um ihre Figur und ihre gute Haut zu erhalten. Sie verbrachte jede freie Minute beim Masseur, beim Friseur, bei der Pediküre oder in einem renommierten Kosmetiksalon.

Während die anderen Mütter früher mit ihren Kindern in den Zoo gegangen oder durch die Wälder gestreift waren, hatte Stella nichts Besseres zu tun gehabt, als in einem der Schönheitsinstitute herumzusitzen und sich pflegen zu lassen.

Und wenn sie dann nach Hause gekommen war, hatte sie immer wieder zu Cleo gesagt: »Bring mir heute bloß nicht wieder eine Freundin ins Haus. Ich brauche unbedingt meine Ruhe und kann Krach nicht vertragen.«

An diesem Tag war Cleo froh, daß sie Mike mitgenommen hatte. Er strahlte seinen ganzen Charme aus und rettete damit den Abend. Stella bewunderte ihn maßlos, weil er ihr den ganzen Abend erzählte, wie bezaubernd und reizend und verführerisch sie aussehe.

Als die Eiscreme von ›Annabels‹ kam, sagte Cleo: »Ich bin furchtbar müde und möchte gerne bald aufbrechen, sonst schlafe ich noch bei Tisch ein.«

»Du mußt mehr für deine Gesundheit tun«, sagte Stella vorwurfsvoll. »Als ich in deinem Alter war, habe ich mich immer mit tausend Kleinigkeiten gepflegt. Und vor allem mußt du auf deine Haut achten.«

»Ich weiß«, erwiderte Cleo und erhob sich. »Ich möchte trotzdem gerne fahren.«

Mike erhob sich ebenfalls. »Vielen Dank für den reizenden Abend.«

»Wir haben zu danken«, erwiderte Stella. Sie wandte sich an Cleo. »Vergiß mir nicht zu schreiben, wenn ihr wieder in New York seid.«

Cleo musterte sie verwundert. »Warum soll ich dir schreiben, wenn du niemals antwortest?«

Stella lächelte. »Ich nehme es mir immer wieder vor, aber ich finde einfach nicht die Zeit, um dir einen langen Brief zu schreiben.«

Im Wagen fragte Mike Cleo: »Fahren wir in mein Hotel oder in deins?«

»Ich hoffe nicht, daß du überrascht bist, wenn ich dir erkläre, daß ich heute nacht keine langen Diskussionen mehr führen möchte.«

»Das hatte ich auch nicht vor.«

»In Ordnung. Dein Hotel.«

Mike gab dem Fahrer die Adresse seines Hotels, und sie saßen den ganzen Weg über schweigend nebeneinander. Jeder hing seinen Gedanken nach.

Allmählich gewann Mike sein Selbstbewußtsein Cleo gegenüber wieder zurück. Daß sie in sein Hotel mitkam, wertete er als gutes Zeichen. Wenn sie erst mal in seinem Zimmer waren, wenn sie erst mal miteinander sprachen, wenn sie erst mal die Kleider auszogen ...

Die lange Nacht, die er mit Erica verbracht hatte, war für ihn langweilig gewesen. Ihm ging ihr Gerede auf die Nerven, ihm ging ihr Körper auf die Nerven, ihm ging die ganze Person furchtbar auf die Nerven.

Er war am Morgen aus ihrem Zimmer geschlichen, als sie noch geschlafen hatte.

Sie fuhren mit dem Fahrstuhl in das Stockwerk hinauf, in dem Mikes Zimmer lag. Unterwegs sagte Cleo: »Ich glaube, die Idee war doch nicht gut, weil wir beide uns vermutlich nach einer Weile doch nur anschreien werden.«

Mike schüttelte den Kopf. »Diesmal irrst du dich. Wir werden die Sache aus der Welt schaffen, wie wir das bisher immer getan haben.«

»Wir haben die Dinge immer nur aus dem Weg gefegt, die uns beide zutiefst berührt haben. Wir haben sie weggekehrt, anstatt das Problem zu lösen.«

Mike blickte sie eine Weile an. »Ich bitte dich lediglich, daß du mir die Gelegenheit gibst, dir einiges zu erklären.«

Sie standen vor der Tür seines Zimmers, und Mike öffnete langsam die Tür. Er ließ Cleo eintreten und ging einen Schritt hinter ihr her.

Im Zimmer brannte Licht. Mike überlegte sich, ob er vergessen hatte, die Lampe auszumachen, als er zur Couch blickte. Dort saß Erica in einem bunten Bademantel und blickte die beiden erstaunt an.

39

Muffin stellte sich schlafend, bis Jon die Wohnung verlassen hatte. Altes Schwein, dachte sie, als sie seine Schritte hörte. Jetzt hatte er es noch am Abend vor ihrer Hochzeit mit ihr getan. Sie hatte es nicht gewollt, da war sie sich sicher. Aber er hatte sie mit Gewalt genommen. Normalerweise würde man dies eine Vergewaltigung nennen.

Sie hatte mit Marty verabredet, daß sie um sieben Uhr an seinem Hotel sein sollte.

»Es wird dann ruhiger sein«, hatte Marty ihr gesagt. »Ich muß den ganzen Tag über Plattenaufnahmen machen. Wenn Jackson fragt, warum ich mich zurückziehe, werde ich ihm erklären, daß ich zu müde bin, um noch etwas unternehmen zu können. Wir haben dann die Nacht für uns.«

Muffin packte ein paar Kleinigkeiten zusammen. Sie wollte auf jeden Fall aus der Wohnung sein, bevor Jon wieder zurück war. Sie hatte vor, sich noch ein Kleid für die Hochzeit zu kaufen. Irgend etwas in Weiß. Das sah danach aus, als ob eine Jungfrau vor den Traualtar träte.

Als sie fertig angezogen war und aus der Wohnung gehen wollte, fiel ihr ein, daß sie Jon eine Nachricht hinterlassen mußte. Sie nahm sich schnell einen Bleistift und schrieb auf ein Blatt Papier: ›Ich bin zu einer Freundin gegangen. Morgen rufe ich Dich an.‹ Das würde ihn zunächst einmal davon abhalten, sich unnötige Gedanken zu machen. Ihr fiel ein, daß sie ihn gerne zu ihrer Hochzeit eingeladen hätte. Aber das kam wohl nicht in Frage.

Das Telefon klingelte, als sie die Wohnung verlassen wollte. Muffin zögerte einen Moment, ob sie noch an den Apparat gehen sollte. Aber dann hob sie doch ab. Es war Laurie.

»Ich habe brandheiße Nachrichten für dich«, sagte sie aufgeregt.

»Was denn?«

»Das kann ich dir unmöglich am Telefon erzählen. Wir treffen uns um zwei im ›Carousel‹. Einverstanden?«

»Meinetwegen.«

Noch einmal mit den Modellen essen zu gehen, würde ihr bestimmt Spaß machen. Denn nach der Heirat mit Marty würden sich diese Dinge in ihrem Leben radikal ändern. Natürlich hätte sie den Mädchen auch gerne von ihrer Hochzeit mit Marty erzählt, aber das war zum gegenwärtigen Zeitpunkt nicht möglich. Wahrscheinlich hätten sie es sowieso nicht geglaubt und sie für verrückt gehalten.

Aber einem Menschen auf der Welt wollte Muffin doch von der Hochzeit erzählen. Ihrer Mutter. Und sie mußte dann schwören, daß sie es niemandem weitererzählen würde. Sie zitterte innerlich vor Aufregung, als sie in ein Taxi stieg, das sie nach Wimbledon bringen sollte.

»Zwei Besuche innerhalb so kurzer Zeit?« fragte ihre Mutter, als Muffin vor der Tür stand. »Habe ich denn heute Geburtstag?«

»Nein«, erwiderte Muffin. »Aber hast du schon einmal von Little Marty Pearl gehört?«

Ihre Mutter seufzte laut auf. »Du brauchst nur bei den Zwillingen in die Zimmer zu sehen. Die Wände sind voll mit seinen Bildern.«

»Wirklich?« fragte Muffin erfreut. »Fall nicht in Ohnmacht, wenn ich dir sage, daß ich ihn heirate.«

»Das erzählt mir Josie auch jeden Tag. Aber ich sage ihr dann jedesmal, daß sie damit noch eine Weile warten muß, weil sie erst sechzehn Jahre ist.«

Muffin schüttelte den Kopf. »Bei mir ist es ernst. Ich bin drauf und dran, Marty zu heiraten. Morgen früh ist es amtlich. Wir haben uns getroffen, als wir gemeinsame Aufnahmen machten, und wir beide haben uns sofort ineinander verliebt. Er ist einfach wunderbar.«

Sie gingen ins Wohnzimmer und setzten sich hin. Nach einer Weile fragte ihre Mutter: »Und was ist mit Jon? Du bist mit ihm verlobt.«

»Er nimmt mir die Sache nicht übel«, log Muffin. »Er versteht mich völlig. Außerdem wollte er mich sowieso nicht heiraten.«

Ihre Mutter runzelte die Stirn. »Mir kommt das Ganze so plötzlich vor.« Sie blickte auf Muffins Bauch. »Bist du schwanger?«

Muffin kicherte. »Natürlich nicht.«

»Und ich habe immer geglaubt, du wirst einmal eine schöne Hochzeit haben. Mit weißem Kleid, vielen Blumen und einer Feier, wie es sich gehört. Dann könnten alle deine Verwandten kommen und sich mit dir freuen.«

»Hast du zu dem Thema nicht mehr zu sagen?« fragte Muffin enttäuscht.

Ihre Mutter zuckte mit den Schultern. »Es ist ein Schock für mich, wie du dir deine Hochzeit ausgedacht hast. Dein Vater wird sehr beleidigt sein, wenn er das von mir erfährt. Hast du daran auch gedacht?«

Muffin schüttelte den Kopf. »Das habe ich nicht getan, weil es meine Hochzeit ist, die ich feiern will. Ich brauche dazu keine Verwandten und keine Bekannten, die mein Geld verfressen und versaufen.«

Ihre Mutter blickte sie resigniert an. »Und wie geht das Ganze dann weiter?«

»Wir werden in Hollywood wohnen. Vielleicht wirst du deine Meinung ändern, wenn du uns in unserer Villa in Hollywood besuchst.«

»Das glaube ich kaum.«

Muffin nickte heftig. »Er hat bestimmt auch einen Swimming-pool und viele Autos. Dazu noch Personal, so daß ich überhaupt nichts arbeiten muß. Dann brauche ich mich auch nicht mehr auszuziehen, damit irgendwelche geilen Männer meinen Körper in Magazinen bewundern können.«

Ihre Mutter lächelte. »In der letzten Ausgabe von ›Sun‹ ist ein schönes Foto von dir drin. Dein Haar sieht entzückend darauf aus. Willst du das Bild sehen?«

Muffin wollte es nicht sehen. Sie verabschiedete sich bald darauf von ihrer Mutter und fuhr mit einem Taxi nach London zurück. Sie war enttäuscht und verärgert über die Reaktion ihrer Mutter. Sie wollte jetzt auch nicht mehr zu dem Treffen mit Laurie und den anderen Mädchen in das ›Carousel‹ fahren, sondern einen Einkaufsbummel für ihre Hochzeit machen. Sie ging in ein bekanntes Modegeschäft und suchte sich ein paar Sachen aus.

»Sind Sie nicht Muffin?« fragte das Mädchen, das sie bediente.

»Ja.«

Das Mädchen lächelte. »Ich habe immer geglaubt, daß ein so bekanntes Modell wie Sie alle Kleider umsonst bekommt, die es vorführt.«

Muffins Stimmung stieg wieder ein wenig. Es war schön, wenn man als bekannte Person angesprochen wurde.

»Hatte ich nicht recht?« fragte Jackson und stieß Marty in die Rippen. »War das Schokolade, die sich schlecken ließ, oder nicht?«

»Vielen Dank«, erwiderte Marty lahm.

»Ich habe dir immer gesagt, du mußt bei den Frauen vorsichtig sein«, fuhr Jackson im Plauderton fort. »Ich habe dieses Weib extra für dich getestet und für gut befunden. Du kannst dich in dieser Beziehung voll und ganz auf meinen Geschmack verlassen. Ich liebe auch heiße Frauen. Willst du die heute nacht noch einmal haben?«

»Nicht schon wieder«, erwiderte Marty hastig. »Ich muß nachts auch einmal zum Schlafen kommen. Und vor allem möchte ich morgen früh gerne länger schlafen, weil ich noch viel nachzuholen habe.«

»Du brauchst es heute nacht also nicht?« fragte Jackson belustigt. »Du brauchst keinen knackigen Arsch, der dein Bett wärmt?«

»Keinen Bedarf.«

»Ich verstehe.« Jackson klopfte ihm auf die Schulter. »Dann wirst du bestimmt frisch und munter sein, wenn wir morgen mittag die Fabrik besichtigen, die deine Platten in England herstellt.

Dann müssen wir noch ein paar Aufnahmen machen, und danach geht es zu einer Sendung im Fernsehen. Nichts Schweres, das Ganze, aber schlaf dich trotzdem aus.«

»Wir sehen uns dann morgen wieder«, erwiderte Marty und blickte verstohlen auf seine Uhr. Es war jetzt fast halb sieben.

»Wenn du noch etwas brauchst, dann sag mir Bescheid«, bemerkte Jackson gutgelaunt.

»Mach ich.«

»Gute Nacht, Marty.«

»Gute Nacht.«

Jackson ging, und Marty blickte ihm nach. Wenn er erst einmal verheiratet war, durfte Jackson ihn nicht mehr wie ein unmündiges Kind behandeln. Dann konnte er sich die Frauen selber aussuchen, mit denen er außer Muffin ins Bett wollte. Dann konnte er saufen gehen und herumhuren, wie es ihm paßte und wie er es bei allen verheirateten Männern gesehen hatte, die er kannte.

Er ging schnell auf sein Zimmer, stellte sich eine Zeitlang unter die Dusche und dachte darüber nach, wie die Hochzeit mit Muffin werden würde. Dann dachte er an Laurie, und er mußte Jackson innerlich recht geben, daß sie besser als Schokolade war.

40

Der Schock, Erica auf dem Sofa in seinem Hotelzimmer zu finden, saß Mike tief in den Knochen.

Cleo hatte sofort kehrtgemacht. »Wir sehen uns ein andermal wieder«, hatte sie ihn angezischt, als er sie im Flur einzuholen versuchte. »Vielleicht in ein oder zwei Jahren.«

Er wollte ihr die Situation erklären, aber ihm fiel nicht ein, was er dazu sagen sollte. Schließlich war er in das Zimmer zurückgekehrt.

Erica blickte ihn mit großen Augen an.

»Hau ab«, schrie Mike sie an. »Nimm deine verdammten Sachen und hau ab.«

»Ich dachte, ich würde dir einen Gefallen tun«, erwiderte Erica schmollend. »Es sollte eine Überraschung sein.«

»Du hast mich wirklich überrascht.« Mike warf wütend die Tür zu, damit nicht das ganze Hotel zuhörte. »Und vor allem meine Frau. Zieh dich jetzt an und verschwinde endlich!«

»Und wenn ich nicht gehen will?«

Mike blickte sie irritiert an. »Dann werde ich dafür sorgen, daß du aus dem Zimmer fliegst.«

»Tu es doch lieber mit mir.«

Er schüttelte den Kopf. »Merkst du nicht, daß du hier unerwünscht bist?«

»Das war ich letzte Nacht nicht.«

Mike nickte resigniert. »Ich habe dich in der letzten Nacht gefickt, und es hat auch Spaß gemacht. Aber heute habe ich keine Lust. Deshalb verschwinde jetzt.«

Erica erhob sich von der Couch, und der Bademantel fiel achtlos von ihren Schultern. Sie blickte Mike eine Weile schweigend an, und dann fuhr sie langsam mit ihren Händen an ihrem Körper hoch, bis sie ihre Brüste umfaßte. Sie ließ sie einen Moment unbeweglich darauf liegen, und dann fing sie an, ihre Brüste zu massieren.

Mike sah ihr schweigend zu.

»Willst du ficken?« fragte Erica.

»Nein.« Noch immer sah er ihr zu.

Ihre linke Hand glitt auf den Bauch, und dann spreizte sie leicht die Beine. »Komm jetzt endlich«, sagte sie und atmete schwer.

Mike rührte sich nicht.

Sie kniete sich auf den Boden und spreizte die Beine breit. Dann steckte sie einen Finger in die Scheide und begann mit dem Becken stoßartige Bewegungen zu machen. Ihre rechte Hand strich langsam über die Brüste. »Komm jetzt endlich«, sagte sie keuchend.

Mike bewegte sich noch immer nicht.

Erica begann vor Lust zu winseln. Und plötzlich konnte Mike sich nicht mehr zurückhalten. Ihm war es im Moment egal, ob Cleo jeden Augenblick wieder in das Zimmer kommen konnte. Mit einer hastigen Bewegung streifte er sich die Hose herunter, dann den Slip, und dann stieß er ihr seinen harten Penis in den Mund.

Mike umfaßte mit seinen Händen ihren Kopf und begann stoß artige Bewegungen zu machen. »Ist es das, was du brauchst?« fragte er keuchend.

Sie nickte ihm zu.

Als Mike merkte, wie sie kam, verdoppelte er sein Tempo. Und dann kam es ihm auch.

Sekunden danach blickte er sie kalt an. »Jetzt hast du gehabt, was du wolltest. Verschwinde.«

Erica zog sich schweigend an. Dann fragte sie ihn: »Bist du sicher, daß du es nicht noch einmal so haben willst? Wir haben viel Zeit.«

Er beachtete sie nicht mehr, sondern drehte sich erst wieder um, als die Tür ins Schloß fiel.

Cleo überlegte sich, ob Mike die Sache mit der fremden Frau mit Absicht getan hatte. Fahren wir in mein Hotel oder in deins? Das war *seine* Frage gewesen und nicht ihre. Er hätte doch wissen müssen, daß in seinem Zimmer jemand auf ihn wartete. Warum also hatte er sie mitgenommen? Es schien fast so, als wollte er unbedingt von ihr erwischt werden. Aber warum das Theater?

Cleo verstand ihn nicht mehr. Und sie erkannte, wie sie sich immer weiter auseinanderentwickelten.

Auf jeden Fall hatte die fremde Frau sie vor einer langen und wahrscheinlich auch peinlichen Unterredung mit Mike bewahrt. Ab heute würde es diese lächerlichen Debatten sowieso nicht mehr geben. Vielleicht noch eine höfliche Unterhaltung, aber mehr auf keinen Fall. Danach eine schnelle Scheidung. Sie war sogar bereit, dafür nach Reno zu fliegen, wenn es die Sache beschleunigen konnte.

Alles kam auf einmal auf sie zu. Susan mit Mike auf der Couch. Shep Stone. Dominiques Tod. Und jetzt die Erkenntnis, daß die Sache mit Mike endgültig aus war.

Sie ging ins Bett, merkte aber bald, daß sie nicht schlafen konnte. In ihrem Kopf gingen tausend Dinge und Ereignisse durcheinander, und sie versuchte, all das zu ordnen. Aber es gelang ihr nicht. Und je mehr sie versuchte einzuschlafen, um so weniger wollte es ihr gelingen.

Am nächsten Morgen führte sie ein Telefongespräch, um das Interview mit Paulo Masserini zu bestätigen. Dann rief sie am Flughafen an und bestellte sich ein Ticket für einen Flug nach Rom. Sie fühlte sich schaurig, aber sie wollte das Interview nicht verlegen, sondern es so schnell wie möglich hinter sich bringen.

Mike rief sie an. Als sie seine Stimme am Telefon hörte, legte sie den Hörer wieder auf die Gabel. Sie war durch ihn nicht aus der Fassung gebracht worden, aber sie war enttäuscht von ihm. Sie wußte, daß sie ihn früher geliebt hatte, aber jetzt tat er ihr nur noch leid.

Einem plötzlichen Impuls folgend, rief sie Daniel Onel an. »Ich bin mit dem Artikel über sie fertig«, sagte sie.

»Tatsächlich?«

»Ja. Und ich habe den Eindruck, daß er Ihnen gefallen wird. Wenn Sie möchten, bringe ich ihn schnell auf meinem Weg zum Flughafen bei Ihnen vorbei. Es macht mir keine Umstände.«

»Fliegen Sie wieder nach Amerika zurück?« fragte er mit ruhiger Stimme.

»Ich muß nur schnell nach Rom. Ein Interview mit Paulo Masserini.«

»Viel Spaß.«

Cleo zögerte einen Moment. Dann fragte sie erneut: »Wollen Sie den Artikel lesen oder nicht?«

»Gerne. Kann ich auch Änderungen vornehmen, wenn mir etwas nicht gefällt?«

»Nein.« Cleo überlegte eine Weile. »Das Original ist ohnehin schon nach New York unterwegs.«

»Ich würde mich über eine Unstimmigkeit sowieso nicht aufregen.«

Cleo lächelte vor sich hin. »Ich wollte Sie mit dem Artikel auch nicht aufregen.«

»Das ist nett von Ihnen. Aber wenn ich sowieso nichts mehr ändern kann, brauchen Sie sich nicht die Mühe zu machen, bei mir vorbeizukommen.«

Cleo war von seiner Reaktion überrascht, aber sie sagte sich andererseits, daß sie gut zu seinem Typ paßte. »Ich schicke Ihnen ein Exemplar des Magazins, wenn es erscheint.«

»Das wäre reizend.«

Sie war schon reizend, das wußte Cleo selber. Aber warum hatte er sie nicht sehen wollen? Was aber für sie wichtiger war: Warum hatte sie ihn sehen wollen, bevor sie nach Rom flog?

Es war zu diesem Zeitpunkt viel zu früh, um darüber nachzudenken, ob sie sich mit einem anderen Mann einlassen sollte. Jedenfalls war Daniel Onel bereits interessiert an ihr, sie wußte das. Aber schließlich hatte sie ihn ja erst einmal gesehen.

Trotzdem dachte sie weiter an ihn. Er hatte irgend etwas an sich, was sie faszinierte.

41

Muffin war noch nie in der Lage gewesen, säuberlich zu schreiben. Sie hatte eine große, kindliche Schrift, die Jon genauso auf die Palme brachte, wie es der Inhalt der Nachricht an ihn tat. Manchmal hatte er den Eindruck, mit einer Sechsjährigen zusammenzuleben.

Nachdem er den Zettel mehrmals gelesen hatte, knüllte er ihn wütend zusammen und warf ihn ins Klo.

Er hatte vorgehabt, einen gemütlichen Abend mit Muffin zu verbringen. Er war in einen Feinkostladen gegangen, hatte eine Flasche teuren Sekt gekauft. Rote Rosen wollte er ihr an diesem Abend schenken. Und in seiner Tasche hatte er zwei Tickets für eine Flugreise nach Barbados und zurück. Sie waren auf drei Tage später datiert.

Und jetzt hatte Muffin dies alles kaputtgemacht. Angeblich war sie zu einer Freundin gegangen. Hielt sie ihn denn für einen kompletten Idioten?

Sie lag bestimmt mit irgendeinem Kerl im Bett und lachte sich über ihn kaputt. Eine Nacht konnte man vielleicht noch hinnehmen. Aber zwei Nächte auf keinen Fall.

Er zerbrach sich den Kopf, wer der andere Mann sein könnte.

Aber er kam nicht darauf.

Vielleicht war es Dave Ryle, der eine Zeitlang mit Muffin zusammengearbeitet hatte. Er war ein Schwein, wenn es sich um Frauen handelte. Wenn Dave Ryle wirklich mit Muffin etwas hatte, dann . . .

Was wollte er dann tun? Außerdem war er sich gar nicht sicher, daß es Ryle wirklich war.

Wenn es um Bettgeschichten ging, kannte Erica sich immer am besten aus. Er wählte ihre Nummer, aber niemand hob am anderen Ende der Leitung ab. Dann rief er doch Dave Ryle an und fragte ihn irgendwelche Dinge über eine neue Kamera, die er sich vielleicht kaufen wollte. Als sie eine Zeitlang über technische Details verschiedener Fototypen gesprochen hatten, fragte er Ryle ganz nebenbei: »Sag mal, ist Muffin zufällig bei dir?«

Dave lachte dreckig. »Die göttliche Muffin hat schon seit Monaten nicht mehr ihre reizenden Füße über meine Schwelle gesetzt. Vermißt du sie denn?«

»Keineswegs«, erwiderte Jon hastig. »Sie ist nur ein paar Minuten über die normale Zeit, um die sie sonst nach Hause kommt, und da habe ich mir gedacht, daß sie vielleicht auf einen Sprung zu dir ins Studio gegangen ist. Manchmal macht sie solche Sachen.«

Wieder lachte Dave. »Wenn sie hier auftaucht, werde ich ihr sagen, daß du in großer Sorge um sie bist und sie dich zurückrufen soll.«

»Vielen Dank, Dave.« Jon legte den Hörer auf, und er stellte sich Dave und Muffin vor, wie sie sich nackt im Studio herumwälzten und über ihn lachten.

Wieder wählte er die Nummer von Erica. Auch diesmal bekam er keinen Anschluß.

Er war jetzt mehr als wütend. Er war außer sich. Wenn Muffin morgen kichernd nach Hause kommen würde, konnte sie sich auf einen lautstarken Empfang einstellen. Mit fremden Männern war es ab heute endgültig vorbei. Das würde sie einsehen müssen.

Und wenn sie es nicht einsah?

Am frühen Morgen, als sie beschlossen, noch ein wenig zu schlafen, sagte Muffin zu Marty: »Ich hätte heute nacht nicht bei dir bleiben dürfen.«

»Warum nicht?«

»Weil ich jetzt nicht mehr jungfräulich vor den Altar der Ehe treten kann.«

Marty seufzte. »Das ist wirklich ein Grund. Daran hätte ich früher denken sollen.«

»Mach dir keine Gedanken. Sie trauen heutzutage auch Frauen, die keine Jungfrauen mehr sind.«

Sie konnten beide nicht schlafen. Nach einer Stunde erhob sich Muffin, ging ins Bad und machte sich für einen Tag schön, auf den sie lange Zeit hatte warten müssen.

In der Zwischenzeit lag Marty im Bett, hielt sich einen Spiegel vors Gesicht und stellte fest, daß er einige rote Punkte auf der Stirn hatte. Er überlegte sich, ob er sie mit Make-up übertünchen oder einfach stehenlassen sollte. Dann besah er sich seine Haare. Vom Sex schien es strähnig und stumpf zu werden. Ob Muffins Lockenwickler seinem Haar wohl helfen konnten? Er fragte sie, und mit Begeisterung rollte Muffin ihm die vorderen Haare auf. »Ich muß dir auch die Wimpern tuschen, sonst wirkst du auf unserem Hochzeitsfoto zu kränklich.« Sie setzte sich auf die Bettkante. »Ich habe Jon einmal seine Wimpern getuscht, und er ist dabei furchtbar wütend geworden. Richtig angebrüllt hat er mich, weil er das nicht leiden konnte.«

»Das kann ich verstehen«, erwiderte Marty. »Ich habe dazu auch keine Lust.«

Muffin sah ihn schmollend an. »Wenn ich sie dir nicht heute morgen tuschen darf, mußt du mir versprechen, daß du es auf der Hochzeitsreise erlaubst.« Sie stutzte einen Moment. »Hast du dir eigentlich schon einmal überlegt, wohin unsere Hochzeitsreise gehen soll?«

Marty schüttelte den Kopf. Daran hatte er nicht gedacht. Wenn er an Hochzeit dachte, fiel ihm nicht mehr als die Zeremonie ein. Vielleicht noch der Umtrunk danach. Aber das war für ihn auch schon alles, was für eine Hochzeit wichtig erschien.

Dann fiel ihm Jackson ein. Er würde alles regeln, wenn sie erst einmal verheiratet waren. Wenn sie geheiratet hatten, würde er zu Jackson gehen und es ihm erzählen. Dann konnte Jackson sich um die Hochzeitsreise kümmern, wie er sich bisher um alles gekümmert hatte.

Marty merkte, daß Muffin noch immer eine Antwort von ihm wollte. »Ich weiß noch nicht so genau, wo wir beide hinfahren sollen«, sagte er zu ihr. »Hast du dir schon etwas überlegt?«

»Wie wäre es mit Hawaii?«

»Prima wäre das.«

Als sie schließlich zum Aufbruch fertig waren, verließen sie das Hotel durch den Hinterausgang. Sie waren beileibe kein unauffälliges Paar. Muffin, wie eine schöne, angemalte Puppe in ihrem weißen Kleid. Marty, in seinem weißen Wildlederanzug, mit einer prächtigen Stirnwelle – die Lockenwickler hatten gute Dienste geleistet. Sie gingen Hand in Hand auf die Straße und kicherten nervös.

Es war nur eine kurze Fahrt mit dem Taxi zum Gemeindeamt. Als sie davor anhielten, merkte Muffin, daß sie vergessen hatten, zwei Zeugen mitzunehmen.

»Wir könnten einfach zwei Leute von der Straße fragen«, bemerkte Marty zu dem Problem.

Muffin zischte ihn an. »Das gefällt mir nicht. Es ist so alltäglich.«

»Was sollen wir denn sonst tun?« fauchte Marty wütend zurück. Er spürte, wie die Nervosität seinen ganzen Körper durchzogen hatte. Was würde bloß Jackson zu der Hochzeit sagen, wenn er davon erführe? Einen Augenblick lang wollte er Muffin am liebsten stehenlassen und die ganze Angelegenheit schnell wieder vergessen.

Plötzlich sagte Muffin: »Ich habe eine Menge Freundinnen, die ich anrufen kann.«

»Können die auch bald hier sein?«

»Ich werde Ihnen erzählen, daß die Sache eilig ist.«

Eine dünne Frau geleitete sie in ein Zimmer, in dem sich ein Telefon befand. Und dann begann Muffin, die Reihe ihrer Freundinnen abzutelefonieren.

Kamika sagte zu, so schnell wie möglich zu kommen. Dann überlegte Muffin, ob sie Erica oder Laurie anrufen sollte. Sie wußte zwar, daß beide bessere Huren waren, aber ihr blieb im Augenblick keine andere Wahl. Sie entschied sich schließlich für Laurie, die auch prompt zusagte, augenblicklich zu kommen.

Marty rauchte in der Zwischenzeit eine Zigarette nach der anderen.

»Ich habe überhaupt nicht gewußt, daß du rauchst«, sagte Muffin erstaunt.

»Jackson hat immer etwas dagegen, daß ich rauche. Er meint, es würde meiner Stimme schaden.« Er sah sie fragend an. »Hast du zwei Freundinnen erreicht?«

»Sie sind schon auf dem Weg.«

Die dünne Frau kam zu ihnen und sagte freundlich: »Die Fotografen werden bald hier sein. Wünschen Sie, daß alle hereinkommen?«

»Fotografen?« fragte Marty überrascht. »Welche Fotografen kommen her?«

»Von den Zeitungen.«

Marty faßte sich an den Kopf. »Woher wissen die Leute denn, daß wir heiraten?«

»Keine Ahnung.«

Marty packte Muffin am Arm. »Wir können nicht mehr auf deine Freundinnen warten. Wenn Jackson durch die Presse erfährt, daß ich heirate, erscheint er hier wie ein Blitz und erschlägt mich sofort.«

»Aber wir brauchen zwei Zeugen.«

Marty zeigte auf die dünne Frau. »*Sie* könnte schon ein Zeuge sein. Oder nicht?«

Die Frau schüttelte den Kopf. »Tut mir leid, das ist nicht möglich. Ich bin hier angestellt, um die Leute zu empfangen, die heiraten wollen. Außerdem muß ich das Telefon überwachen. Der Standesbeamte würde mich als Zeuge auch gar nicht zulassen.«

In diesem Augenblick erschien Kamika. Sie blickte die beiden verwundert an. »Was ist denn los? Ich habe mich nicht geschminkt und noch nicht gefrühstückt, nur um ganz schnell hier zu sein.«

Muffin atmete bei ihrem Anblick erleichtert auf. »Wir wollen gerade heiraten.«

Kamika schüttelte überrascht den Kopf und blickte zu Marty. »Ich verstehe überhaupt nichts mehr. Gestern beim Essen hat Laurie noch gesagt, daß sie . . .«

»Laurie wird in einer Minute auch hier sein«, unterbrach Muffin sie.

»Laurie?« fragte Marty verdutzt, und das Blut schoß in seine Wangen.

»Darüber wundere ich mich auch«, bemerkte Kamika. »In Japan . . .«

»Wer hat denn ausgerechnet Laurie herbestellt?« fauchte Marty.

»Warum nicht?« fauchte Muffin zurück.

»Hm – äh – sie ist doch Jacksons Freundin.«

»Ich habe ihr nichts von der Hochzeit gesagt.«

»Es war blöd von dir, sie zu fragen.«

»Dann tut es mir eben leid. Es war wirklich nicht die schlaueste Idee.«

Laurie kam ins Zimmer gestürmt. Sie blickte überrascht in die Runde. »Was ist hier denn los? Auf den Straßen draußen wimmelt es von Fotografen.« Als sie Marty erkannte, zögerte sie einen Moment. »Was machst du denn hier? Muffin hat gesagt, es wäre alles sehr eilig.«

Muffin mischte sich ein. »Marty und ich sind im Begriff zu heiraten.«

»Was macht ihr?«

»Wir heiraten«, sagte Marty nervös. »Laßt uns nicht herumstehen, sondern endlich etwas tun.«

»Jetzt fange ich an, nervös zu werden«, bemerkte Muffin und zog den Lippenstift nach.

Laurie schüttelte den Kopf. »Ich glaube, ich liege noch im Bett und träume.«

Kamika wandte sich an Laurie. »Hast du nicht gestern beim Essen gesagt, daß du und . . .«

»Klappe! Wir sind auf einer Hochzeit, Kamika. Laß das Geschwätz.«

Die dünne Frau führte sie alle in den Raum, in dem die Hochzeiten abgehalten wurden. Der Trauungsbeamte erschien kurz darauf und erklärte ihnen mit wenigen Worten, daß sie jetzt vor dem Gesetz Mann und Frau seien.

Fünfzehn Minuten später war alles vorbei. Marty hatte vergessen, die Eheringe zu kaufen, deshalb zog Kamika ihren Ring schnell aus, damit Marty Muffin einen Ring überstreifen konnte.

Als sie das Zimmer wieder verließen, rief Muffin laut: »Jetzt bin ich endlich verheiratet. Ich bin Mrs. Marty Pearl.« Sie hängte sich bei Marty ein, der wie in Trance alle Handlungen mitmachte. »Jetzt fahren wir ins Hotel zurück und feiern Hochzeit.«

»Ins Hotel?« fragte Laurie erstaunt.

»Wohin sonst?«

»Was ist mit Jon? Weiß er nichts?«

Muffin schüttelte den Kopf. »Er hat überhaupt keine Ahnung, daß ich heute heirate.«

Laurie blickte sie ungläubig an und schüttelte den Kopf. »Du willst damit sagen, daß Jon von deiner neuen Verbindung nichts weiß?«

»So ist es.«

Laurie zögerte einen Moment. Dann sagte sie: »Ich möchte nach Hause gehen.«

»Ich auch«, sagte Kamika.

»Meinetwegen geht nach Hause«, erwiderte Muffin. Sie wandte sich an Marty. »Dann fahren wir beide nach Dorchester, das wäre toll. Ich wollte schon lange einmal dort frühstücken.«

»Meinetwegen«, antwortete Marty.

Draußen wurden sie von Fotografen umdrängt.

42

»Stört es Sie, wenn ich rauche?« fragte der dicke Mann zu ihrer Linken.

Cleo lächelte. Sie hatte ziemlich genau gewußt, wann er den Zeitpunkt für eine beginnende Konversation ansetzen würde. Und sie hatte recht gehabt.

Der dicke Mann verstand ihr Lächeln als Ermutigung. »Ich bin nicht unbedingt der Typ, der das Fliegen gut vertragen kann. Verstehen Sie das?«

»Sehr gut sogar«, erwiderte Cleo. »Ich wette, daß Sie überhaupt nichts gut können.«

Der dicke Mann glaubte sich verhört zu haben. »Was meinen Sie?«

Cleo musterte ihn skeptisch. »Sie sollten auf Diät gehen, denn sie haben einen viel zu hohen Cholesterinspiegel. Und ein Mann in Ihren Jahren bekommt bei Aufregung leicht einen Herzanfall.«

Der dicke Mann wandte sich von ihr ab. »Entschuldigen Sie die Störung.« Er erhob sich und strebte dem hinteren Teil des Flugzeugs zu.

Cleo gähnte. Sie erinnerte sich daran, wie sie sich am Morgen erledigt und zerschlagen gefühlt hatte. Im Augenblick aber ging es ihr so gut, wie schon seit Tagen nicht mehr. Sie fühlte sich frei. Fühlten sich alle Frauen so, wenn sie kurz vor der Scheidung standen? Vielleicht nicht, aber das war ihr im Moment egal.

Eine englische Popgruppe war auch an Bord und machte Krach, als ob sie allein in der Maschine wäre. Cleo blickte zu ihnen hin und sah einen Mann von ungefähr zwanzig Jahren, der der Leiter der Gruppe war. Als er merkte, daß Cleo zu ihm hersah, lächelte er sie an. Und Cleo lächelte wieder zurück.

Fange ich in meinem Alter schon an, kleine Kinder vernaschen zu wollen? ging es ihr durch den Kopf. Aber der Gedanke, einen Zwanzigjährigen zu verführen, amüsierte sie sehr.

Wenn sie Ginny gewesen wäre, hätte sie sich ihn ohne Skrupel gleich gekrallt. Sie blickte wieder zu ihm hin. Er war bestimmt zehn Jahre jünger als sie.

Plötzlich tauchte der dicke Mann wieder neben ihr auf, ließ sich in seinen Sitz nieder und blickte starr vor sich hin. Cleo erhob sich sofort und ging in den hinteren Teil der Maschine.

Plötzlich saß der Leiter der Popgruppe neben ihr, und die zynischen und belustigten Augen eines Zwanzigjährigen blickten sie an.

»Wollen Sie einen Joint?« fragte er sie.

»Hier?«

»Nein. Zum Beispiel auf dem Klo.« Er lächelte sie vielsagend an. »Ich kann Ihnen aber auch mehr als einen Joint geben.«

Ein Fick im Flugzeug, ging es Cleo durch den Kopf. Das wäre etwas für die verruchte Fantasie von Mike. Er hatte es schon immer einmal mit ihr im Flugzeug treiben wollen. Und jetzt bot ihr ein junger, fremder Mann diese Möglichkeit an.

Cleo schüttelte den Kopf. »Vielen Dank.« Sie blickte ihn lächelnd an, um ihm zu zeigen, daß sie sein Angebot nicht übelgenommen hatte.

Er zuckte gleichgültig mit den Schultern. »Es hätte ganz schön werden können.« Dann erhob er sich wieder, nickte ihr zu und ging zu der Gruppe zurück.

Vielleicht hätte es mit einem anderen Mann schön werden können. Mit Daniel Onel zum Beispiel. Aber eine Vögelei im Flugzeug wäre bestimmt nicht sein Stil gewesen. Cleo lächelte vor sich hin, als sie merkte, daß sie schon wieder an Onel dachte.

Am Flughafen von Rom wartete ein Wagen auf sie, der sie zum Hotel brachte. Der Pressevertreter von Paulo Masserini wartete bereits in der Eingangshalle auf sie und bestätigte ihre Verabredung von vier Uhr nachmittags.

Sie bedankte sich bei dem Mann und dachte an die Gerüchte, wonach Paulo Masserini ein eingebildeter Egozentriker sein sollte. Aber zumindest schien er sich an Termine zu halten.

Cleo erkannte, daß ihr die vielen Interviews mit Schauspielern allmählich auf die Nerven gingen. Diese Leute gaben im allgemeinen nicht genügend her, um ein wirklich interessantes Interview zustande zu bringen. Sie dachte an Ramo, Butch, Sami, Daniel und jetzt Paulo.

Bestimmt gab es viele Frauen, die sehr viel dafür gegeben hätten, wenigstens einem von ihnen auch nur die Hand zu schütteln. Aber Cleo wußte, daß die Ausstrahlung dieser Schauspieler nur künstlich erzeugt worden war, damit sie ihren Fans gegenüber eine Ausstrahlung besaßen, die sie in höhere Regionen des Ruhmes hob. Und sie wußte, daß ein Mann, der seine Position auf Grund seiner Intelligenz erworben hatte, im Gespräch wesentlich mehr hergab.

Andererseits wollte sie sich auch nicht beklagen. Butch Kaufman hatte ihr den Kopf soweit klargemacht, daß sie wieder an ihre Zukunft denken konnte. Daniel Onel hatte ihr gezeigt, daß Mike nicht mehr der interessanteste und wichtigste Mann in ihrem Leben war.

Paulo Masserini war genau der Mann, wie sie ihn von Fotos und aus Berichten kannte. Groß, schlank, blond, gutaussehend. Seine blauen Augen blickten spöttisch auf die anderen Menschen, und seine warme und weiche Stimme hatte bestimmt manche Frau dahinschmelzen lassen.

Er küßte Cleo die Hand und bestellte für sie einen Pernod und für sich eine Milch. Dann erzählte er Cleo in vielen Stories, wie hübsch, reizend, charmant und sexy er war.

Wenn sie nur eine Spur unhöflicher gewesen wäre, hätte Cleo laut und herzhaft gegähnt. Der Mann war nicht nur unerträglich, sondern auch von Grund auf langweilig. Es war zum erstenmal in ihrer Laufbahn als Interviewerin, daß sie ihr Gegenüber nicht mit der nötigen Aufmerksamkeit musterte, die oftmals notwendig war, um dem anderen den Anschein zu geben, wie interessant er doch sei.

Sie fühlte sich erleichtert, als das Band ihres Kassettenrecorders am Ende angelangt war. Sie bedankte sich bei ihm für das Interview, und dann redeten sie noch eine Zeitlang von belanglosen Dingen.

Cleo war froh, als endlich seine Frau kam, um Paulo abzuholen. Sie spürte jetzt mehr denn je, daß sie dringend Erholung brauchte. Sie lehnte sich erleichtert in ihrem Sessel zurück. Sie hatte zwar kein vernünftiges Interview mit dem eitlen und selbstgefälligen Masserini zustande bringen können, aber immerhin war ihre Arbeit in Rom beendet.

Als Paulo Masserini gegangen war, kam der Pressevertreter zu Cleo und sagte stolz: »Ist er nicht ein fabelhafter Mann und ein charmanter Erzähler?«

Cleo blickte einen Moment zu ihm hoch. »Für mich ist er ein unerträglicher Schwätzer.«

»Aber ein sehr interessanter.«

»Wenn Sie meinen.«

»Haben Sie ein gutes Interview mit ihm gehabt?« fragte der Mann.

»Ich habe von seinen Geschichten mehr als genug auf Band aufgenommen.«

Der Mann überreichte ihr einen Zettel. »Butch Kaufman hat vorhin bei uns angerufen. Er erwartet Sie gegen sechs Uhr in Ihrem Hotel, um anschließend mit Ihnen essen zu gehen.«

Sie saßen in einem kleinen Restaurant.

Butch blickte Cleo an. »Ich bin der Meinung, daß eine Frau, die mitten in einer Scheidung lebt, nicht eine Nacht allein in Rom sein sollte.«

»Das ist sehr rücksichtsvoll.«

»Nicht so rücksichtsvoll, wie es vielleicht erscheint. Ich wollte mal wieder Spaghetti essen.«

Cleo lächelte ihm zu. »Und wie hast du herausgefunden, wo ich mich aufhalte?'

»Eine kleine Detektivarbeit.«

»Hast du keine Schwierigkeiten beim Film bekommen? Sie drehen doch noch.«

Butch schüttelte den Kopf. »Ich habe im Moment zwei freie Tage und bin einfach abgehauen, um niemanden in Verdruß zu bringen. Morgen fliege ich dann wieder zurück, und kein Mensch wird merken, wo ich gewesen bin. Wie war es denn mit dem Quatschkopf Masserini?«

Cleo zuckte mit den Schultern. »Ich habe das Interview mehr schlecht als recht hinter mich gebracht. Er ist eben ein Schauspieler wie viele andere auch und nur in sich selbst verliebt.«

Butch runzelte die Stirn. »Du beleidigst die ganze Schauspielerei, wenn du einen Tölpel wie Paulo Masserini als Schauspieler bezeichnest.«

»Du magst ihn nicht sehr, stimmt's?«

»Ich mag dich sehr. Was sagst du dazu?«

»Wozu?«

»Zu uns beiden.« Er lächelte sie verführerisch an. »Wir könnten einen Versuch wagen.«

»Welchen Versuch?«

»Wir könnten zum Beispiel für eine Weile in mein Haus am Meer ziehen.«

»Wir kennen uns doch kaum.«

Butch winkte lässig ab. »Jetzt machst du auf mich den Eindruck, als ob du noch aus dem vorigen Jahrhundert stammen würdest. Laß uns doch einfach ein paar Dinge gemeinsam erleben.«

Cleo blickte ihn skeptisch an. »Ich denke, du lebst mit einer Freundin zusammen?«

»Sie ist eine Freundin in dem Sinne, daß sie ein Kamerad von mir ist. Nichts Ernstes. Aber mit dir würde ich gerne ernst machen.«

»Ich versuche gerade aus einer Ehe auszusteigen.«

»Dann steig mit mir wieder ein«, erwiderte Butch Kaufman. »In einer Woche ist der Film abgedreht. Dann könnten wir nach Los Angeles fliegen und in meinem Haus wohnen. Wir hätten bestimmt viel Spaß zusammen.«

Cleo lachte plötzlich auf. »Das kommt viel zu überraschend und schnell.«

»Vergessen wir diese Idee für eine Weile«, erwiderte Butch. »Wir gehen jetzt in eine Diskothek und amüsieren uns hier in Rom.«

Cleo fühlte sich wohl, wenn sie mit ihm zusammen war. Er gehörte nicht zu den Männern, die sich im Laufe eines Abends immer mehr Freiheiten herausnahmen. Er konnte sich mit einer Frau amüsieren, ohne Hintergedanken dabei zu haben. Und am wichtigsten – er war aufrichtig.

Als sie im Bett lag, überlegte sie sich seinen Vorschlag in aller Ruhe. Es wäre vielleicht nicht schlecht, wenn sie für ein paar Wochen oder gar Monate mit ihm in sein Haus am Meer ziehen würde. Sie konnte sich dann entspannen und sich gleichzeitig in Kalifornien um einen Anwalt für die Scheidung kümmern. Sie brauchte eine Weile nicht zu arbeiten, und Butch war bestimmt nicht der schlechteste Mann, mit dem man seine Nächte verbringen konnte.

Am nächsten Morgen sagte sie zu Butch: »Ihr Vorschlag ist angenommen, Mister Kaufman.«

Er grinste sie an. »Eine gute Entscheidung, Mrs. James. Wir werden ja sehen, ob wir uns auch noch vertragen, wenn wir auf engstem Raum zusammenleben.«

»Warten wir es ab.«

43

Die kreischende Menge erschreckte Marty. Menschen rannten durcheinander, wollten ihm die Hand schütteln, und die Fotografen schrien ihnen immer wieder zu, sich zusammenzustellen und zu lächeln.

Woher kamen all die Leute? Marty schüttelte den Kopf, als es immer mehr wurden. Menschen kamen aus allen Richtungen herbeigeeilt, um zu sehen, was vor dem kleinen Amt sich an diesem Tag abspielte. Marty blickte sich nach seinem Wagen und nach Jackson um.

Und dann dämmerte ihm die Wirklichkeit: Es gab keinen Wagen und keinen Jackson.

Muffin genoß die Situation in vollen Zügen. Sie posierte für die vielen Fotografen, sie lächelte in die Kameras hinein, ihr schien das Gedränge nichts auszumachen.

Marty packte sie, zerrte sie in das Gemeindeamt zurück und warf die Tür zu. Der Schweiß lief ihm das Gesicht herunter, und er atmete schwer.

»Was ist denn los mit dir?« fragte Muffin enttäuscht, weil er sie aus dem Brennpunkt des Geschehens abgezogen hatte.

»Diese Massen sind gefährlich.«

»Sei nicht albern.«

Marty drehte sich zu der dünnen Frau um. »Bestellen Sie uns bitte ein Taxi.«

Die Frau nickte ihnen zu und ging ans Telefon.

»Wir müssen durch den hinteren Ausgang gehen«, sagte Marty zu Muffin.

Das Taxi erschien am hinteren Eingang, aber mit ihm wieder die Menge der Fotografen und neugierigen Straßenpassanten.

»Das ist alles herrlich«, rief Muffin begeistert und klatschte in die Hände.

»Ich habe Kopfschmerzen von dem großen Rummel bekommen«, erwiderte Marty.

»Und ich habe Hunger bekommen«, erwiderte Muffin. »Wir essen gleich ein großes Frühstück.«

»Dazu fühle ich mich viel zu krank«, gab Marty gequält zurück.

Wenn er morgens aufwachte, hatte Jackson meistens schlechte Laune. Das hing in aller Regel mit seinem Kater zusammen und den vielen Problemen, die jeder Tag für Jackson bereit hielt. An diesem Morgen war es nicht anders.

Das größte Problem an diesem Tag war für ihn, wie er Erica schnellstens loswerden konnte. Er hatte sie am Tag vorher in der Hotelhalle getroffen, als sie von Mike James kam, und sie gleich zu einem Drink auf sein Zimmer eingeladen. Denn eine von Jacksons Lebensweisheiten war die, daß er niemals eine Gelegenheit verpassen durfte.

Nachdem sie eine Flasche Brandy getrunken hatten, waren sie natürlich im Bett gelandet. Und dann mußte Jackson erkennen, daß Erica eine Besessene war, wenn es um Sex ging. Es war schon fast lebensgefährlich, mit ihr zu schlafen. Aber irgendwie hatte er es doch geschafft, ohne große Biß- und Kratzwunden davonzukommen.

Er stand schnell aus dem Bett auf, packte sich seine Kleider und verschwand leise im Bad.

Dann besah er sich seinen Körper im Spiegel und stellte fest, daß er doch mehr Wunden abbekommen hatte, als ihm dies in der Nacht bewußt geworden war. Er streckte sich einen Moment und spürte, wie seine Haut brannte. Erica hatte sich in der Nacht benommen, als habe sie seit Jahren keinen Mann mehr im Bett gehabt.

Jackson zog sich schnell an. Dann überlegte er sich, ob er Erica auch bezahlen mußte, wie dies bei Laurie der Fall war. Aber dann entschied er sich dafür, daß sie *ihm* Geld für körperliche Grausamkeiten geben müßte.

Das Telefon, das neben dem Bett stand, klingelte. Aber bevor Jackson aus dem Bad gekommen war, hatte Erica ihren nackten Arm ausgestreckt und den Hörer abgenommen. »Hallo«, sagte sie verschlafen in die Muschel.

Jackson nahm ihr den Hörer aus der Hand. »Hallo«, sagte er. »Jackson spricht hier.« Dann hörte er eine Weile zu und wünschte sich, heute morgen nicht aufgestanden zu sein.

Jon konnte in dieser Nacht nicht schlafen. Er hatte sich so sehr über Muffins Verhalten geärgert, daß er immer wieder aus seinem Bett aufstand und planlos in der Wohnung herumlief. Als der Morgen durch die Fenster dämmerte, hatte er rot unterlaufene Augen, und er fühlte sich nicht in der richtigen Verfassung, um an diesem Tag arbeiten zu können.

Das Telefon klingelte, und Jon brauchte einige Sekunden, bis er es begriff.

Es war Laurie. »Ich glaube, ich muß dir unbedingt etwas berichten.«

»Was denn?«

Laurie zögerte einen Moment. »Ich bin genausogut deine Freundin wie Muffins.«

»Was ist denn los?«

»Muffin ist nicht fair.«

Jon begann langsam die Geduld zu verlieren. »Ist sie doch bei Dave Ryle?«

»Wie bitte?«

»Nichts. Ich habe nur laut nachgedacht. Was wolltest du mir denn erzählen?«

Laurie stieß einen langen Seufzer aus. »Marty und Muffin haben gerade geheiratet.«

»Sei nicht so albern«, erwiderte Jon ungehalten. »Ich habe eine schlechte Nacht hinter mir und vertrage diese Art von Späßen nicht.«

»Es stimmt aber. Ich selber war Trauzeuge bei den beiden. Sie haben gerade geheiratet.«

»Ernsthaft?«

»Über so etwas würde ich keine Scherze machen«, erwiderte Laurie beleidigt.

»Wo sind die beiden jetzt?«

»Muffin hat gesagt, daß sie ins ›Dorchester‹ fahren wollen, um zu frühstücken.«

Jon atmete tief durch. »Weißt du, ob Jackson bei ihnen ist?«

»Er weiß es auch noch nicht. Das ist ja der springende Punkt an der ganzen Geschichte, daß außer den beiden niemand Bescheid weiß.«

Jon legte den Hörer auf die Gabel. Diese Hure, dachte er verbittert. Diese kleine Hure. Wie konnte sie ihm das nur antun?

Er ließ sich mit Jacksons Zimmer verbinden, und eine Frauenstimme meldete sich. Es war Erica. »Er ist vor wenigen Minuten aus dem Zimmer gegangen«, sagte sie. »Soll ich ihm etwas ausrichten?«

Wieder legte Jon den Hörer auf. Und dann stürmte er aus der Wohnung.

Zu den Kopfschmerzen bei Marty kamen noch Magenschmerzen dazu. Und als er dann Jackson zu der Tür des Restaurants hereinkommen sah, verschlimmerte sich sein Zustand wesentlich. Er hoffte, daß Jackson ein paar Tabletten bei sich hatte.

»Da ist ja unser kleiner Tittenbeißer«, sagte Jackson grinsend, als er sich neben Marty auf einem Stuhl niederließ. Er blickte ihn dann streng an. »Habe ich dir nicht gesagt, daß es *meine* Aufgabe ist, dir eine Nutte zu besorgen, wenn du ficken willst?«

Marty wagte kaum noch zu atmen. Schließlich fragte er Jackson: »Ich habe so verdammte Magenschmerzen. Kann ich ein paar Pillen haben?«

»Ich werde dir deine verdammten Pillen in deinen verdammten Arsch stopfen! Was hast du dir eigentlich dabei gedacht, dich auf solch eine Sache einzulassen? Ich habe dir schon tausendmal gesagt, daß du durch eine Heirat aus dem Geschäft raus bist.«

Muffin schaltete sich in das Gespräch ein. »Ich habe den Eindruck, daß hier jemand heute morgen mit dem falschen Bein aufgestanden ist.«

Jetzt wurde Jackson wütend. »Sie haben überhaupt nichts zu sagen, denn Sie haben heute schon genügend Unheil angerichtet.«

»Ich brauche meine Pillen«, jammerte Marty dazwischen und blickte Jackson flehend an.

Muffin sah Marty an. »Hast du gehört, in welchem Ton er mit mir spricht? Ich glaube, du solltest ihm mal ordentlich die Meinung sagen.«

»Weiß Ihr Freund eigentlich, was Sie heute getan haben?« fragte Jackson zurück.

Muffin schwieg.

Kopfschüttelnd betrachtete Jackson die beiden. »Ihr habt euch benommen wie die kleinen Kinder. Was ist bloß in euch gefahren?«

»Wir lieben uns«, erwiderte Muffin.

Jackson blickte sie stirnrunzelnd an. »Das ist alles schön und gut, aber deswegen heiratet man nicht gleich. Wir werden jetzt ins Hotel zurückgehen, und dort werde ich Marty höchstpersönlich alle Knochen im Leibe brechen.«

Marty ließ den Kopf hängen. Wo blieb nur der Respekt vor ihm als verheiratetem Mann?

Erica griff zum Hörer und ließ sich mit dem Zimmer von Mike James verbinden. »Ich bin noch hier in deinem Hotel«, sagte sie zu ihm.

»So?«

»Ich dachte, daß es dir Spaß machen könnte, wenn ich dir einen kleinen Besuch abstatten würde.«

»Übertreibst du nicht?«

Erica wartete einen Moment, und dann fragte sie bestimmt: »Ja oder nein?«

Mike wußte nicht, wie er sich verhalten sollte. Noch immer ging ihm Cleo durch den Sinn. Sie hatte kurz vorher einfach aufgelegt. Knapp erwiderte er: »Mach es mit dir selber.«

»Das tue ich auch sonst.«

Jon erwischte sie noch, als sie gerade alle in den Wagen einsteigen wollten.

Jackson winkte ihn heran. »Setz dich zu uns und treib deiner Freundin den Unsinn aus, während ich mir den kleinen Bastard vorknöpfe.«

»Können Sie nicht aufhören, so grob zu uns zu sein?« beschwerte sich Muffin.

Jon kletterte in den Wagen.

»Mein Magen tut mir immer mehr weh«, jammerte Marty verzweifelt.

»Mach das Beste daraus, mein Sohn«, antwortete Jackson kühl. »Dein Magen ist jetzt das kleinste Problem, das wir haben.«

Muffin bemühte sich, Jon anzulächeln. »Sei nicht traurig, Liebling. Du wolltest mich sowieso niemals wirklich heiraten. Habe ich recht?«

Jon wußte, daß sie recht hatte. Er konnte es nicht leugnen. Aber jetzt war der Zeitpunkt gekommen, wo er sie heiraten sollte, denn er hatte sie jahrelang aufgebaut. Damit ihm nicht die Früchte seiner Arbeit verloren gingen, sollte er sie wirklich heiraten.

Plötzlich sagte Jackson in die Stille hinein: »Ich habe eine gute Idee.«

»Welche denn?« fragte Jon hoffnungsvoll.

»Wir annullieren die Heirat.«

Muffin blickte ihn entgeistert an. »Wie ist das denn möglich?«

Jackson grinste verschlagen. »Laßt mich das nur machen.« Er blickte Marty an. »Einverstanden?«

Marty nickte ihm geknickt zu. »Kann ich dann auch meine Magentabletten haben?«

44

Mike James stand am Schalter der PanAm und gab dem Angestellten zwei Flugtickets nach New York. Er war froh, wieder nach Hause reisen zu können, und er hoffte inständig, daß sie gut auf seinen Ferrari aufgepaßt hatten.

Erica stand hinter ihm. Sie sah blaß aus, aber man merkte ihr an, daß sie sich auf die nächsten Tage freute. Sie hatte ein Angebot einer amerikanischen Fernsehgesellschaft erhalten, eine kleine Rolle in einer TV-Serie zu übernehmen, und sie hatte sofort zugesagt.

Mike hatte ihr vorgeschlagen, daß sie zusammen fliegen könnten. In Wirklichkeit wollte er, daß sie in seiner Wohnung übernachtete. Und dagegen hatte Erica überhaupt nichts einzuwenden gehabt.

Mike war im Augenblick alles egal. Cleo würde bestimmt nicht mehr zu ihm zurückkommen. Jedenfalls nicht in der nächsten Zeit. Also mußte er selber sehen, wie er sich amüsieren konnte. Mit Erica würde es vielleicht eine Zeitlang Spaß machen, durch New York zu bummeln, in Restaurants zu gehen und zu vögeln. Er wollte abwarten, wie man mit ihr leben konnte.

Am Tag vorher hatte er noch Marty und Jackson gesehen, die ihre Tournee durch Europa fortsetzen wollten. Emma Pearl war auch wieder dabei, denn Jackson hatte sie schleunigst wieder aus Amerika nach England einfliegen lassen, um seinen Schützling besser unter Kontrolle zu haben.

Cleo war für ihn eine Hure. Er hätte es schon vor langer Zeit merken müssen, aber er war ihr gegenüber immer blind gewesen. Sie war für ihn eine eiskalte, berechnende Frau, die ihm nur Unrecht getan hatte.

Erica hatte mehr Stil im kleinen Finger als Cleo an ihrer ganzen Figur.

Hau mit deinem Supermann ab und treibt es, wo ihr wollt, dachte Mike. Fick deinen Butch Kaufman sooft und soviel du willst.

Am Nachmittag wurde ein Flug nach Los Angeles aufgerufen. Muffin stand in der Nähe des Schalters, während die Fotografen um sie herumsprangen und Aufnahmen machten. Und während Jon sich um das Gepäck kümmerte, genoß Muffin, wieder im Licht der Blitzlichter zu stehen.

Es war eine schlimme Woche für Jon gewesen. Aber Jackson hatte schließlich alles geregelt. »Willst du, daß die beiden Babys weiterhin verheiratet bleiben?« hatte er Jon gefragt. »Keineswegs«, hatte Jon geantwortet. »Dann werde ich alles Notwendige veranlassen, damit sie wieder geschieden werden.« Und er hatte erreicht, was er und Jon wollten.

»Was ist denn nun wirklich mit Ihnen und Little Marty Pearl los gewesen?« wollte ein Fotograf wissen.

Muffin kicherte vor sich hin: »Das habe ich schon tausendmal erklärt: Es war ein Scherz, den wir uns erlaubt haben. Mehr nicht.«

Sie wandte sich daraufhin an Jon. »Er hier ist mein Mann. Er war es immer und wird es auch immer bleiben. Und bald werden wir beide auch heiraten. Nicht wahr, Jon?«

Jon nickte den Fotografen zu. »Wir werden jetzt erst einmal einige Aufnahmen von Muffin machen, die wir für einen Kalender brauchen. Und danach werden wir ja sehen, wie es weitergeht.«

Er packte sie fest am Arm und zog sie weg.

Sobald Muffin die Sperre passiert hatte, richteten die Fotografen ihre Objektive auf Butch Kaufman, der soeben eingetroffen war und an der Abfertigung stand.

Cleo ging in der Zwischenzeit an den Zeitungsstand und kaufte sich ein paar Magazine, die sie während des Fluges lesen wollte.

Sie blätterte ein Magazin durch und sah ein Bild von Shep Stone. Daneben war seine Frau abgebildet. Eine hübsche Frau von zweiundzwanzig Jahren. Es war ein Foto, das vor wenigen Tagen gemacht worden war, wie in der Unterzeile zu lesen stand.

Cleo dachte nach. Sheps Frau müßte im achten Monat sein, wenn es stimmte, was er ihr erzählte hatte. Aber sie war es nicht. Keine Spur von Schwangerschaft. Kein Wort in dem Artikel von einer Frühgeburt.

Soweit also Shep Stone und seine Lügen. Dominique würde davon nichts mehr erfahren. Sie war auf ihrer Beerdigung gewesen und hatte sich nach Shep umgesehen. Aber er hatte noch nicht einmal Blumen geschickt.

Butch kam auf sie zu. »Wir müssen jetzt in die Maschine gehen.«

»Und wo sind die Fotografen?« fragte Cleo.

»Sie haben Daniel Onel entdeckt. Er verbringt ein paar Wochen in Beverly Hills. Ich habe ihn eingeladen, uns in meiner Villa zu besuchen. Hast du etwas dagegen einzuwenden?«

Cleo lächelte ihn an. Vielleicht würde aus diesem Flug mehr werden, als sie ursprünglich angenommen hatte. Dann sah sie Daniel Onel, der wenige Meter von ihnen entfernt stand und sie anblickte. Und in diesem Blick lag mehr als bloße Neugierde. »Ich habe überhaupt nichts dagegen, wenn Daniel Onel uns besucht.«

Butch Kaufman nickte ihr zu. »Dann laß uns jetzt in die Maschine steigen.«